浙江省社科规划课题

"中国古代文论象喻批评研究"(编号:17NDJC069YB)成果

# 古代文论中的象喻批评研究

王顺娣 著

浙江工商大学出版社
ZHEJIANG GONGSHANG UNIVERSITY PRESS

·杭州·

**图书在版编目(CIP)数据**

古代文论中的象喻批评研究 / 王顺娣著. — 杭州：
浙江工商大学出版社，2022.1
ISBN 978-7-5178-4533-1

Ⅰ．①古… Ⅱ．①王… Ⅲ．①中国文学－古代文论－
研究 Ⅳ．①I206.2

中国版本图书馆 CIP 数据核字(2021)第 112403 号

## 古代文论中的象喻批评研究
### GUDAI WENLUN ZHONG DE XIANGYU PIPING YANJIU
王顺娣 著

| | |
|---|---|
| 责任编辑 | 王　英 |
| 责任校对 | 夏湘娣 |
| 封面设计 | 王妤驰 |
| 责任印制 | 包建辉 |
| 出版发行 | 浙江工商大学出版社 |
| | （杭州市教工路 198 号　邮政编码 310012） |
| | （E-mail：zjgsupress@163.com） |
| | （网址：http：//www.zjgsupress.com） |
| | 电话：0571-88904980，88831806（传真） |
| 排　版 | 杭州朝曦图文设计有限公司 |
| 印　刷 | 杭州宏雅印刷有限公司 |
| 开　本 | 710mm×1000mm　1/16 |
| 印　张 | 15.75 |
| 字　数 | 214 千 |
| 版 印 次 | 2022 年 1 月第 1 版　2022 年 1 月第 1 次印刷 |
| 书　号 | ISBN 978-7-5178-4533-1 |
| 定　价 | 55.00 元 |

# 目录

# 第一章　象喻批评界说

## 第一节　象—象喻—象喻批评：
## 象喻批评的逻辑演进

我国现代著名哲学家张岱年先生曾说过："制造石器使人与动物开始分手。"[①]人类学会打造、利用工具，意味着人与动物已建立起本质性的区别。那么，在人类诞生之初的旧石器时代，人类在最初制作石器工具时，呈现出的思维状态会是什么样的呢？是形而上的抽象思维，还是漫天想象的神话思维？著名哲学家刘文英先生说：

> 毫无疑义，为了使一块石头出现刃缘或尖头而用另一块石头去打击，必须使手的打击动作和当前的感觉、知觉之间保持协调……我们认为，实现这种协调与控制手的动作的东西，就是猿人头脑中那种有刃缘或尖头的石头的意象。[②]

在最初阶段，人类直接打造石器的生产技术虽然极为简单、粗糙，但是再简单、粗糙的动作也会在头脑中闪现出哪怕是模糊、混沌的意象，也就是

---

① 张岱年、方克立主编：《中国文化概论》，北京师范大学出版社 2004 年版，第 58 页。
② 刘文英：《陇上学人文存·刘文英卷》，甘肃人民出版社 2010 年版，第 14 页。

说,对原始人最初产生动作指令作用的正是意象,原始人最初的思维正是一种意象思维。所以刘文英先生得出结论说:"自从原始思维产生以后,意象一直是唯一的思维方式。"[①]"象"是我国古人原始思维的基点,"尚象"思维是原始人最早的思维方式。

"喻"为何意?《广雅》曰:"喻,告也。"可知,"喻"的本义就是告知,把情况通知对方。《礼记·文王世子》曰:"教之以事,而喻诸德者也。"[②]这里,"喻"正是告知之义。《论语·里仁》:"君子喻于义。"[③]《孟子·告子下》:"征于色,发于声,而后喻。"[④]《荀子·正名》:"单足以喻则单。"[⑤]《后汉书·杜笃传》:"以喻客意。"以上的"喻"进一步引申为"知晓"之义。还有一种就是比喻,通常更多地用"比""譬"来表示,如《说文》中的"譬,喻也",就是打比方、做比喻的意思,二词同义。《诗经·小雅·小弁》中的"譬彼舟流"[⑥]、《礼记·学记》中的"罕譬而喻"。《老子》第三十二章:"譬道之在天下,犹川谷之于江海。"[⑦]《论语·雍也》:"能近取譬。"可见,"譬"一词用得较为普遍。"比"一词最早的记载见于《周礼·春官》:"大师……教六诗:曰风,曰赋,曰比,曰兴,曰雅,曰颂。"[⑧]汉人郑众解释说:"比者,比方于物也。"朱熹亦云:"以彼物比此物也。"可见,"比"也是打比方、做比喻的意思。《礼记·学记》中的"古之学者,比物丑类",意思是连缀同类事物,进行排比归纳。"比"又

---

① 刘文英:《陇上学人文存·刘文英卷》,甘肃人民出版社 2010 年版,第 53 页。

② 杨天宇译注:《礼记译注》,上海古籍出版社 1997 年版,第 346 页。本书关于《礼记》所引内容均来自这一版本,后不再注明。

③ 宋犀堃编注:《论语》,陕西师范大学出版社 2018 年版,第 65 页。本书关于《论语》所引内容均来自这一版本,后不再注明。

④ 杨伯峻撰:《孟子译注》,中华书局 2019 年版,第 331 页。本书关于《孟子译注》所引内容均来自这一版本,后不再注明。

⑤ 方勇、李波译注:《荀子》,中华书局 2011 年版,第 361 页。

⑥ 周振甫译注:《诗经译注》,中华书局 2002 年版,第 314 页。本书关于《诗经》所引内容均来自这一版本,后不再注明。

⑦ 释德清著,尚之煜校释:《老子道德经解》,中华书局 2019 年版,第 77 页。本书关于《老子道德经解》所引内容均来自这一版本,后不再注明。

⑧ 《十三经注疏》(上),浙江古籍出版社 1998 年版,第 796 页。

有类比、归纳之义。汉人郑众对"比"也这样解释："比，见今之失，不敢斥言，取比类以言之。""比"不仅有类比归纳的意思，还带有含蓄象征之义。总之，"喻"与"比""譬"大致相同，表达打比方、做比喻、类比、象征等意思，与它们类似的词还有"犹""仿""如"等。

我们认为，由尚象到象喻，实则是"象"思维发展的题中应有之义。"象"的内涵本身丰富驳杂。《说文解字》释曰："象，南越大兽，长鼻牙，三年一乳，象耳牙四足尾之形。""象"的本义其实就是"大象"，一种哺乳动物，耳朵大，鼻子长圆筒形，能卷曲，有一对特长的门牙伸出口外，全身的毛很稀疏，皮很厚，吃嫩叶和野菜等，主要产在我国云南南部地区。很多古书对此都有记载，如《尔雅》："南方之美者，有梁山之犀象焉。"这里就指出大象产于南方。又如《诗经·鲁颂·泮水》云："元龟象齿，大赂南金。"象齿成为归顺进献的珍贵宝物。《诗经·魏风·葛屦》曰："好人提提，宛然左辟，佩其象揥。"象牙成为上层贵族女子的高级饰物。《汉书·张骞传》称："其民乘象以战。"[①]大象还进入战场，成为战争工具，足见大象的功用之大。总之，"象"的本义就是大象，是指一种实物，具体可感，具有具象性。但先秦时期"象"一词就已抽象化，如老子对"道"的阐释始终不离"象"，以"象"喻"道"："执大象，天下往"（《老子》第三十五章）、"大音希声，大象无形，道隐无名"（《老子》第四十一章）、"道之为物，惟恍惟惚。惚兮恍兮，其中有象；恍兮惚兮，其中有物"（《老子》第二十一章）、"是谓无状之状，无物之象，是谓惚恍"（《老子》第十四章）。"大象""恍惚之象"都是"道"的象征，具有本体意义。《周易》中也有很多次谈到"象"，如"古者包牺氏之王天下也，仰则观象于天，俯则观法于地，观鸟兽之文，与地之宜，近取诸身，远取诸物，于是始作八卦，以通神明之德，以类万物之情"[②]，"易者，象也。八卦成列，象在其中矣。是故夫象，圣人有以见天下之赜，而拟诸其形容，象其物宜，故谓之象。

---

①　王子今、杨倩如撰：《〈汉书〉解读》，中国人民大学出版社 2016 年版，第 235 页。

②　周振甫译注：《周易译注》，中华书局 1991 年版，第 256 页。本书关于《周易》所引内容均来自这一版本，后不再注明。

象也者,像此者也","是故《易》者,象也;象也者,像也"。"象"在其中多次出现,其含义错综复杂。"观象于天"的"象"就是天象,是实物;而"易者,象也"的"象"是卦象,就是《易经》特有的卦爻符号;"象其物宜"的"象"是动词,有模仿、效法、象征、隐喻的意思,和后面的"像"同义;"象其物宜,故谓之象"中后一个"象"是指事物本质之象,是通过对宇宙自然、天地万物的观照创造易象(八卦),以此来解释自然万物的本质特征,沟通神人关系。周裕锴《中国古代阐释学研究》总结出在《周易・系辞》中"象"字的两种用法:一种是从相似得义,如象征、模仿、模范等。相似的两极,为符号与哲理,具象与抽象,形而下与形而上。就此意义而言,《周易》之"象"是指一种哲学的隐喻,一种用符号或意象体现概念的哲学表现方式,可简称为"悬象见义"。另一种是从具象得义,如现象、意象、迹象等。这是《周易》"形上等级制"中的一级,与意、卦、辞属同一层次概念,如"立象以尽意,设卦以尽象,系辞以尽卦"的排列。这种意义的"象",相当于《诗》由"兴"的手法使用的文字所唤起的语言形象。[①] 不管是哪一种,"象"都蕴有或通过象征、模仿、比喻,或从现象、具象、迹象等方式获得认知的意思,这正是"喻"的内涵,所以我们说,尚象思维本质上也就是象喻思维。

西汉刘向《说苑・善说》记载了有关战国惠子的一则故事:

> 客谓梁王曰:"惠子之言事也善譬,王使无譬,则不能言矣。"王曰:"诺。"明日见,谓惠子曰:"愿先生言事则直言耳,无譬也。"惠子曰:"今有人于此而不知弹者,曰:'弹之状若何?'应曰:'弹之状如弹。'则谕乎?"王曰:"未谕也。"于是更应曰:"'弹之状如弓,而以竹为弦。'则知乎?"王曰:"可知矣。"惠子曰:"夫说者,固以其所知谕其所不知,而使人知之。今王曰'无譬',则不可矣。"王曰:"善"。[②]

① 周裕锴:《中国古代阐释学研究》,上海人民出版社 2003 年版,第 62—63 页。
② 刘向撰,程翔译注:《说苑译注》,北京大学出版社 2009 年版,第 286 页。

　　"无譬"则"未谕",而"譬"的方式又是离不开"象"的。如"弹之状如弓",这里惠子以"弹"为例,既指出了象喻思维是人们认识事物(包括新事物)的一种重要方式和根本运思方法,也说明了这种思维方式是融"象"和"喻"于一体的,"象"是核心,"喻"是手段,二者共同作用,相辅相成,对我国的文化传统产生了很大影响。

　　源自远古思想文化观念的象喻思维,在人们的文化语境中普遍存在。我们把文论语境中出现的象喻思维称为象喻批评。我们认为,文论诞生之初,象喻批评就开始出现了,象喻批评和我国文论是相始终的。比如我国第一部诗歌总集《诗经》,虽是文学作品集,却孕育了非常珍贵的文论观念,其"园有桃"篇曰:"园有桃,其实之肴。心之忧矣,我歌且谣……园有棘,其实之食。心之忧矣,聊以行国。"鲜红的桃子可做美肴佳品,酸甜的枣子可让人充饥,而"我"满腹经纶、才华横溢却无人问津,故而忧愤难当、愁肠百结。这是以桃树、酸枣树(棘)的生有所用、适得其所反衬自己的怀才不遇、忧国伤时,引申到文论上,就是由桃树、酸枣树(棘)的果实推及人内心的忧愁要表达出来,从而表达作品的思想情感要由心而发的观点,这正是典型的以象喻阐释文学观念的思维;其《烝民》曰:"四牡骙骙,八鸾喈喈。仲山甫徂齐,式遄其归。吉甫作诵,穆如清风。仲山甫永怀,以慰其心。"周宣王派仲山甫去齐地筑城,临行时重臣尹吉甫作此诗赠之,而尹吉甫作的诗乐和美得就像阵阵清爽的凉风一样,令人心旷神怡,这是以象喻形容诗歌美感。可以看出,最早出现的文论观念是与象喻批评裹挟在一起的。

　　又如我们素来崇尚的审美风尚——平淡美,源于《易经》中的"贲"卦,而"贲"卦也是以象喻的方式呈现的:

　　　贲(离下艮上):亨。小利有攸往。

　　　初九:贲其趾,舍车而徒。

　　　六二:贲其须。

　　　九三:贲如濡如,永贞吉。

六四：贲如皤如，白马翰如，匪寇，婚媾。

六五：贲于丘园，束帛戋戋，吝，终吉。

上九：白贲，无咎。

"贲"卦的意思是装饰、文饰，象辞中以"山下有火"作类比，火能驱散黑暗，耀亮天下，好比给事物蒙上一层色彩。作者又以婚礼嫁娶为例作类比，指出人们最高的审美风尚是"白贲"。从该卦内容看，里面所说的婚娶应是原始社会中期偶婚的遗俗。结婚时，男方全氏族成员要迁到靠近女方氏族居住的地方，这样就出现了《易经》中一幅幅婚俗风情画：为了迎妻，男方把脚修理得整整洁洁的，把胡须修整得干干净净，把白马修饰得洁白如洗，把迁居到女方附近的丘园也修饰得干净整洁，可以说极尽修饰之能事，但是最后说："上九：白贲，无咎。"一切的修饰，最后都会由极端、极致返回到一片空白、没有任何修饰的本来面目——平淡、朴素，这是最高的美。总之，在文论批评的萌芽期，古人就已经有意识地运用象喻批评进行阐释了。皇甫湜《谕业》曰："夫比文之流，由来尚矣。自六经子史至于近代之作，无不详备。"①皇甫湜所说的"比文"即以象来比拟、说明、形容文学观念，这正是我们所说的象喻批评。他虽然没有指明象喻批评源自何时，但"由来尚矣"已明确指出象喻批评的历史悠久，随着文学观念的进步与发展，人们对文学作为独立文体的认识越来越明确，象喻思维的运用也越来越广泛和成熟。

总之，所谓象喻批评就是指在文论批评话语中广泛存在的以象为主体，以象征、类比、暗示、比喻、隐喻的方式进行文学理论活动的一种批评方法。象喻批评包含了象—象喻—象喻批评的逻辑演进过程，早在先秦时期文论发轫之际就已产生，历史极其悠久。象喻批评绝不是一种或有或无的修辞手法，它早已内化成文论家根本的运思方法，被广泛运用于古代文学理论活动如文论观念、文学创作、文学鉴赏与批评以及文论话语等各个领

---

① 唐晓敏：《中华古文论释林·隋唐五代卷》，北京大学出版社2011年版，第467页。

域,是一种立足我国"天人合一"哲学基础、触及文学审美本质且具有民族特色的文学审美批评。

# 第二节　古代文论象喻批评的基本特质

有着传统文化的厚重积淀,在理论素养的深切滋润之下,我国的古代文论象喻批评经过长期的不断发展与提升越来越走向成熟,发挥出越来越重要的影响力和作用,成为富有中国特色的文学理论批评。概括起来,古代文论象喻批评主要有以下几个特点。

## 一、认知性

这是象喻批评的本质特征。古人运用象喻的根本原因就在于象喻批评的认知性。西汉刘向《说苑·善说》所引惠子的故事中,惠子反驳梁王批评其"好譬"的一个有力出发点正是事物的认知性。惠子说:"'弹之状如弹',则谕乎?"梁王说:"未谕也。""无譬"则对弹的形状一无所知,惠子进一步说:"'弹之状如弓,而以竹为弦。'则知乎?"梁王说:"可知矣。"通过譬喻,梁王对弹的认知豁然开朗。于是惠子总结说:"夫说者,固以其所知谕其所不知,而使人知之。"说话的人本来就是用人们已经知道的东西来说明人们所不知道的东西,从而使人们真正认识弄懂它。这就是象喻的认知性。《周易·系辞》中说伏羲氏"近取诸身,远取诸物",提到要远近选取各种卦象,其目的正是"以类万物之情",去更好地认知与把握宇宙万物的本质。

后世文论家对象喻批评的认知性有着高度的信任,如晚唐司空图在《与李生论诗书》中说:"文之难,而诗之更难。古今之喻多矣。而愚以为辨于味而后可以言诗。江岭之南,凡足资于适口者,若醯,非不酸也,止于酸而已;若鹾,非不咸也,止于咸而已。华之人以充饥而遽辍者,知其咸酸之外,醇美者有所乏耳。彼江岭之人,习之而不辨也,宜哉。诗贯六义,则讽喻、抑扬、淳蓄、温雅,皆在其间矣。"①首先指出文学评论很难,对诗歌的评论最难。"古今之喻多矣",古人对象喻批评的运用极其频繁众多,但在各色象喻中,司空图认为能达到有效认知的是"味道"象喻(以味言诗)。当然,这个"味道"并不是指单一的味道,不是说诗歌只要像长江五岭以南一带人们的饮食一样,具备或咸或酸的单一味道就能称得上美,真正美的诗歌,应该除了咸酸之味,还要有咸酸之外的味道,即如"讽喻、抑扬、淳蓄、温雅"等不同的醇厚味道贯穿其间。由此,司空图又提出了以饮食为喻的新的美学范畴,即"味外之旨""韵外之致",并将其作为重要的论诗准则和诗歌审美理想。如他在《与极浦书》中提出的"象外之象,景外之景"、在《二十四诗品·含蓄》中所说的"不着一字,尽得风流"等,都是提倡诗歌要有咸酸之外的味、味外之味,与"味外之旨""韵外之致"的美学意蕴是一致的。又如清代叶燮《原诗·内篇(下)》也说:"我今与子以诗言诗,子固未能知也。"②这与惠子"弹之状如弹,未谕也"的论述模式何其相似乃尔。那么,既然以诗论诗让对方来理解很难,又该怎么办呢?惠子说"弹之状如弓,则知矣",叶燮也说"不若借事物以譬之,而可晓然矣",并通过比喻建构出自己的理论体系:

> 今有人焉,拥数万金而谋起一大宅,门堂楼庑,将无一不极轮奂之美。是宅也,必非凭空结撰,如海上之蜃,如三山之云气,以为楼台,将必有所托基焉。而其基必不于荒江、穷壑、负郭、僻巷、湫隘、卑湿之地,将必于平直高敞、水可舟楫、陆可车马者,然后始基而经营之,大厦乃可次第而成。我谓作诗者,亦必先有诗之基焉。诗之基,其人之胸襟是也。有胸襟,然后能载其性情、智慧、

---

① 郭绍虞辑注:《诗品集解·续诗品注》,人民文学出版社 1963 年版,第 47 页。本书关于司空图《二十四诗品》所引内容均来自这一版本,后不再注明。

② 党圣元:《中华古文论释林·清代上卷》,北京大学出版社 2011 年版,第 298 页。本书关于叶燮《原诗》所引内容均来自这一版本,后不再注明。

聪明、才辨以出，随遇发生，随生即盛。千古诗人推杜甫，其诗随
所遇之人之境之事之物，无处不发其思君王、忧祸乱、悲时日、念
友朋、吊古人、怀远道，凡欢愉、幽愁、离合、今昔之感，一一触类而
起，因遇得题，因题达情，因情敷句，皆因甫有其胸襟以为基……
余又尝谓晋王羲之独以法书立极，非文辞作手也。兰亭之集，时
贵名流毕会；使时手为序，必极力铺写，谀美万端，决无一语稍涉
荒凉者。而羲之此序，寥寥数语，托意于仰观俯察，宇宙万汇，系
之感忆，而极于死生之痛。则羲之之胸襟，又何如也！由是言之，
有是胸襟以为基，而后可以为诗文。(《原诗·内篇(下)》)

以建造房子拟诗。关于诗歌的创作、结构的变化、评判标准、诗歌继承
与创新的关系等问题，叶燮无一不以房子进行形象类比，并提出了著名的
"诗基说"，房子的落成，地基至关重要。若地基不稳，房子建造得再怎么富
丽堂皇、高大威严，也会腐烂不可支，一朝之间轰然倒塌。同样，对于诗歌
的创作，创作主体的胸襟就像房子的地基一样，必须宽广深厚，有见识，有
深度，才能支撑起诗歌的结构，丰富诗歌的内在意蕴。

晚唐司空图和清代叶燮就像两座巨大的方向标，把象喻批评的认知性
纵向地连接起来，遥遥相应，成为古代文论家的代表性言论。

## 二、多样性

多样性是象喻批评的表现特征。《周易·系辞》中说："古者包牺氏之
王天下也，仰则观象于天，俯则观法于地。观鸟兽之文，与地之宜，近取诸
身，远取诸物，于是始作八卦，以通神明之德，以类万物之情。"八卦之象是
对天地万物的萃取，象喻批评中的象喻同样也源自天地万物，从而不断生
发出不同的类型。总结起来看，象喻批评的取象来源主要有以下几种。

### 1. 人化之象喻

人化之象喻，即与人相关的各类象喻。这可以说是最早的取象类型。

《周易·系辞》曰"近取诸身,远取诸物",《论语·雍也》曰"近身取譬,仁之方也"。古人对宇宙事物的观察与思考总是从自身出发,以自身作为切入点来比较、比方,因而象喻批评出现了很多的人体器官之喻。钱锺书先生早在 1937 年 5 月 23 日写成的《中国固有的文学批评的一个特点》一文中就有详细讨论,兹引部分如下:

> 把文章通盘的人化或生命化。《易·系辞》云:"近取诸身……以通神明之德,以类万物之情",可以移作解释:我们把文章看成我们自己同类的活人。《文心雕龙·风骨篇》云:"辞之待骨,如体之树骸,情之含风,犹形之包气……瘠义肥词",又《附会篇》云:"以情志为神明,事义为骨髓,辞采为肌肤"……这种例子哪里举得尽呢?我们自己喜欢乱谈诗文的人,做到批评,还会用什么"气","骨","力","魄","神","脉","髓","文心","句眼"等名词,翁方纲精思卓识,正式拈出"肌理",为我们的文评,更添一个新颖的生命化名词。[①]

由人体器官又引申到人的风度气质、精神风貌等,象喻批评的人化之喻实则极其丰富。我们看到,在古代文论中,形、气、神、骨、筋、脉、血、肉、肌、肤、目、皮、毛、肥、壮、健、瘦、癯、腴、老、病、弱、风骨、气骨、主脑、首联、尾联、文心、诗眼、肌理等,或表示实形的人体器官,或表征虚化的精神气质等,这类人化之喻经常出现,有的甚至跃升为核心的文论范畴,如气、神、风骨、老等,对古代文论的建设产生很大作用。

除了人体器官及其精神风貌之外,人化之象喻还包括与人的日常生活相关的饮食、纺织活动、社会事件、各种器具物什甚至建筑、军事、医药等,这一类的象喻就更是丰富多彩,遍地皆是了,正像钱锺书所说:"这种例子哪里举得尽呢?"比如孔子指出的尽善尽美的审美标准,正是在他听了《韶》

---

乐和《武》乐之后比较所得。《庄子·秋水》曰："牛马四足，是谓天；落马首，穿牛鼻，是谓人。"①正是以人类的行为活动做对比来提倡回归自然的理想。老子更是运用一系列与人日常生活相关的事物、器具等作类比，说明自然无为的道理：

> 三十辐共一毂，当其无，有车之用。
>
> 埏埴以为器，当其无，有器之用。
>
> 凿户牖以为室，当其无，有室之用。
>
> 故有之以为利，无之以为用。（《老子》第十一章）

车子、器皿、房子等都是日常生活中常见的事物，车毂必须中空才能转动运行，器皿必须中空才能盛装东西，房子必须中空才能居住活动，老子以这些浅显常见的事物来说明以无为本的自然观念，既鲜活生动又亲切真实，具有极强的说服力和信服力。

随着人类生产力水平的提高，人们日常生活愈显殷实和精密，雕龙、织锦、堂室等社会化象喻被刘勰、钟嵘等大文论家反复使用，成为一道道独特而亮丽的风景线。如古风就指出："秦汉以降，大量有关丝织锦绣的术语范畴，被移用到文学批评领域，成为文学审美的'语言模子'和'思维模子'。"由此他发表了一系列关于锦绣象喻的论文，其中尤以《"以锦喻文"现象与中国文学审美批评》最具代表性。该文对"以锦喻文"现象的历史演变、学理基础、文学审美批评意义及其审美批评范式的现代传承等问题展开全面且精彩的论述。其《丝织锦绣与文学审美关系初探》一文在谈到丝织锦绣术语转化为文学理论与批评的术语时，还列出表格②明示，表格如下：

---

① 陈鼓应注释：《庄子今注今译》（中），中华书局 1983 年版，第 428 页。本书关于《庄子》所引内容均来自这一版本，后不再注明。

② 古风：《丝织锦绣与文学审美关系初探》，《文学评论》，2007 年第 2 期，第 153—159 页。

| 文学存在方式 | 我国古代文学理论与批评术语 |
|---|---|
| 创作行为 | 编、缀、绎、缉、缝、综、络、纠、结、练、约、系、纡、缩、缘、绣 |
| 作品结构 | 经、纬、统、纪、纲、章、回、线、组、绪 |
| 作品性状 | 红、紫、绿、綦、纯、细、纷、繁、纤、素、丽、绮、绚、采、文、缛 |

从列表足见锦绣类批评象喻之丰富。实际上除此之外,表达创作行为的还有织、纵、绝、绩、杼轴等,表示作品结构的还有丝、纶等,表征作品性状的还有缓、彩、绵、纤、縠、缥、缈、黼、黻等。而且在这些文论术语中,有的甚至还会形成以某种性状为中心的范畴群,如以"丽"为核心的有"绮丽""纤丽""壮丽""清丽""巧丽""艳丽""文丽""纯丽""华丽""藻丽""缛丽""雕丽""靡丽""工丽""光丽""美丽""组丽"等。"丽"的本义为附着,有华美、漂亮之义,《广韵》释"丽"曰"美也",其所形成的范畴群既突出语言作品的华彩富丽之美,又强调不同侧面、角度、倾向的美,大大强化了古代审美经验的精密性和细致性,从而有力拓展了我国古代文论的审美形态。

### 2. 自然之象喻

自然之象喻,包括动物、植物、日月天象、山川河流等,这是最为常见的取喻类型。人类初始的生活情景就是充满生机的大自然,自然与古人具有极其密切的天然联系,它对人的影响可以说是遍及生活、经济、政治、精神、宗教等各个层面的。以《诗经》为例,其中出现的自然植物有可以食用的,如黍、小麦、枣、菽、粟、大豆、葫芦、瓜、棠梨、桃、稻、粱等;有用于衣用染料、建筑舟车等生活层面的,如《诗经·周南·葛覃》中"为絺为绤,服之无斁",絺是细葛布,绤为粗葛布,是当时主要的织布原料;也有用于表达辟邪等精神层面的,如《诗经·召南·采蘋》中"于以采藻? 于彼行潦","藻"为水草,具有厌辟火灾的象征意义,是以人们常在屋梁上雕绘藻纹用以压制火灾。[①]不仅如此,难能可贵的是,早在《诗经》中就出现了以自然植物探讨文学理

---

① 王顺娣:《古代文论中的草木象喻批评研究》,浙江工商大学出版社 2019 年版,第 36—37 页。

论问题的象喻批评。如《诗经·魏风·园有桃》："园有桃,其实之肴。心之忧矣,我歌且谣。"以桃树的生有所用、适得其所,反衬自己的怀才不遇、忧国伤时,引申到文论上,就是由桃树、酸枣树的果实推及人内心的忧愁,从而引发作品传达情感要由心生发的文论观念。

先秦伊始,自然物象就经常出现在古代文论的象喻批评中。《周易·系辞》"近取诸身,远取诸物……以通神明之德,以类万物之情"中的"诸物"即人所处的自然,古人通过对自然生命生长情况的观照,来比拟万物(包括文学)的各种情状,往往显示出一种整体、宏观的情怀。如标志着文学自觉的曹丕在《典论·论文》中提出"夫文本同而末异"①,"本"同指文章的基本创作原则相同,"末异"指文章的具体表现手法及其风格不同,所谓"奏、议宜雅,书、论宜理,铭、诔尚实,诗、赋欲丽",正是受到一棵大树上的众多枝条均由主干生发而来的自然现象的影响而感发。刘勰《文心雕龙》中的自然草木象喻批评更为系统、全面,"原道"篇曰"草木贲华,自然成文"②,草木之花,自然生成,美丽芬芳,喻其文道合一的本体论;"序志"篇曰"唯文章之用,实经典枝条",将各类文体与经典之间的关系,高屋建瓴地比作枝条与树根的关系,体现其宗经尚道的文体论。除了整体观照,古人也运用自然象喻探讨文论中或核心或细微的问题,如《文心雕龙》"情采"篇曰:"夫桃李不言而成蹊,有实存也;男子树兰而不芳,无其情也。夫以草木之微,依情待实;况乎文章,述志为本,言与志反,文岂足征?"以桃李无言却能下自成蹊和男子种兰反而艳而不芳做对比,提出"以情为本"的创作论,强调文学创作应当有充实的思想内容。"声律"篇曰"声得盐梅,响滑榆槿",盐梅调味,榆槿润滑,形容和体抑扬的声律论;"隐秀"篇云"夫心术之动远矣,文情之变深矣,源奥而派生,根盛而颖峻,是以文之英蕤,有秀有隐",花朵之美

① 李壮鹰:《中华古文论释林·魏晋南北朝卷》,北京大学出版社 2011 年版,第 2 页。本书关于曹丕《典论·论文》所引内容均来自这一版本,后不再注明。

② 刘勰著,王运熙、周锋译注:《文心雕龙译注》,上海古籍出版社 2016 年版,第 2 页。本书关于刘勰《文心雕龙》所引内容均来自这一版本,后不再注明。

不仅体现在其展露出来的那鲜明亮丽的颜色或婀娜多姿的形态上，还体现
在那朵朵花瓣下潜藏的若隐若现的阵阵清香以及由此诱发出来的种种情
思，以此隐喻余味曲包的审美论。此外，还有"丽土同性，晞阳异品"喻通变
创新的发展论，"阅过乔岳，以形培塿"拟博观通达的批评论。这些自然象
喻批评用语通过各文论家的交相运用，开始成为文学理论批评的常用术
语，如秀、华、英、蕙、香、枯、松、脆、苍、峭、芜、芳、朴、柔、艳、本、末、采、藻等
等；并且也形成了很多以某词为核心的范畴群。兹取"秀"为例，"秀"从禾，
从乃，其本义为谷物再度抽穗扬花，南北朝时开始进入文学理论领域。《文
心雕龙》"隐秀"篇中"句间鲜秀，如巨室之少珍"，"秀"为形容词，是秀美、华
丽之意；钟嵘《诗品》评王粲的赋"文秀而质赢"①，论谢朓"奇章秀句，往往警
遒"，"秀"亦是文辞华艳、美丽的意思。但是，随着人们社会生活的发展，文
论的日益成熟，以"秀"为中心的范畴群越来越多，"秀"呈现出越来越丰富
的审美内涵："秀美""秀句""秀爽""秀逸""秀俊""苍秀""森秀""逸秀""秀
颖""秀简""秀活""秀奇""秀挺""秀茂""秀越""秀骨""秀艳""秀刻""秀曼"
"秀彻""秀雅""秀粹""秀英""秀绝""秀大""秀峙""秀朗""秀上""秀润""秀
旷""秀妙""秀野""秀达""秀洁""秀劲""秀特""秀蔚""秀耸""秀婉""秀异"
"秀峻""秀整""颖秀""幽秀""倩秀""秾秀""瑰秀""隐秀""静秀""标秀""荣
秀""疏秀""整秀""峭秀""夭秀""朴秀""孤秀""明秀""神秀""姝秀""擢秀"
"毓秀""沈秀""迥秀""英秀""条秀""迈秀""灵秀""雄秀""伟秀""新秀""通
秀""端秀""精秀""豪秀""腾秀""诡秀""妍秀""巉秀""濯秀""出秀""朗秀"
"清秀""挺秀""韶秀""雄秀""纤秀""竦秀""警秀""松秀"等。可以看出，古
代文论家对"秀"的理解并不限于文辞的华美丰丽，而是或秀丽与豪爽的统
一，或秀丽与峻峭的融合，或秀丽与苍劲的合一，等等，"秀"已呈现出新的

---

① 吕德申：《钟嵘诗品校释》，北京大学出版社 2000 年版，第 37 页。本书关于钟
嵘《诗品》所引内容均来自这一版本，后不再注明。

美学内涵,显示出后人多元辩证的审美观念。①

　　当然,除了草木象喻批评之外,鸟兽动物、日月星辰、山川河流等自然物象也是古代文论象喻批评中的常客,常被用来批文论诗,抑或阐释文学理论观念。

### 3.佛禅之喻

　　佛教发源于印度,盛行于中土。东汉末年,传入中国,被中国文化影响,形成本土化的宗派——禅宗。从唐代开始,禅宗与中国传统文化融合;至宋代,儒释道已高度统一。如宋初名僧智圆有《湖居感伤》诗云"礼乐师周孔,虚无学老庄",以僧侣之身,修身以儒家,治心以道、禅,自觉地将儒释道结合起来,体现在文论上,就是当时盛行的诗禅相通的普遍论调。如吴可《藏海诗话》曰:"凡作诗如参禅,须有悟门。"②《学诗诗·其一》"学诗浑似学参禅,竹榻蒲团不计年。直待自家都了得,等闲拈出便超然"③中,"参"指玄思冥想,明悟道理,"禅"指禅定修行,静坐调心,"参禅"即通过长期的打坐禅定修行的方式,静思玄想,开启智慧,了生顿悟,以达明心见性、见性成佛的涅槃境界。这是以参禅喻经过苦苦探索达到豁然顿悟的诗歌境界。《学诗诗·其二》"学诗浑似学参禅,头上安头不足传。跳出少陵窠臼外,丈夫志气本冲天",以参禅喻学诗要注重自己参悟,不要因袭。《学诗诗·其三》"学诗浑似学参禅,自古圆成有几联?春草池塘一句子,惊天动地至今传",以参禅喻诗歌最高境界——"圆成",即自然、浑成。又如都穆《南濠诗话》"学诗浑似学参禅,不悟真乘枉百年。切莫呕心并剔肺,须知妙语出天然""学诗浑似学参禅,笔下随人世岂传。好句眼前吟不尽,痴人犹自管窥天""学诗浑似学参禅,语要惊人不在联。但写真情并实境,任他埋没与流

　　①　王顺娣:《古代文论中的草木象喻批评研究》,浙江工商大学出版社 2019 年版,第 215—217 页。

　　②　丁福保辑:《历代诗话续编》(上),中华书局 1983 年版,第 340 页。

　　③　李壮鹰:《中国古代文论读本》,高等教育出版社 2008 年版,第 286 页。

传"①,同样是以禅喻诗。

以禅喻诗的集大成者是南宋严羽,他的《沧浪诗话》是宋代最具代表性、最负盛名、最有影响的一部诗话著作。《沧浪诗话》分为《诗辨》《诗体》《诗法》《诗评》和《考证》五个部分,合成一部体系严密的诗歌理论著作,改变了自《六一诗话》以来诗话专供消遣的随笔形式,其体系严密、理论严谨主要得益于他以禅喻诗的诗学理论建构。严羽的以禅喻诗包括两个方面:一是以禅语入诗,以禅宗话语作为诗学言说方式;二是以禅理说诗,以禅宗理论作为诗学建构的基础,这是诗、禅相通的更为内在的方式,也是严羽以禅喻诗的更普遍的方式。如《沧浪诗话·诗辨》中的"大抵禅道惟在妙悟,诗道亦在妙悟"②"且孟襄阳学力下韩退之远甚,而其诗独出退之之上者,一味妙悟而已。惟悟乃为当行,乃为本色""然悟有浅深、有分限、有透彻之悟,有但得一知半解之悟。汉魏尚矣,不假悟也。谢灵运至盛唐诸公透彻之悟也。他虽有悟者,皆非第一义也",严羽不仅以禅语入诗,"禅道""妙悟""当行""本色""浅深""分限""透彻""悟"这些都来自禅宗,而且是以禅理喻诗,所谓"禅道惟在妙悟,诗道亦在妙悟",以"妙悟"为核心来建构其诗学理论。禅宗"妙悟"是指通过参禅"识心见性,自成佛道",达到本心清净、空灵清澈的精神境界。诗歌"妙悟"即指对诗歌创作规律的顿时领悟达到豁然贯通的境界。

此外,王夫之《姜斋诗话》以禅入诗,以禅喻诗,引用了大量的佛禅用语,如"小家数"、"铁门限"、评苏轼"野狐禅"等,甚至提出著名的文论观点——现量说,这些都说明佛禅之喻也是象喻批评中一种重要的取喻类型。

### 4. 典故之喻

引用典故是指古人引用古籍中的历史事件、过去的事实、经史或诗词

---

① 李壮鹰:《中国古代文论读本》,高等教育出版社 2008 年版,第 287 页。

② 何文焕:《历代诗话》(下),中华书局 1981 年版,第 686 页。本书关于严羽《沧浪诗话》所引内容均来自此一版本,后不再注明。

中的语句及神话传说、故事，直接或间接地来表达作者的意见，丰富而含蓄地表达有关的内容和思想。它是古人文学创作中一种常用的说明事理、抒发感情的修辞手法，但实际上也频繁成为古代文论象喻批评的取喻方式。如丁耀亢《赤松游题辞》"步元曲而困其范围，愧成画虎；摹时词而流为堆砌，未免雕猴"，这里的"画虎""雕猴"象喻其实是用典，前者出自南朝宋范晔《后汉书·马援传》"效季良不得，陷为天下轻薄子，所谓'画虎不成反类狗'者也"，比喻模仿因袭；后者出自唐代杜牧《昔事文皇帝三十二韵》"斗巧猴雕刺，夸趫索挂跟"，比喻过于雕琢。又如黄宗羲《缩斋文集序》："今泽望之文，亦阳气也，无视葭灰，不啻千钧之压也。锢而不出，岂若刘蜕之文冢，腐为墟壤，蒸为芝菌，文人之文而已乎？"①这里的"刘蜕之文冢""腐为墟壤，蒸为芝菌"均为典实之喻，前者出自刘蜕曾在梓州兜率寺立"文冢"，铭云"文冢者，长沙刘蜕复愚为文，不忍去其草，聚而封之也"；后者化用柳宗元《与萧翰林俛书》"使受天泽余润，虽朽枿败腐，不能生植，犹足蒸出芝菌，以为瑞物……朝夕歌谣，使成文章"，比喻泽望这种处于民族危亡之秋的乱世之文，具有浓郁悲慨、清峻高远的阳刚之美，富有极强的感染力。

以上概举了古代文论象喻批评的四种常见取喻类型。但在实际情形中，我们发现，很多文论家的象喻批评同时运用了两种或三种以上的取喻类型，形成更为复杂精妙、蕴藉含蓄的审美效果。如在司空图《二十四诗品》中，几乎每一品都有人化之喻和自然之喻，有景有人，景因人生，人因景美，不同的人与不同的景相形相融，比喻不同风格的诗歌境界。

### 三、审美性

审美性是象喻批评的鉴赏特征。象喻批评在古代文论中频繁出现的原因除了"以其所知谕其所不知，使人知之"的认知性因素之外，其本身蕴有的审美性也是一大因素。当代学者贺仲明说："真正优秀的文学批评并不单调枯燥，而是具有自己独特的美学魅力，它蕴含敏锐的思想和尖锐的

---

① 党圣元：《中华古文论释林·清代上卷》，北京大学出版社 2011 年版，第 92 页。

针砭。同时，也可以包含流畅的思绪、优美的结构和赏心悦目的文字。它是在逻辑、理性的世界里跋涉，同时也是在美的天空里遨游。"①古人对文论着力甚深，总是将其当作美文来写。从其题名来看，除了《典论·论文》较为朴实之外，《文赋》宣称以华丽的赋体形式来写，《文心雕龙》提倡雕刻精美龙纹般的形式美，《诗品》《二十四诗品》强调含蓄深长的品味美，这些都特别注重文论审美性的挖掘，象喻批评就更是如此。比如陆机《文赋》中的"谢朝华于已披，启夕秀于未振"②，语言对仗整齐、工巧，意象华美、精丽，宛如在美的天空里遨游，在美的浸淫中又领悟到"提倡创新"的文学观念，给人极大的愉悦感和满足感。具体而言，象喻批评的审美性主要体现在以下几个方面。

### 1. 意象美

有人说，《诗经》中最美的诗句是《采薇》中的"昔我往矣，杨柳依依；今我来思，雨雪霏霏"，这是因为诗句里面充满了意象美：依依倒垂着的细长杨柳，婀娜多姿，妩媚生光；纷纷扬扬飘动着的片片雪花，轻盈洁白，空灵缥缈。古代文论中的象喻批评也具有这样的意象美，尤其是在赏析性文字中特别典型。如《世说新语·文学篇》引孙绰语比较潘岳和陆机的文章时说："潘文烂若披锦，无处不善；陆文若排沙简金，往往见宝。"③以烂若披锦喻潘岳文辞华丽，就像披着锦绣一样灿烂；以排沙简金比喻陆机文章去粗取精，虽说不是全篇皆好，但其中不乏精彩之处，犹如拨开砂砾来挑选金子，须精心筛选，去粗存精。这些象喻批评都特别形象生动，具有意象美。钟嵘《诗品》还引用该象喻进一步表达自己的不同看法："陆才如海，潘才如江。"认为陆机之才犹如大海，虽难免泥沙俱下，但不失其深；而潘岳则仿佛江水，

---

① 贺仲明：《批评的美丽——汪政、晓华批评论》，《当代作家评论》，2003 年第 4 期，第 51 页。

② 李壮鹰：《中华古文论释林·魏晋南北朝卷》，北京大学出版社 2011 年版，第 61 页。本书关于陆机《文赋》所引内容均来自这一版本，后不再注明。

③ 刘义庆撰：《世说新语》，中州古籍出版社 2008 年版，第 113 页。本书关于刘义庆《世说新语》所引内容均来自这一版本，后不再注明。

秀气华丽,但总觉得失于轻浅。这些意象都生动形象,精美华丽,蕴有十足的审美特性。

随着时代的发展和文论的成熟,象喻批评所用意象极尽铺陈排比之能事,各家发挥想象,宇宙万象,任其所用,多如牛毛,数不胜数,令人目眩神迷,应接不暇。如刘弇《上曾子固先生书》曰:"韩子之文,如六龙解骈,放足千里,而逸气弥劲,真物外之绝羁也。柳子厚之文,如蒲牢叩鲸钟,骁壶跃俊矢,壮伟健发……吕温之文,如兰櫰桂橑,质非不美,正恐不为杞梓家所录。刘禹锡之文,如剔柯棘林,还相影发,而独欠茂密……语其(指曾巩)形似则如白玉般种种浑璞,如青翰客而有秀举,如天骥局影筋理飒洒,如乔松弄之真率径尽,如炙髁联环之运而不穷也……"魏庆之《诗人玉屑》云:"魏武帝如幽燕老将,气韵沉雄……王右丞如秋水芙蕖,倚风自笑;韦苏州如园客独茧,暗合音徽;孟浩然如洞庭始波,木叶微脱……山谷如陶弘景祇诏入宫,析理谈玄,而松风之梦故在;梅圣俞如关河放溜,瞬息无声;秦少游如时女步春,终伤婉弱;后山如九皋独唳,深林孤芳,冲寂自妍,不求识赏。"[1]缪钺《论宋诗》称:"唐诗以韵胜,故浑雅,而贵酝籍空灵;宋诗以意胜,故精能,而贵深折透辟。唐诗之美在情辞,故丰腴;宋诗之美在气骨,故瘦劲。……唐诗如啖荔枝,一颗入口,则甘芳盈颊;宋诗如食橄榄,初觉生涩,而回味隽永。"

不仅赏评文字如此,在一些阐释理论观点的象喻批评中,其象喻也富有极大的意象美。如陆机《文赋》曰"谢朝华于已披,启夕秀于未振",将早晨开过的花与晚上未花之花进行对比,阐发创作要求创新的观点;白居易以花草意象为诗歌下定义,"诗者,根情,苗言,华声,实义"[2],提出以情为本的观点;李白《经乱离后天恩流夜郎忆旧游书怀赠江夏韦太守良宰》中说"清水出芙蓉,天然去雕饰",提出自然美的观念。明代李梦阳《梅月先生诗

　　① 魏庆之编,王仲闻校勘:《诗人玉屑》(上),上海古籍出版社1978年版,第18页。
　　② 唐晓敏:《中华古文论释林·隋唐五代卷》,北京大学出版社2011年版,第305页。本书关于白居易《与元九书》所引内容均来自这一版本,后不再注明。

序》中说:"情者,动乎遇者也。"①阐发主体之"情"与客体之"遇"的多重互动
关系时,采用了雪、花、日、云、梅等意象,他说:"幽岩寂滨,深野旷林,百卉
既痱,乃有缟焉之英,媚枯缀疏,横斜嵌崎清浅之区,则何遇之不动矣。是
故雪益之色,动色则雪;风阐之香,动香则风;日助之颜,动颜则日;云增之
韵,动韵则云;月与之神,动神则月。故遇者物也,动者情也。情动则会,心
会则契,神契则音,所谓随遇而发者也。'梅月'者,遇乎月者也。遇乎月,
则见之目怡,聆之耳悦,嗅之鼻安。口之为吟,手之为诗。诗不言月,月为
之色;诗不言梅,梅为之馨。何也? 契者,会乎心者也。会由乎动,动由乎
遇,然未有不情者也,故曰:情者动乎遇者也。"②刘勰《文心雕龙》则更为典
型,以草木意象直接建构其庞大而深邃的理论系统,笔者《古代文论中的草
木象喻批评研究》一书中有详细论述,其陈述模式几乎都是清一色的草木
花果之类的象喻批评,自然内蕴十足的意象美。兹摘举如下:

一、"草木贲华,自然成文"——文道合一的本体论;

二、"文章之用,经典枝条"——宗经尚道的文体论;

三、"草木之微,依情待实"——以情为本的创作论;

四、"声得盐梅,响滑榆槿"——和体抑扬的声律论;

五、"文之英蕤,有秀有隐"——余味曲包的审美论;

六、"丽土同性,晞阳异品"——通变创新的发展论;

七、"阅过乔阅,以形培塿"——博观通达的批评论。

总之,刘勰《文心雕龙》中的草木隐喻遍及文论中的本体论、文体论、创
作论、声律论、审美论、发展论及其批评论,可以看出,关于文论中的一些核
心的基本问题,刘勰都有意识地运用草木隐喻来说明、考察,草木隐喻由此

---

① 蔡景康编选:《明代文论选》,人民文学出版社1991年版,第112页。
② 蔡景康编选:《明代文论选》,人民文学出版社1991年版,第112页。

呈现出重要的理论建构意义。①

　　当然,在一些非自然草木类的象喻批评中,其意象美也是十分浓厚的。《文心雕龙·风骨》曰:"夫翚翟备色,而翾翥百步,肌丰而力沈也;鹰隼乏采,而翰飞戾天,骨劲而气猛也:文章才力,有似于此。若风骨乏采,则鸷集翰林;采乏风骨,则雉窜文囿;唯藻耀而高翔,固文笔之鸣凤也。"首先将鹰隼与野鸡做比较,宣称作品中情志的感染力和语言的逻辑力量的重要性,强调"风骨",接着又将虽有力量但形色单调不漂亮的鹰隼和虽五彩斑斓但缺乏力量的野鸡与色彩既漂亮又能高翔戾天的凤凰做对比,"唯藻耀而高翔,固文笔之鸣凤也",提倡作品既要有风骨之力又要有文采之美,这才是最完美的。这里鹰隼、野鸡、凤凰等意象的层层比较,同样充满了意象美。又如《南史·王筠传》载沈约云:"谢朓常见语云'好诗圆美流转如弹丸'。"意谓好的诗句圆转优美流丽像弹丸一样脱手而出,比喻作诗即兴造就,天然完美,生动鲜活,弹丸之喻颇具意象美,所以叶梦得《石林诗话》曰:"古今论诗者多矣,吾独爱汤惠休称谢灵运为'初日芙蕖',沈约称王筠为'弹丸脱手',两语最当人意。"②又如李廌《论文》以人为喻,提出文章应当包含体、志、气、韵四要素,他说:"文章之无体,譬之无耳目口鼻,不能成人。文章之无志,譬之虽有耳目口鼻,而不知视听臭味之所能;若土木偶人,形质皆具而无所用之。文章之无气,譬之虽知视听臭味,而血气不充于内,手足不卫于外,若奄奄病人,支离憔悴,生意消削。文章之无韵,譬之壮夫,其躯干枵然,骨强气盛,而神色昏瞢,言动凡浊,则庸俗鄙人而已。有体、有志、有气、有韵,夫是之谓成全。"③一篇好的文章犹如一个健全的人,需要有耳目口鼻,否则就不能成人;有了耳目口鼻,还须具备"视听臭味"的能力,否则即为土木偶人;具备了"视听臭味"的能力,还须血气充于内,否则即奄奄病

---

　　①　王顺娣:《古代文论中的草木象喻批评研究》,浙江工商大学出版社 2019 年版,第 69—76 页。

　　②　李壮鹰:《中国古代文论读本》,高等教育出版社 2008 年版,第 277 页。

　　③　李壮鹰:《中国古代文论读本》,高等教育出版社 2008 年版,第 264 页。

人;有了充足的血气,还须有精神气度和十足的韵味,否则即庸俗鄙人。如此,成人、土木偶人、奄奄病人、庸俗鄙人等象喻层层深化,论证精巧生动,思想内涵丰富,包容博约,故《四库全书提要》赞曰"条畅曲折,辨而中理",给予高度评价。总之,古代文论家所用象喻大都经过精心构思,设计巧妙,富有意象美。

## 2.声律美

"声",指语言的声调;"律",指语言的韵律。声律是指声调、音韵和格律等方面的要求。古人一般对诗歌和骈文等特殊文学形式会提出这样的要求,但其实在大量的象喻批评中,我们发现,古代文论家也特别注重声律效果,战国荀子在《荀子·儒效》中形容圣人言辞之美时就说"缓缓兮其有文章也"①。"缓"假借为"蕤","蕤蕤"即草木花之美,以草木花之美形容语言之美,这里运用叠字加强语言的形式美。东汉王充《论衡·超奇》中赞美鸿儒之超奇时说:"故夫鸿儒,所谓超而又超者也。以超之奇,退与儒生相料,文轩之比于敝车,锦绣之方于缊袍也,其相过远矣。如与俗人相料,太山之巅堁,长狄之项跖,不足以喻。"其中"文轩之比于敝车""太山之巅堁"等象喻批评,意象精当、对仗工整,声律平仄交错应当是经过作者精心组织的。魏晋南北朝时期,随着文学的独立自觉时代的到来,文学的审美特征日益被强调,曹丕《典论·论文》中就说"诗赋欲丽",很多人甚至把象喻批评当作诗、骈文、赋文来写。最典型的就是陆机《文赋》,题名《文赋》,意谓以赋体形式讨论文学创作问题,全篇几乎对仗工整,意象精美考究,如形容文思的开阔自由时说"浮天渊以安流,濯下泉而潜浸"。"天渊""下泉",天地相对;"安流""潜浸",动词精准。其形容语言表达之艰难时说"于是沉辞怫悦,若游鱼衔钩而出重渊之深",顺畅时则曰"浮藻联翩,若翰鸟缨缴而坠曾云之峻"。其意象也是采用上下天地相对的模式,而且"安流""潜浸"亦平仄交错,富有动态感。晚唐司空图《二十四诗品》也采用了典型的象喻批

---

① 梁启雄:《荀子简释》,中华书局 1983 年版,第 88 页。

评模式,其所用意象精心萃取,声律苦心经营,如:运用叠字,"荒荒油云,寥寥长风"("雄浑"品)、"采采流水,蓬蓬远春"("纤秾"品)、"天风浪浪,海山苍苍"("豪放"品);天地相对,"水理漩洑,鹏风翱翔"("委曲"品)、"如觅水影,如泻阳春"("形容"品)、"悠悠空尘,忽忽海沤"("含蓄"品);动静相衬,"青春鹦鹉,杨柳池台"("精神"品)、"娟娟群松,下有漪流"("清奇"品)、"柳阴路曲,流莺比邻"("纤秾"品);对仗工巧,"空潭泻春,古镜照神"("洗炼"品)、"流水今日,明月前身"("洗炼"品)、"月明华屋,画桥碧阴"("绮丽"品)。这些象喻批评既充分形象地比拟、烘托了不同的诗格、风格,而且读来气韵贯通、流利畅达,极富音乐美和诗意美。

总之,象喻批评的审美特征主要体现在意象美和声律美上。叶梦得《石林诗话》云:"古今论诗者多矣,吾独爱汤惠休称谢灵运为'初日芙蕖',沈约称王筠为'弹丸脱手',两语最当人意。""初日芙蕖"和"弹丸脱手"也正是突出象喻批评的意象美和声律美,"最当人意"正说明其所内蕴的丰厚的审美性。

## 四、创造性

创造性是意象批评的思维特征。在中国传统文化语境中,"象"是一个有魔力的词汇。《周易·系辞(上)》借孔子话说:"书不尽言,言不尽意。"宇宙之大,无穷无尽,幽渺深远,宇宙万物,变动不居,更是纷纭繁杂,其幽微深远、复杂多变之意无法用语言穷尽,言与意之间存在巨大鸿沟,由此提出了言意矛盾,那么如何解决?《周易》接着说:"圣人立象以尽意,设卦以尽情伪。"卦即卦象,"古者包牺氏之王天下也,仰则观象于天,伏则观法于地,观鸟兽之文,与地之宜,近取诸身,远取诸物,于是始作八卦,以通神明之德,以类万物之情。""是故《易》者,象也;象也者,像也;彖者,材也;爻也者,效天下之动者也。""圣人有以见天下之赜,而拟诸其形容,象其物宜,故谓之象。"这是说,从其广度而言,"象"是圣人仰观天象、俯察地形萃取而来的,具有高度概括性,故而能"类万物之情""效天下之动者也",区分宇宙万事万物各种情状;从其深度而言,"象"是圣人对宇宙间幽渺深微的事物本质的精心描摹,具有高度的精准性,故而能"象其物宜",直达宇宙万事万物的本质特征。"象"的高度概括性和精准性使得古代文论中的象喻批评天生带有既充足丰厚又精深幽微的多重内蕴和开放意义,清代文论家叶燮《原诗·内篇》曾特别指出:

> 然子但知可言可执之理之为理,而抑知名言所绝之理之为至理乎?子但知有是事之为事,而抑知无是事之为凡事之所出乎?可言之理,人人能言之,又安在诗人之言之!可征之事,人人能述之,又安在诗人之述之?必有不可言之理,不可述之事,遇之于默会意象之表,而理与事无不灿然于前者也。

"可征之事""可述之理",浅显易懂,无须文学家讲述和说明。文学家真正要讲述和说明的是那精微奥妙的"不可言之理""不可述之事",而其讲述和说明的方式正是"象"。所谓"必有不可言之理,不可述之事,遇之于默会意象之表,而理与事无不灿然于前者也"。那些难言之理、难述之事,能在意象所揭示的复杂经验世界中得以呈现。

不仅如此,"象"还能超越具象、超越实体,指向形而上的抽象观念,富有本体意义。"道"是老庄思想核心,是宇宙本根和万物运行的根本原则,而在他们的话语体系中,往往是以"象"言"道","象"是"道"的代名词。这点在笔者《古代文论中的草木象喻批评研究》一书中有着较为详尽的论述,兹引如下,不再赘述:

> 象喻思维同样深入道家思想。老庄以道为本,"道"是宇宙本根和万物运行的根本法则。他们对"道"的阐述同样离不开"象"及"象喻思维"。如老子以大象言"道":"执大象天下往。"(第三十五章)"大音希声,大象无形,道隐无名。"(第四十一章)庄子以"象罔"言道:"黄帝游乎赤水之北,登乎昆仑之丘而南望。还归,遗其玄珠。使知索之而不得,使离朱索之而不得,使吃诟索之而不得

也。乃使象罔，象罔得之。黄帝曰：'异哉，象罔乃可以得之乎？'"
（《庄子·天地篇》）并且出现大量象征"道"的具体意象，如《老子》
中有水、谷、母、婴儿、阴，庄子中有鲲、玄珠、屎溺、蝼蚁、稊稗、瓦
甓等，可见，其象喻思维的丰富与成熟。老庄"象"与"道"的结合，
将龟象、易象提升到哲学层面，确立了其形而上的意义，使得"象"
兼具自然之象、社会人事之象和观念本体之象等多重内蕴，其多
义性与歧义性构成一个庞大的语义系统与思想空间。更重要的
是，老庄以象言道，更突出"道"的虚无之状，如"道之为物，惟恍惟
惚。惚兮恍，其中有象；恍兮惚兮，其中有物"（《老子》第二十一
章），"是谓无状之状，无物之象，是谓惚恍"（第十四章）。而庄子
所说的象罔状态即是一种似有若无、恍惚朦胧的状态："心困焉而
不能知，口辟焉而不能言。"这些都将引向对言外之意、象外之象
的深度追求。所谓"荃者所以在鱼，得鱼而忘荃；蹄者所以在兔，
得兔而忘蹄；言者所以在意，得意而忘言"（《庄子·外物》），直接
启示了后世重在探求言外之意、象外之意的意境论的建构。①

　　"象"的多层面内蕴直接造就了象喻批评的创造特征，其实现的手段就
是"喻"的功能。比如《老子》第八十章曰："小国寡民，使有什佰之器而不
用。使民重死而不远徙。虽有舟舆，无所乘之。虽有甲兵，无所陈之。使
民复结绳而用之。甘其食，美其服，安其居，乐其俗。邻国相望，鸡犬之声
相闻，民至老死不相往来。"虽然有各种各样的器具，人们并不使用它们；虽
然有先进的船只、车辆等交通工具，人们并不乘坐它们；虽然有精锐的武器
装备，人们也不需要它们。人们回到结绳记事的远古时期，各诸侯国之间
互不往来。这样看来，老子理想中的"小国寡民"的社会形式其实要回到蛮
荒时代原始、粗朴的初民社会，是一种倒退的也是不可能实现的社会构想，

---

① 王顺娣：《古代文论中的草木象喻批评研究》，浙江工商大学出版社 2019 年版，
第 31—32 页。

这既令人难以想象,也让人无法接受,当然也是毫无现实意义的。但实际上,老子这里所说的"小国寡民"并非实指,不是一种作为社会历史现实的存在,而是一种隐喻,代表了某种社会生活形态的隐喻的存在。① 冯友兰也说:"《老子》第八十章所说的并不是一个社会,而是一种人的精神境界。""什佰之器、舟车工具、盔甲兵器等皆能弃而不用,不是因为它们不好用,而是无需用。"②大家都能各安其分、各安其所,没有向外生长的欲望、没有复杂阴深的心机,人人真诚互动,心气相应,吃得香甜、穿得漂亮、住得安适、过得习惯。苏辙《老子解》曰:"内足而外无所慕,故以其所有为美,以其所处为乐,而不复求也。"隐喻意义上的"小国寡民"传达的正是一种恬淡无为、自然自发、自得快乐的人生境界和精神状态,这正是通过"小国寡民"的隐喻功能所获得的创造性意义。

与此相应,对儒家的很多言论我们也应从隐喻的意义上去理解。宋代道学家公冶长说:"凡看《论语》,非但欲理会文字,须要识得圣贤气象。"(《论语集注·公冶长》)隐喻功能正是我们理解圣贤气象的有效方式。《论语·先进》中有一段著名的孔子与学生谈论志向的对话:

> 子路、曾皙、冉有、公西华侍坐。子曰:"以吾一日长乎尔,毋吾以也。居则曰:'不吾知也!'如或知尔,则何以哉?"子路率尔而对曰:"千乘之国,摄乎大国之间,加之以师旅,因之以饥馑,由也为之,比及三年,可使有勇,且知方也。"夫子哂之。"求,尔何如?"对曰:"方六七十,如五六十,求也为之,比及三年,可使足民。如其礼乐,以俟君子。""赤,尔何如?"对曰:"非曰能之,愿学焉。宗庙之事,如会同,端章甫,愿为小相焉。""点,尔何如?"鼓瑟希,铿尔,舍瑟而作,对曰:"异乎三子者之撰。"子曰:"何伤乎? 亦各言其志也。"曰:"莫春者,春服既成,冠者五六人,童子六七人,浴乎

---

① 孙焘:《中国美学通史·先秦卷》,江苏人民出版社 2014 年版,第 140 页。
② 孙焘:《中国美学通史·先秦卷》,江苏人民出版社 2014 年版,第 140 页。

沂,风乎舞雩,咏而归。"夫子喟然叹曰:"吾与点也!"三子者出,曾
皙后。曾皙曰:"夫三子者之言何如?"子曰:"亦各言其志也已
矣。"曰:"夫子何哂由也?"曰:"为国以礼。其言不让,是故哂之。"
"唯求则非邦也与?""安见方六七十如五六十而非邦也者?""唯赤
则非邦也与?""宗庙会同,非诸侯而何? 赤也为之小,孰能为
之大?"

面对老师的发问,学生们侃侃而谈,但孔子只对曾皙的说法表示认同
欣赏。在孔子看来,子路的强国之道、冉有的礼教之愿和公西华的参政之
意虽然都不离儒家的追求,但是各有所偏,不合中行,唯有曾皙,用隐喻的
方式形象描绘了礼乐之治下的景象,他所说的舞雩台是古代先民求雨时举
行的伴有乐舞的祭祀场所。《周礼·春官·司巫》曰:"若国大旱,则帅巫而
舞雩。"舞雩台实则喻示礼乐教化等政治事功,而暮春时节沂水沐浴、载歌
而归则隐喻精神上的愉悦、和乐与满足。 总之,政治事功与精神和乐兼有,
社会的投入与自然的融入齐备,君子不仅能胜任事功,而且内心充实,精神
丰富,曾皙的暮春游春图实则隐喻了关于人的整体生存状态的理想画面,
这也使得我们对儒家君子人格的认识不会滑向道德化和空泛化。

叶朗曾经指出:"诗歌(意象)的意蕴具有某种宽泛性,某种不确定性,
某种无限性。"[①]也正是象意蕴的多义性、不确定性、无限性,直接造就了象
喻批评的创造性特征,使得我国古代文论中的象喻批评永葆活力和生机,
富有鲜明的中国特色和美学价值。当然,象喻批评的无限创造性特征也提
醒我们对它们的理解应当持以审慎细心的态度,更好更精准地去挖掘象喻
批评的真正内涵。比如我们知道,老子善于以物喻道,如水、婴儿、谷等,其
中也出现了很多的雌性象喻,如:

---

① 叶朗:《欲罢不能——北大著名教授学问与人生系列丛书》,黑龙江人民出版社
2004 年版,第 114 页。

谷神不死，是谓玄牝。玄牝之门，是谓天地根。绵绵若存，用之不勤。（《老子》第六章）

大国者下流也，天下之牝。天下之交也，牝常以静胜牡。以静为下。（第六十一章）

知其雄，守其雌，为天下溪。为天下溪，常德不离，复归于婴儿。（第二十八章）

老子崇尚阴柔，认为柔弱胜刚强，柔弱的力量遍及一切，小到身心修养、大到治国方略，乃至抽象的宇宙本体，很多学者认为老子的阴柔主张、雌性象喻应是古代母系社会的隐性反映："古代社会极有可能是母系社会，难道这不是道家极为重要的雌性象征符号所残留的最古老的意义吗？"美国纽约圣约翰大学哲学系教授陈艾伦，即陈张婉莘（Chen Ellen Marie）也说："我们强烈地感觉到《道德经》的思想形式来源于母系社会存在的启示。"①但是，老子的雌性象喻若是母系社会生殖崇拜的体现的话，那为何不用更为纯粹、更为明显且在当时就已通用的"男""女"二字呢？遍检《老子》居然发现，"男""女"二字一个都没有，而用于禽兽性别的牝、牡、雌、雄等词却非常普遍，所以有很多学者明确指出，牡、牝、雌、雄等象喻应当含有更深刻的象征、隐喻意义，那就是，老子的思想并非仅仅针对人类社会而言，而是遍及动物乃至宇宙万物，它超越了实际的男女问题，具有广泛的普遍性。刘笑敢《关于〈老子〉之雌性比喻的诠释问题》一文说："老子哲学实际上是从更普遍、更根本的层次上论证了雌柔原则在宇宙、世界、社会、人生中的重要意义，它是世界存在、运行的原则的体现，因此也是人类应该效法、实践的原则，这一点显然有利于我们重新认识女性的特点及其在现代社会的价值。换言之，虽然老子哲学中雌雄、牝牡都不是就人类社会男女地位问

———

① 刘笑敢：《关于〈老子〉之雌性比喻的诠释问题》，《中华国学研究》创刊号。

题来说的,然而,作为文化象征符号,它们却从超越的、普遍的高度为我们思考人类社会中男女之关系、男人之行为原则以及男女之和谐提出了富于挑战性的启示。"①

　　由此可见,对象喻批评的审慎解读,不仅能揭示其精微奥妙的深刻意蕴,甚至还能挖掘出更加富有启示的现代意义,象喻批评的创造性由此充满了无限性和开放性。比如我国第一部体大思精的文论名作《文心雕龙》,如前所述,里面出现了大量的丝织锦绣类的象喻批评,其文论内涵关涉创作、欣赏、文学观念等各层面,可以说是《文心雕龙》中的一种非常重要且典型的象喻批评了。但是,其题名没有用丝织锦绣类术语,而是"雕龙",为何? 我们知道,丝织锦绣等在古代是女工活动,而"龙"代表的则是男性,且是高贵的男性,如《周易·贲卦》中说"飞龙在天"。所以,刘勰以雕龙而不是丝织锦绣类为题名,其实还隐有轻视女性的潜意识心理。由此,我们不难理解,刘勰虽然还使用了与龙相对、女性意味浓厚的凤意象,并且将其置于很高地位,如"若风骨乏采,则鸷集翰林;采乏风骨,则雉窜文囿;唯藻耀而高翔,固文笔之鸣凤也",特别符合他的审美趣味诗学理想,但也没有以凤为题名,由此可见,刘勰其实是一个比较正统、囿于正统文化而创新性不太够的文论家,具有一定的局限性。如"四言正体,五言流调"(《文心雕龙·明诗》),对五言诗比较轻视,不承认五言诗在诗坛的应有地位;对女性作家比较轻视,一个都没有评论。与刘勰同时代的文论家钟嵘则恰恰相反,其《诗品》所评诗人中有多位女性诗人,如置于中品的就有徐淑和鲍令晖,钟嵘赞前者"文亦凄怨",称后者"嵚绝清巧",甚至还将班婕妤置于上品,对其《团扇歌》中的怨悱之情称道不已,而且钟嵘本人正是刘勰视为流调而不屑的五言诗人,与刘勰相比,这无疑具有很大的进步了。总之,一个看似小小的、不起眼的象喻深挖下去,居然蕴有许多潜藏的、深微的文论内涵,象喻批评的创造性诚然充满了无限可能。

　　对象喻批评的准确性理解有时甚至触及对文学本质问题的把握,比如

　　① 　转引刘笑敢:《关于〈老子〉之雌性比喻的诠释问题》,《中华国学研究》创刊号。

曹丕《典论·论文》中最后一段说"盖文章,经国之大业,不朽之盛事",我们一般都理解成"文章是关系到治理国家的伟大功业",是可以流传后世而不朽的盛大事业。这样的理解其实还是突出了文学的政治教化功能。而实际上,《典论·论文》对文的审美特性的强调已经很鲜明了。曹丕已明确指出"诗赋欲丽",虽然他所说的文体还杂有奏议、书论、铭诔等其他文体,但他看重的还是诗赋,他所举的例子,如班固、傅毅、建安七子等无一不是能诗善赋的文人。从文中所探讨的文学价值来看,曹丕认为"古之作者,寄身于翰墨,见意于篇籍,不假良史之辞,不托飞驰之势,而声名自传于后",故而"文章无穷"、超越千载,具有超功利性的审美价值,凸显出生命个体的自身价值。总之,在《典论·论文》中,文的自觉意义的强调已经非常明显,所以"盖文章,经国之大业"。若从实义上去理解的话,就存有诸多矛盾抵牾之处;而从隐喻的角度去理解,则会更符合曹丕的文论思想。罗宗强先生其实早就注意到了这一点:"对曹丕这句话(笔者按:'盖文章,经国之大业')作如此理解,我曾经思考再三,疑未能定。1987 年 4 月间奉书郭在贻兄请教,蒙在贻兄于同月 24 日复信给了肯定,信谓:'承询《典论·论文》中'盖文章,经国之大业'句,弟取《文选》所载此文反复寻绎,觉得还是吾兄所解为妥帖,此句乃比喻性说法,并非真的说文章就能治国,而是说文章的重要性犹如经国一般。此种理解法,于当时之语言习惯,语法结构,似亦无甚扞格'。"①所以他在《魏晋南北朝文学思想史》一书中反复指出:"他(笔者按,指曹丕)只是把文学看作和立德立功同样可以垂名不朽的事业。""他并没有把文章看作治理国家的手段,没有强调文章的政教之用,而只是把文章当作可以垂名后代的事业而已。""他不同意曹植轻视文章的观点,但是他也一样是把文章与经国之大业分开来的,并不是把文章当作经国之大业。"②总之,从象喻批评的层面去理解"盖文章,经国之大业"这句话,"文的自觉"的标志性价值和突破性意义能够得到更为鲜明的体现。

---

① 罗宗强:《魏晋南北朝文学思想史》,中华书局 1996 年版,第 40 页。
② 罗宗强:《魏晋南北朝文学思想史》,中华书局 1996 年版,第 16—17 页。

# 第二章 源头活水,绵延不绝:先秦象喻批评

清人叶燮在《原诗》中回顾中国文学史的发展演变时说:"诗始于《三百篇》,而规模体具于汉。自是而魏,而六朝、三唐,历宋、元、明,以至昭代,上下三千余年间,诗之质文、体裁、格律、声调、辞句,递升降不同,而要之诗有源必有流,有本必达末;又有因流而溯源,循末以返本,其学无穷,其理日出。乃知诗之为道,未有一日不相续相禅而或息者也。"所谓"续"是后者接于前者,是文学发展的连续性;"禅"则是前者让位于后者,指文学发展的创新性。叶燮认为,文学的发展正是在这因袭的连续性与变革的创新性的交相运动中得到发展的,从而建立起其相续相禅的发展史观。对象喻批评在古代文论中历史演变的探讨,追索其在历代文论中"相续""相禅"的运动发展情况,能够更加有效地去把握象喻批评的发展面貌及其深层内蕴。

## 第一节 先秦社会思想文化概论

先秦指我国公元前 221 年秦朝统一以前的历史时期,时间上从旧石器时期到春秋战国,是一段很长的历史时期,性质上经历了从古猿向人类进化的质的飞跃、社会形态的多样转变以及思想文化的多元交融,是一个既特殊又重要的阶段。

### 一、中国古代文明的勃兴与初步形成

先秦时期是我国人类社会发展的早期阶段,这一时期中国古代文明兴

起并初步形成。在五六千年以前的新石器时代,在黄河流域和长江流域等地区就已经出现早期文明社会的要素,如城市、农业和家畜饲养等,其中农业的发展最为突出。在今天河南一带的黄河中下游地区,由于气候温和,雨量充沛,土壤疏松易于开垦和耕种,小片森林繁多又不致水土流失,非常适宜农作物的生长和人类的生活,故而黄河中下游最早形成了大片农业区,成为先民生存和繁衍最适宜的地区。之后我国的夏、商、周奴隶社会时期,其中心地区正是在今天河南省的中部和北部、山西省南部、陕西省的关中盆地等,足见这一地区"发源地"的重要地位。夏、商、周时期,黄河中下游地区的农业经济进一步发展,开始实行井田制和集体耕作,一切土地属于国家,君王层层分封土地,受封者世代享用,但不得转让买卖,并向君王交纳贡赋,耕作方式以石器锄耕为主。至春秋战国时期,农业经济开始大变革,秦国商鞅变法,废除井田制和集体耕作模式,以法律形式确立了封建土地私有制,由集体耕作改为一家一户、男耕女织的个体小农经济,耕作方式也由石器锄耕变革为铁器和牛耕,还使用了当时世界上最先进的耕作技术——垄作法。其方法是若在高田里,则将农作物种在沟里,而不种在垄上,有利于抗旱保墒;若在低田里,则将农作物种在垄上,而不种在沟里,有利于排水防涝。通过这些积极的措施,社会生产力迅速发展,为中华古文明的稳固奠定了经济基础。除此之外,手工业、商业等在不同时期也有不同程度的发展。比如手工业方面,早在原始社会晚期,手工业就从农业中分离出来,成为独立的生产部门,持续不断地发展。新石器时代,纺织技术已经萌芽,原料最初用的是麻和葛。商代出现了负责指导蚕桑生产的专职官员。商周时期,黄河流域的青铜制造工艺已至很高水平。春秋晚期,出现了人工冶炼的铁器。战国时期,炼钢和淬火工艺亦有所发展。商业方面,远古时期,我国人类社会就出现了早期的商业交换;至商代出现了职业商人,体现出商业的初步发展;春秋战国时期,私营商业兴起,官营垄断局面被打破,出现了许多经济实力强大的大商业和商业地区。如战国时期,有的城市已出现称作"市井"的商业区。但在商鞅变法时,为保护农业生产,"抑商"政策开始出现并得到强化,如商鞅《商君书》曰:

使商无得籴,农无得粜。农无得粜,则窳惰之农勉疾。商不
得籴,则多岁不加乐。多岁不加乐,则饥岁无裕利。无裕利,则商
怯;商怯,则欲农。窳惰之农勉疾,商欲农,则草必垦矣。

假如国家不准商人买卖粮食,那么商人为了生存谋利,就一定会害怕
经商,而想去务农了。其《商君书》又云:

贵酒肉之价,重其租,令十倍其朴,然则商贾少,农不能喜酣
奭,大臣不为荒饱。商贾少,则上不费粟。

假如国家抬高酒肉等奢侈品的价钱,加重收取这些商品的赋税,那么
商人为了生存谋利,就一定会害怕经商,而想去务农了。商鞅的这些建议
和举措显然会大大打击商人的积极性,阻碍商业的发展,为农业经济的发
展保驾护航。小农经济从此在整个封建经济中占据主导地位,形成富有中
国特色的古代中华文明传统。

## 二、从神本转向人本

如果说从古猿转变到人类是生命物质所实现的质的飞跃,那么,制造
石器和火的使用则标志着人类与动物有了更为本质的区别,人类比动物更
为高级。但人类与动物的这种本质区别又强化了二者的对立性。在人类
诞生初期的远古时代,生产力极其落后,迫于生存,在与自然(包括动物)做
斗争的过程中,人类面临着许多无法克服的巨大困难和恐惧,比如极端的
自然气候所导致的山洪旱灾、深山野林中经常出没的毒蛇猛兽等,对人类
的生活均造成极大的威胁,人类与动物的对立性日益增强。在万物有灵观
念的作用下,人类认为,经久不变的日月星辰、山川丘谷、鸟兽鱼虫、风雨雷
电等具有神秘的超人力量,通过某种沟通,这种超人力量可以转移到自己
身上,让自己变得勇敢,能够战胜困难,克服恐惧,这就是原始宗教的自然

崇拜。《礼记·祭法》曰:"山林川谷丘陵,能出云,为风雨,见怪物,皆曰神。"除了自然崇拜,原始宗教崇拜形式还有生殖崇拜、祖先崇拜和图腾崇拜。所谓生殖崇拜就是对生物界繁殖能力的一种追求、赞美和向往,主要部位包括生殖器、乳房和臀部,如从辽宁牛河梁和东山咀红山文化遗址发掘出来的高腹丰臀、乳房硕大的陶塑女神像,就展示了人们对生命崇拜的炽热情感。祖先崇拜是指对本族的祖先进行神化并对之祭拜,希望祖先的灵魂可以庇佑本族成员并赐福儿孙。图腾崇拜则是指关于人与某一图腾有亲缘关系的信仰,图腾一般是作为种族或氏族血统的标志并被当作祖先来崇拜的某种动物、植物或其他物件,如象征中华民族的龙图腾,是以蛇身为主体,兽类的四脚、马的毛、鬣的尾、鹿的角、狗的爪、鱼的鳞和须等和合而成。又如匈奴的狼图腾,《魏书·高车传》对其传说有着详细记载:

> 匈奴单于生二女,姿容甚美,国人皆以为神,单于曰:"吾有此女安可配人,将以与天。"乃筑高台,置二女其上,曰:"请天自迎之。"经三年,复一年,乃有一老狼,昼夜守台嗥呼。其小女曰:"吾父使我处此,欲以与天,而今狼来,或神物天使之然。"下为狼妻,而产子。后遂繁衍成国,故其人好引声长歌,又似狼嗥。

远古时期浓厚的原始宗教崇拜氛围直接促成了殷商时期的神本文化。《礼记·表记》云:"殷人尊神,率民以事神。"殷商人普遍尊神重鬼,频频举行规模盛大的祭祀活动以表对鬼神的敬意,认为君权神授,商王能与鬼神相沟通,所以,商王既是政治上的最高统治者,又是最高祭司:"我其祀宾,作帝降若。我勿祀宾,作帝降不若。"①这里的"帝"就是神,商人要听命于"帝",按鬼神意旨办事,尊神重巫,鬼神具有至高无上的绝对权威地位。但从西周开始,神的地位逐渐下降,代之而起的是人的地位逐渐提高。在这一时期,人们对天命鬼神怀疑、不敬的思想越来越浓厚,如《诗经·大雅·

---

① 张岱年、方克立主编:《中国文化概论》,北京师范大学出版社 2004 年版,第 62 页。

节南山》中就对代表鬼神、天帝意志的"天"提出了批评——"昊天不惠""昊天不平"，指责它对人的不公正与不优待。与此同时，周人开始更多地去关注人的内心世界的表达，注重文艺与社会现实、政治、伦理道德的内在关系。如：

> 好人提提，宛然左辟。佩其象揥。维是褊心，是以为刺。（《诗经·魏风·葛屦》）
>
> 园有桃，其实之肴。心之忧矣，我歌且谣。（《诗经·魏风·园有桃》）
>
> 家父作诵，以究王讻，式讹尔心，以畜万邦。（《诗经·小雅·节南山》）
>
> 寺人孟子，作为此诗。凡百君子，敬而听之。（《诗经·小雅·巷伯》）
>
> 山有蕨薇，隰有杞桋。君子作歌，维以告哀。（《诗经·小雅·四月》）
>
> 吉甫作颂，其诗孔硕，其风肆好，以赠申伯。（《诗经·大雅·崧高》）

"作诗""作歌""作颂"的目的，或是心忧而发、"告哀"倾诉，或是美刺"褊心"，或是探究国难深因，或是感化王心、造福国家，或是宣扬赞颂、美名播扬，抑或是澄清事实、警醒世人。总之，在《诗经》上述表达诗人作诗意图的代表性语句中，已经看不到鬼神、天帝的影子，更多的是人本身的思想意识，人在社会、政治、伦理、道德中的价值及其相互关系，故而由商而周，从神本转向人本，思想文化从西周开始发生了急遽大变化、大变革。正如《诗经·大雅·文王》所说："周虽旧邦，其命维新。"有学者指出，周人的"维新"主要体现在两个方面：一是政治上的维新，即宗法制度的建立；二是文化上的维新,即礼乐制度的建立。① 很显然,二者的立足点和出发点都是"人",直接促成了西周人本文化的转型。我们认为,由神本转向人本也带来了思想与文艺观念上的不同,其中最为突出的有两点。

其一,文学艺术的现实性品格的建立。从神本转向人本,反映在文学艺术上,自然会去关注人与社会现实、政治、伦理道德的关系,从而建立起文学艺术的现实性品格。这从前引《诗经》中的一些阐发文学观念的代表性语句可以看出。《诗经》中虽然也有一部分是祭祖敬神的作品,但是绝大多数都是反映社会现实问题的,尤其是十五国风,更是深入民间,关注现实生活。此外,我们经常说的"风骚"一词,"风"指以《国风》为主的《诗经》,"骚"指以《离骚》为主的楚辞,虽然前者是现实主义风格的代表,后者是浪漫主义风格的典型,风格不一,创作观念有别,但都是以人为中心,表现的大多是人们因各种复杂的社会矛盾、政治问题而产生的各种各样的思想感情与愿望要求,总之都具有浓厚的现实性品格。事实上,即使是在早期文学如上古神话、传说中,其关注现实的理性精神也已初显,与西方有着很大的不同。张岱年、方克立的《中国文化概论》一书对此分析道:

> 与西方文学相比,中国古代文学具有特别鲜明的人文色彩和理性精神。即使在上古神话中,中华民族的先民所崇拜的也不是希腊、罗马诸神那样的天上神灵,而是具有神奇力量并建立了丰功伟绩的人间英雄。例如在"女娲补天"、"后羿射日"和"大禹治水"三则最著名的古代神话中,女娲、后羿和大禹等神话人物其实就是人间的英雄,民族的首领,他们的神格其实就是崇高、伟大人格的升华。他们以巨大的力量克服了自然界的种种灾难,使人民得以安居乐业。他们与希腊神话中那些高居天庭俯视人间、有时还任意惩罚人类的诸神是完全不同的。"夸父追日"、"精卫填海"

---

① 张岱年、方克立主编:《中国文化概论》,北京师范大学出版社 2004 年版,第 63—64 页。

等故事则反映了先民们征服时间、空间阻隔的愿望,体现了中华民族刚健有为,自强不息的精神。[①]

　　其二,伦理本位精神的创立。周人在文化上的维新——制礼作乐,其核心精髓就是尊德重义、以德配天。《礼记·曲礼》云:"道德仁义,非礼不成,教训正俗,非礼不备。"尊礼文化此后在孔子手里得到继承并被发扬光大。孔子以救世为己任,建立起以"爱人"为核心的仁学思想体系。"仁者,爱人"(《论语·颜渊》),而且"为仁由己"(《论语·颜渊》),所以,"仁"的基本原则便是"己欲立而立人,己欲达而达人"(《论语·颜渊》),充分强调人为仁的主观能动的积极性和自觉性。在以孔子为代表的儒家眼里,人与动物的根本区别就在于人有仁爱之心、有道德伦理的观念。《孟子·滕文公上》说:"后稷教民稼穑,树艺五谷;五谷熟而民人育。人之有道也:饱食暖衣、逸居而无教,则近于禽兽。圣人有忧之,使契为司徒,教以人伦。"《孟子·离娄下》亦曰:"人之所以异于禽兽者几希;庶民去之,君子存之。舜明于庶物,察于人伦,由仁义行,非行仁义也。"人区别于禽兽的本质在于人以伦理道德为本位,人讲究仁、义、礼、智、信。可见在注重人的伦理本位精神方面,儒家是既自觉又强烈的。当然,在其他思想家那里,伦理本位精神其实也得到了不同程度的强调,如墨家《墨子·贵义》指出:"万事莫贵于义。"[②]这是以义为最高的伦理道德原则,但"义"的基本原则是"兼相爱,交相利",讲究义利合一。以管仲为代表的早期法家思想家则提出"四维七体","四维"是礼、义、廉、耻,"七体"是孝悌慈惠、恭敬忠信、中正比宜、整齐撙诎、纤啬省用、敦懞纯固、和协辑睦,其伦理道德色彩非常浓厚,但管仲说的"礼"更多的是指一种外在的规范,需要用法的手段来实现。以老、庄为代表的道家学派则提出了以"道"为本的最高伦理道德原则。《老子》第二

---

　　① 　张岱年、方克立主编:《中国文化概论》,北京师范大学出版社 2004 年版,第173—174 页。

　　② 　墨翟著,王学典编译:《墨子》,中国纺织出版社 2007 年版,第 256 页。

十一章曰:"孔德之容,惟道是从。"他们所说的"道"的基本内涵是自然无为,"道常无为而无不为"(《老子》第三十七章),其实是以无知、无欲、无为、无道德为最高的道德伦理。要之,诸思想家对伦理精神内涵的界定虽然不尽相同,但对伦理精神的强调、以伦理为本位的思想始终是一致的。

### 三、从诗、乐、舞的三位一体到分化独立

诗歌是最古老的文学形式之一,上古时期,诗歌和音乐、舞蹈三者是紧密结合而不可分割的。如《吕氏春秋·古乐》记载,上古时期"葛天氏"部落有歌舞祭祀活动:"昔葛天氏之乐,三人操牛尾,投足以歌八阕:一曰载民,二曰玄鸟……八曰总万物之极。"①这八阕很可能是已知的最古老的一套乐曲,三人一边持牛尾、投足在舞蹈,一边按顺序在歌唱,有歌有舞,体现了上古时期诗、乐、舞三位一体的原始形态。《尚书·尧典》亦曰:"帝曰:'夔!命女典乐,教胄子:直而温,宽而栗,刚而无虐,简而无傲。诗言志,歌永言,声依永,律和声,八音克谐,无相夺伦,神人以和。'夔曰:'於!予击石拊石,百兽率舞。'"②这也记载了诗、乐、舞三位一体的文学形式。又《周礼·春官·大司乐》云:"以乐舞教国子舞《云门大卷》。"可知,这种乐、舞要与诗相配,并伴有舞蹈。

从根源上看,上古时期诗、乐、舞三位一体的文学形式是由劳动决定的,鲁迅《门外文谈》说:

> 我们祖先的原始人,原是连话也不会说的,为了共同劳作,必须发表意见,才渐渐的练出复杂的声音来,假如那时大家抬木头,都觉得吃力了,却想不到发表,其中有一个叫道"杭育杭育",那么,这就是创作,大家也要佩服,应用的;这就等于出版,倘若用什

---

① 国学经典文库编委会:《吕氏春秋》,四川美术出版社 2017 年版,第 67 页。
② 肖锋:《中国古代文论读本·先秦两汉卷》(第一册),河南大学出版社 2019 年版,第 13 页。

么记号下,这就是文学,他当然就是作家,也是文学家,是"杭育杭育"派。①

这源自劳动的"杭育杭育"或是早期的诗歌,它同时还伴有音乐(一齐喊)、舞蹈(一齐抬),通过共同的节奏一齐用力可以减缓木头压在身上的压力,加速前进的步伐,以此带来劳作的轻松和心情的愉悦。正如李荀华《诗乐舞三位一体的文化解读》一文中所分析的:

> 诗歌、音乐、舞蹈的内容构成因素同一于劳作,劝力而歌是诗歌形成的因素;重复而歌是音乐诞生的因素;应歌而动是舞蹈构成的因素,三者在其社会实践中,在其功利性上具有互力作用。在劳动中有意识形成的互力现象无意识中促进了艺术的互相作用。随着人类审美意识的产生、理性的觉醒,在再现这一劳动情景中,由于同一劳作内容的互力作用对劳动者产生了情感效应,劳作中诞生的艺术胚芽在形式上经过锤炼和提高,逐步走向成熟。三者在艺术上互相补充完善,来达到传递艺术信息、传输审美对象的目的,而且三种艺术形式各擅所长、交输互爱,多维切换以诠释生活的真实,抒发作者的情感。②

诗、乐、舞三位一体的这种互力作用在西汉《诗大序》中就已被注意到:

> 诗者,志之所之也。在心为志,发言为诗。情动于中,而形于言,言之不足故嗟叹之,嗟叹之不足故永歌之,永歌之不足,不知手之舞之,足之蹈之也。

---

① 鲁迅:《鲁迅杂文集》(下册),中州古籍出版社 2015 年版,第 363 页。
② 李荀华:《诗乐舞三位一体的文化解读》,《中国文学研究》,2009 年第 2 期。

诗歌不足以表达时用歌（即乐）来抒发感情，歌不足以尽情时则用舞蹈（即舞）来强化传达。正如赵霈林先生所说：

> 只用舞蹈一种不足以尽兴，不足以表达他们的狂热和虔诚，也不足以取悦于图腾神，于是，审美主体那种诗歌舞结合的内在潜能便得以发挥，使诗、乐、舞三位一体为之实现。[①]

正是因为这种互力作用，诗、乐、舞的三位一体形式在讲究礼乐制度的西周得到发扬。周初经济繁荣，政治稳定，礼法兼备，以《诗》乐为核心的礼乐演奏通过诗歌、音乐、舞蹈三者的结合，"将听觉艺术和视觉艺术、时间艺术和空间艺术统为一体，共同完成整个礼乐隆重典雅，阵容庞大、气势磅礴，美轮美奂又庄重华贵的演奏过程，这也在无意之中暗示印证了《诗经》中的每一首诗亦具有歌词性、音乐性和舞蹈性的'三重性'特征"[②]，从而产生极好的诗教、乐教效果，上感下化，安邦定国。

但是春秋中叶伊始，随着周朝王室衰微、礼崩乐坏，诗、乐、舞的三位一体形式开始走向分化，诗歌从乐、舞中独立分化出来，转向文学意义和节奏韵律的方向发展，更加关注文学的自身因素。因之，诗、乐、舞由三位一体走向分化独立，恰恰体现出古人文学观念的日渐成熟。

## 第二节　先秦文论中典型的象喻批评

先秦文学作为我国古代文学的开端，在文学史上的地位极其重要，起着既重要又坚实的奠基作用。这一时期的文学批评亦是如此，被形象地喻

---

① 柯斯文：《原始文化史纲》，人民出版社 1955 年版，第 191 页。
② 李荀华：《诗乐舞三位一体的文化解读》，《中国文学研究》，2009 年第 2 期。

为"源头活水"①，生生不息，取之不尽，用之不竭，自然，象喻批评在其中也体现出重要作用，下面一一进行分析探讨。

## 一、"穆如清风"：上下互动的诗意沟通与感化

风本为一种极为常见的自然现象，是因气压分布不均匀而产生的空气流动现象。当太阳光照射在地球表面上，地表温度随之升高，地表的空气受热膨胀变轻而往上升。热空气上升后，低温的冷空气横向流入，上升的空气因逐渐冷却变重而降落，由于地表温度较高又会加热空气使之上升，这种空气的流动就产生了风。要之，风的实质其实就是气在天地间的流动。《庄子·齐物论》曰："大块噫气，其名为风。"宋玉《风赋》曰："夫风者，天地之气。"可见，先秦古人对风的认识已经相当科学了。

风是气候的主要因素，事关济时育物，与以农耕为主的古人生活息息相关，故很早就为古人所注意，成为古人的自然崇拜之一。《周礼·大宗伯》称"以槱燎祀司中、司命、风师、雨师"，风师即风神，是人面鸟身的天神，它能"掌八风消息，通五运之气候"，与太阳神、云神、雨神等一样，是重要的自然神祇之一；《易经》说伏羲氏上下体察，提炼出的八卦之一"巽卦"，所代表的自然物象就是风，并与其他卦象两相组合，衍生出无限含义；《山海经·大荒北经》记载蚩尤与黄帝交战，请风伯雨师纵大风雨，屈原《离骚》中"前望舒使先驱兮，后飞廉使奔属"的风伯、飞廉都是风神，在各自的领域皆能发挥大作用，可见风神形象的普遍。

古人以风喻文，使之具有文学批评意义的最早表述见于《诗经·大雅·烝民》。全诗如下：

> 天生烝民，有物有则。民之秉彝，好是懿德。天监有周，昭假
> 于下。保兹天子，生仲山甫。
> 仲山甫之德，柔嘉维则。令仪令色。小心翼翼。古训是式。

---

① 孙焘：《中国美学通史·先秦卷》，江苏人民出版社 2014 年版，第 4 页。

威仪是力。天子是若,明命使赋。

王命仲山甫,式是百辟,缵戎祖考,王躬是保。出纳王命,王
之喉舌。赋政于外,四方爰发。

肃肃王命,仲山甫将之。邦国若否,仲山甫明之。既明且哲,
以保其身。夙夜匪解,以事一人。

人亦有言,柔则茹之,刚则吐之。维仲山甫,柔亦不茹,刚亦
不吐。不侮矜寡,不畏强御。

人亦有言,德輶如毛,民鲜克举之。我仪图之,维仲山甫举
之。爱莫助之。衮职有阙,维仲山甫补之。

仲山甫出祖。四牡业业。征夫捷捷,每怀靡及。四牡彭彭,
八鸾锵锵。王命仲山甫,城彼东方。

四牡骙骙,八鸾喈喈。仲山甫徂齐,式遄其归。吉甫作诵,穆
如清风。仲山甫永怀,以慰其心。

该诗为周宣王时代的重臣尹吉甫所作。太宰仲山甫奉周宣王之命赶
赴齐地筑城,临行时尹吉甫作诗相赠,安慰行者,祝愿其功成早归。"吉甫
作诵,穆如清风",表面意思是说尹吉甫作的赠诗乐声和美如阵阵清风,但
结合全诗,再联系风的文化内涵,细细探究,"穆如清风"之象喻应当有着更
为深刻的意蕴。

首先,"穆如清风"喻仲山甫既正直又柔顺的美好德行。全诗大幅笔墨
刻画了仲山甫的美好德行。开头即曰"天生烝民,有物有则",从普遍人性
角度,提出人的美德主要体现在两个方面:一是有物,二是有则。何谓有
物、有则?《易经》中的"家人卦",上巽风而下离火,《象传》释曰"风自火出,
家人;君子以言有物而行有恒",燃烧的火生成了风,风从火出,象征外部的
风来自本身的火,就像家庭的影响和作用都产生于自己内部一样,君子应
该特别注意自己的一言一行,说话要有根据和内容,这就是有物,行动要有
准则和规矩,这就是有则。而仲山甫能"古训是式",说话遵循古训,既有根
据又有内容;而其性格刚毅正直,做事有原则,不侮鳏寡,不畏强暴,天子有

过，还能劝谏弥补，自然是"有物""有则"的"正直"的典型代表。又《易经》中的"巽卦"，"上下巽风"，《象传》释曰"随风，巽，君子以申命行事"，风与风相随而来，随风飘扬，有德行的人应当领命行事，切忌自作主张，以此象征态度的柔顺谦和。该诗说仲山甫能够奉行王命，"肃肃王命，仲山甫将之"；又说"仲山甫之德，柔嘉维则。令仪令色。小心翼翼"，指出其具有非常鲜明的柔顺特征。总之，尹吉甫将为仲山甫所作的诗歌形容为"穆如清风"，其清风应当含有对仲山甫正直柔顺的美好德行的赞美和期许之意。

其次，"穆如清风"喻仲山甫美好德行的巨大感发力量。风从自然界空气流动的现象中获得"流通""疏通"的基本义，又风是无孔不入的，且具风行草偃之气势，《易经》中多有谈及。《象传》曰："天下有风，姤，后以施命诰四方。"意思是说，天下有风吹起时，象征"邂逅"，君王应当效法于此，布告四方，推行伟大道德，像风行天下一样以施教化之命宣布于四方广大之地，使人人得以教化。"涣卦"为下坎水上巽风，《象传》曰："风行水上，涣。"风吹行于平静水面上，象征涣散，而诗中说仲山甫"式是百辟，缵戎祖考，王躬是保。出纳王命，王之喉舌。赋政于外，四方爰发"，其美好德行正能发挥出风行水涣、诰命四方的巨大效果，生发出伟大的感发力量。

最后，"穆如清风"喻诗歌的诗意美感力量。风虽然无形无象，却是具体可感的，清风重在风之清爽澄澈，就像春天的和煦清畅之风，如杨柳拂面，给人温和滋润的诗意美感。《周易·系辞（上）》曰："是故刚柔相摩，八卦相荡，鼓之以雷霆，润之以风雨。"这正指出风滋润温和的特性。而从该诗中的"四牡彭彭，八鸾锵锵""四牡骙骙，八鸾喈喈"可以看出，"清风"所带来的诗意美感，不仅有乐声铿锵之美，还有视觉文采之美。又"穆如清风"中的"穆"字，《说文》立"彡"为部首，训为"毛饰画文也"，可理解为"毛发、彩饰、笔画、花纹"之意。因它放在花骨朵的下面，应理解为有强调其花华美有文采之意，所以"穆"的构形本义当为表花之华美有文采，这足以说明诗歌的清风之喻含有音律美与文采美的双重含义。

要之，"穆如清风"重在上下互动的沟通与感化，它既包含诗歌声律文采之美的艺术观念，也体现出社会政治道德教化的政教原则，与先秦文学

的大文化精神是内在契合的。前所举曾晳言志,望能"风乎舞雩,咏而归",
正是借风隐喻儒家伦理道德教化于人无形却可感、无象却温润的巨大感发
力量。

其诗歌审美感化之特征随着后世文论的成熟,不断得到强化,至刘勰
《文心雕龙》发展为重要的文论范畴。"怊怅述情,必始乎风;沉吟铺辞,莫
先于骨。故辞之待骨,如体之树骸;情之含风,犹形之包气。结言端直,则
文骨成焉;意气骏爽,则文风清焉",风即指富有感发力量的情感内容,它与
"偏于富含逻辑力量的辞语"之骨合力成为用来品评作品的一个重要审美
原则。

### 二、不知肉味与味无味:对感官之美的精神超越

"味"一词早在先秦就已出现,《左传·昭公元年》曰:"天有六气,降生
五味。"[①]五味是指酸、苦、甘、辛、咸,这是人的感官接触外物所产生的生理
反应,《左传·昭公二十五年》亦云:"气为五味,发为五色,章为五声,淫则
昏乱,民失其性,是故为礼以奉之。为六畜、五牲、三牺以奉五味。"[②]《国
语·郑语》记载史伯"和五味以调口",把酸、苦、甘、辛、咸等各种不同的味
道调合成适合的口味,这表明古人已注意到"味"的美感因素。从字源角度
看,"羊大为美",美与味有着同源共生的一面,正如李泽厚、刘纲纪主编的
《中国美学史——先秦两汉编》说:"根本的原因在于味觉的快感中已包含
了美感的萌芽,显示了美感所具有的一些不同于科学认识或道德判断的重
要特征。首先,味觉的快感是直接或直觉的,而非理智的思考。其次,它已
具有超出功利欲望满足的特点,不仅仅是要求吃饱肚子而已。最后,它同
个体的爱好兴趣密切相关。这些原因,使得人类最初从味觉的快感中感受

---

　　①　孙通海、王兴华:《中国历代美学文库·先秦卷》(上),高等教育出版社 2003 年
版,第 282 页。
　　②　孙通海、王兴华:《中国历代美学文库·先秦卷》(上),高等教育出版社 2003 年
版,第 287 页。

到了一种和科学的认识、实用功利的满足以及道德的考虑很不相同的东西，把'味'和'美'联系到一起。"①但总的来看，对味的理解，目前古人基本还是停留在人的口舌等感官层面和对物质的感觉这样一种生理活动的范围之内，也就是说，这个时候的"味"更多指的是一种感官之美。

使得"味"的感官层面的美感性质发生根本改变的认知来自《论语·述而》：

> 子在齐闻《韶》，三月不知肉味。曰："不图为乐之至于斯也！"

"不知肉味"不是说孔子听了《韶》乐之后，他的味蕾就丧失功能，尝不出肉的味道了，而是说听了《韶》乐之后，被音乐的美妙高雅所感染，从而长久地沉浸在对它的回味当中，以至于吃肉也不在意其中的味道了。精神之乐味掩盖或代替了感官之肉味，"味"升华到了对精神之美的追求上，这是对感官之美的质的超越。

老子对"味"的阐述不仅强化了"味"的精神因素，而且赋予"味"形而上的普遍意义，为"味"向美学范畴的转化奠定了基础。《老子》第六十三章曰："为无为，事无事，味无味。"前一个"味"是领悟、品味，后一个"味"是无味之味，指代"道"，因为老子所说的"道"正是恬淡无味的。《老子》第三十五章就已指出："乐与饵，过客止，道之出口，淡乎其无味，视之不足见，听之不足闻，用之不足既。"悦耳的音乐、美味的佳肴，虽然能吸引过客停住脚步，但这只是一时的，而"道"看起来淡然无味，但它的作用是无穷无尽、没有限制的，从而是真正自由的。《老子》第十二章曰："五色令人目盲，五音令人耳聋，五味令人口爽……是以圣人为腹不为目，故去彼取此。""为腹"是说填饱自己的肚子就够了，对外部事物要求不高，故而也无须受到外物限制，是一种自由的道的境界，而"为目"则是贪求声色之美、悦目之美，对

---

①　李泽厚、刘纲纪：《中国美学史——先秦两汉编》，安徽文艺出版社 1999 年版，第 76—77 页。

外部事物要求很多,自然也会受到外物的限制,故而是不自由的,正如王弼所注云:"为腹者,以物养己;为目者,以物役己,故圣人不为目也。""养"是养生,是愉悦、自由的;"役"则是奴役,是受限制、不自由的。一"养"一"役"的对比正突出了"道"之恬淡无味,强调了味的审美愉悦性、自由性和超越性。

总之,在儒道等先秦思想家的共同努力下,"味"实现了由感官层面向精神层面的转化,获得了普遍性意义,在先秦就已成为重要的美学范畴。

### 三、比德于玉:创作主体的人格范型

"玉"字始于中国最早的文字:商代甲骨文和钟鼎文。中国出土资料表明,新石器时代早期就已有玉器。在浙江河姆渡新石器时代文化遗址中,发现有少量玉珠、玉管、玉玦等。玉的起源可能比这早,在内蒙古兴隆洼文化遗址出土的一对古玉,据考证来自距今约一万多年前的旧石器时代晚期。"玉"因其丰富的色彩、柔和的光泽以及温润的触觉受到越来越多的人的器重,也因此凝聚着越来越丰富的精神观念的内涵,成为富有独特意义的象征。比如玉琮、玉戚等就象征着部落首领的权力。周代则赋予玉器"道德化""宗教化""政治化"等内容,向礼仪性玉器方向发展,玉器成为高尚、典雅而完美的君子品格的象征。故而《礼记·玉藻》曰:"古之君子必佩玉。""君子无故,玉不去身。"玉已然是君子须臾不可或缺的东西,以此比附"君子"的完美人格。《礼记·聘义》则有更明确的阐释和总结:

> 夫昔者君子比德于玉焉:温润而泽,仁也;缜密以栗,知也;廉而不刿,义也;垂之如队,礼也;叩之,其声清越以长,其终诎然,乐也;瑕不掩瑜、瑜不掩瑕,忠也;孚尹旁达,信也;气如白虹,天也;精神见于山川,地也;圭璋特达,德也;天下莫不贵者,道也。

以玉之温润、缜密、廉洁等十一种美好品质来比喻君子的美德。

许慎《说文解字》释玉时也说道:"玉,石之美者,有五德:润泽以温,仁

之方也;鰓理自外,可以知中,义之方也;其声舒扬,专以远闻,智之方也;不桡而折,勇之方也;锐廉而不忮,洁之方也。"在《荀子·法行篇》也有类似的论述:

> 子贡问于孔子曰:"君子之所以贵玉而贱珉者,何也?为夫玉之少而珉之多邪?"孔子曰:"恶!赐!是何言也!夫君子岂多而贱之,少而贵之哉!夫玉者,君子比德焉。温润而泽,仁也;缜栗而理,知也;坚刚而不屈,义也;廉而不刿,行也;折而不桡,勇也;瑕适并见,情也;扣之,其声清扬而远闻,其止辍然,辞也。"[1]

仁、义、礼、忠、智、勇这些都是人们所崇尚的至高美德,令人惊奇的是,它们居然都融于"玉"的象征内蕴之中。可以说,"玉"所蕴含的品德当是最完美、最全面的,具有君子完美人格的范式意义。

值得一提的是,古人对"玉"的赞颂珍视主要是基于"玉"的丰富色彩、柔和的光泽、温润的触觉,比如《诗经·秦风·小戎》:"言念君子,温其如玉。"但实际上,珍珠也同样具有温和圆润的触觉、自然柔和的光泽,陆机《文赋》就说:"水怀珠而川媚。"珍珠因圆润、光泽和珍稀等特质不仅深刻影响人们的日常生活,还将其影响扩展到古代社会意识形态如宗教、政治、伦理、文学和艺术等各个方面。而且我国珍珠的起源同样也非常早,在《尚书·禹贡》里就有明确记载的珍珠,此后又频繁见于《诗经》《周易》《山海经》《国语》等古代文化典籍里。那么,珍珠为什么没有成为君子的人格范型的象征物呢?我们来看看来自《诗经·卫风·淇奥》的一首诗:

> 瞻彼淇奥,绿竹猗猗。有匪君子,如切如磋,如琢如磨。瑟兮僩兮,赫兮咺兮。有匪君子,终不可谖兮。
> 瞻彼淇奥,绿竹青青。有匪君子,充耳琇莹,会弁如星。瑟兮

---

① 　梁启雄:《荀子简释》,中华书局 1983 年版,第 398 页。

侗兮,赫兮咺兮。有匪君子,终不可谖兮。

　　瞻彼淇奥,绿竹如箦。有匪君子,如金如锡,如圭如璧。宽兮
绰兮,猗重较兮。善戏谑兮,不为虐兮。

《毛诗序》说:"《淇奥》,美武公之德也。有文章,又能听其规谏,以礼自防,故能入相于周,美而作是诗也。"汉儒往往有比附之嫌,诗中时间、地点、人物的指涉性不强,无法实指,但可以确定的是,该诗从品质、风度、修养到性格为我们描绘出一位品德高尚的君子或士大夫形象,并且指出,这种完美的人格范型并非天然生成,也不是一蹴而就的,而是要经过"如切如磋、如琢如磨"的不断磨炼的。《诗经·小雅·鹤鸣》言:"他山之石,可以攻玉。"正如经过长期刻苦的雕刻琢磨才能焕发纯洁晶莹、圆润光滑之美的玉一样,人也须经过长期不断的修整、磨炼才能具有完美的体态风采。正因为这样,孔子弟子子贡形容君子成器的过程,也引用了《淇奥》的诗句。《论语·学而》载道:"子贡曰:'贫而无谄,富而无骄,何如?'子曰:'可也,未若贫而乐,富而好礼者也。'子贡曰:'《诗》云:"如切如磋,如琢如磨。"其斯之谓与?'子曰:'赐也,始可与言《诗》已矣,告诸往而知来者。'"就像玉要经过打磨才能成器,人也要通过学习、雕琢,才能知书达礼,才能成为有用的人才。所以《礼记·学记》亦云:"玉不琢,不成器。人不学,不知道。"这些都可看出"玉"蕴有修炼、打磨之义。而珍珠不然,它是不能打磨修复的,真正美的珍珠就只有那种自然圆润、完美无瑕的珍珠,它是天然生成的,人们对其最多的处理只是清洁、抛光等,所以珍珠不能像玉那样凸显出古人所强调的君子修养来自雕刻磨炼的思想观念,也就无法用来比附君子的完美人格范型了。

## 四、门户阖辟:对立统一的中和理想

被誉为"大道之源"的《周易》以门户的阖与辟这种意象化的表述方式阐明宇宙事物的运动特点,蕴有十分丰厚的哲学思想:

　　阖户谓之乾，辟户谓之坤，一阖一辟谓之变，往来不穷谓之通。

　　一关一开之间，蕴藏有万物生成与变化的枢机，体现出十分浓厚的思想。首先，阖与辟是处在不断运动、变化和成长当中的，它不是僵死、凝固的；其次，这一阖一辟的运动是辩证的，它们既体现出相互对立的状态，也会朝着其对立面转化，开在运行的同时即向关转化，关在运行的同时亦向开转化，是矛盾双方的对立统一；最后，这一阖一辟的运动是和谐的，门户一阖一辟，反复终始，永不停息，和谐一致，体现出由对立开始到互相补充转化，最后达到平和均衡的结果，故其平和、谐和是兼容对立的两端。《周易》门户阖辟之喻深刻影响古人的中和思想。先秦思想家们认为，中和不是简单的平和、附和，而是对立双方的中和统一，是有着特定的规定性的。《左传·昭公二十年》记载："和如羹焉，水火醯醢盐梅以烹鱼肉，燀之以薪，宰夫和之，齐之以味，济其不及，以泄其过。君子食之，以平其心。君臣亦然。君所谓可而有否焉，臣献其否以成其可；君所谓否而有可焉，臣献其可以去其否。是以政平而不干，民无争心。声亦如味，一气、二体、三类、四物、五声、六律、七音、八风、九歌，以相成也；清浊，小大、短长、疾徐、哀乐、刚柔、迟速、高下、出入、周疏，以相济也。君子听之，以平其心。心平，德和。故《诗》曰：'德音不瑕'。"晏子坚决反对将"和"与"同"混为一谈，在他看来，那种无原则的附和、无是非观念的跟同是不负责任的"同"，绝不是"和"；只有那种承认矛盾，认可矛盾，并善于去协调达到的和谐，才是真正的"和"。所以"和"应是兼容对立的两端，协调一致。正如"羹汤"的制作，是"水火醯醢盐梅以烹鱼肉"等不同因素之间的协调中和，"济其不及，以泄其过"；亦如音乐的弹奏，是清浊、小大、短长、疾徐、哀乐、刚柔、迟速、高下、出入、周疏等不同元素的"相济相调"。如此，"君子食之，以平其心"，"君子听之，以平其心"，才具有中和之美。晏子的这种中和思想特别注重不同因素的对立统一性，《论语·雍也》曰："质胜文则野，文胜质则史，文质彬彬，君子也。"文与质具有对立性，于人而言，文指其外在的仪容修饰、言语、行为,质指其内在的仁德操守义节。于文学理论而言,文是指外在的语言文采、形式要素,质指其内在的思想内容、情感义理等。忽视或抹杀其对立性,只重视一方,那么就会出现或粗鄙或浮华之弊病。只有承认对立性,在认可文质矛盾对立性的基础上,调和它们。于人而言,有德有仪,温柔敦厚,才是真正的君子;于文而言,有内容有文采,委婉曲折,才是好的作品。

要之,《周易》的门户阖辟之喻标志着审美范畴"和"在先秦就已发轫,后世"和"的基本理念在这一时期已经大体具备。

# 第三章　壮阔恢宏，崇实虚美：秦汉象喻批评

## 第一节　秦汉社会思想文化概论

秦汉时期(公元前 221 年—公元 220 年)，是中国历史上第一个封建大一统的时代，也是我国统一的多民族国家的奠基时期，在中国历史上有着非常重要的地位。

### 一、政治方面

在政治上，秦汉时期疆域辽阔，政治稳固，封建社会的基本政治制度——专制主义中央集权制得到建立并稳固，奠定了此后两千多年封建社会形态的基本格局。秦始皇统一六国后，派将军蒙恬率大军反击匈奴，收复河套地区，下令修筑万里长城，又派兵征服岭南越族地区，使得秦朝疆域空前辽阔，西达陇西，东到大海，南到南海，北至长城一带，成为我国历史上第一个统一的多民族国家，也是当时世界上的大国。西汉汉武帝励精图治，锐意进取，多次派人出击匈奴，收复失地，解除了匈奴对长安的威胁，又在河西走廊地区设置武威、张掖、酒泉、敦煌四郡，切断了匈奴与羌族的联系，为汉朝通西域提供了重要通道，使得汉朝国力迅猛增长。极盛时期的汉代疆域，东并朝鲜，南包越南，西逾葱岭，北达蒙古，国土面积约达 609 万平方公里，比秦朝扩大了将近一倍。除了领土面积的扩大，秦汉君王还进一步改革政治体制，加强中央集权。

其一，将宗法制改为皇帝制。宗法制以血缘关系为纽带，家国一体，还未能实现权力的高度集中。皇帝制则是以皇权为中心，权力高度集中在皇帝身上。皇帝又下设三公九卿，三公分别是太尉、丞相和御史大夫。太尉管理军事，丞相协助皇帝处理全国政事，御史大夫执掌群臣奏章，下达皇帝诏令，并理国家监察事务。九卿对丞相负责，按其职能，行使权力。三公九卿都以皇帝为尊，最后都听命于皇帝。

其二，将分封制改为郡县制。分封制与宗法制相联系，以血缘关系为基础，是国君将田邑赐给宗室臣属作为俸禄的制度，一旦被封，世代相传，其权力较大；郡县制则与此相反，郡县的行政长官郡守和县令，均由皇帝直接任免，而且不能世袭，实行的是任免制，有力地保障了皇帝的权力。汉承秦制，专制主义中央集权制度自然得到了进一步巩固。汉武帝时还颁布了推恩令，要求以前由各诸侯所管辖的区域只由其长子继承，改为其长子、次子、三子共同继承，这样，诸侯国被越分越小，其势力必然越来越弱。总之，以皇帝制、郡县制等为核心内容的专制主义中央集权制改变了秦汉以前以血缘为基础的血缘政治、贵族政治，建立起封建制的官僚政治、地域政治，成为封建社会的基本政治制度，有力地维护了国家的统一和社会的安定。

## 二、经济方面

在经济上，以封建小农经济为主导的经济模式进一步确立，封建经济得到初步发展。春秋以后，随着生产工具的进步和耕作技术的提高，特别是铁农具的使用以及铁犁牛耕技术的推广，生产力得到迅猛发展，原有"普天之下，莫非王土"的奴隶社会的土地国有制度遭到破坏，新兴的封建势力在夺取政权后，相继实行变法改革，确立了土地私有制度，从而产生了以小农经济为主要模式的经济制度。秦汉时期，小农经济模式随着土地私有制的推行，得到了进一步加强。所谓小农经济是指以家庭为生产、生活单位，农业和家庭手工业相结合，生产主要是为满足自家基本生活的需要和交纳赋税，是一种自给自足的自然经济。在土地私有制下，农民可以在不同程度上拥有一定的生产资料，有一定的生产自主权，能支配一些劳动产品，具有生产积极性，这使得农民精耕细作的技术日益成熟。西汉时期还发明了播种工具——耧车，兴修了漕渠、白渠、龙首渠等著名的水利工程，东汉王景还治理整顿黄河，等等，这些措施都使当时的社会生产力得到了大幅度的提高。加之秦汉统治者为保护农业生产和小农经济，确保赋税征派和地租征收，巩固封建统治，大力推出"重农抑商"政策。秦汉时期，对商人大都持有歧视、打击态度，汉武帝还推行货币官铸、盐铁酒专卖、官营贩运、物价管理、向工商业者加重赋税等措施，抑制富商大贾的势力，有力地保障了农业的稳定生产。《汉书·食货志》记载了当时农业的繁荣景象："都鄙廪庾尽满，而府库余财。京师之钱累百巨万，贯朽而不可校。太仓之粟陈陈相因，充溢露积于外，腐败不可食。众庶街巷有马，阡陌之间成群。"这一时期，手工业也得到进一步的发展，西汉政府设在长安的东西织室有数千工人，丝织技术相当成熟，能织出二十多个花色品种。西汉时期，中国丝绸远销欧亚，赢得"丝国"誉称。此外，还有麻织技术也达至较高水平。冶铸业方面，两汉时发明了高炉炼铁和炼钢技术。制瓷业方面，东汉时已经能烧制出成熟的青瓷。西汉时期的商业，由于官府重农抑商政策的压制，发展艰难，总体水平不高，但由于开通陆上和海上丝绸之路，中外贸易极其发达。总之，在大一统的局面下，秦汉时期社会经济迅速发展，农业、手工业和商业取得巨大成就，为后世封建经济发展奠定了重要基础。

### 三、思想文化方面

这一时期的思想文化总体上具有两大特点。

其一，高强度的独尊与专制。要巩固中央集权，维系皇帝的权力政治，思想文化专制是其中的重要手段。如果说秦始皇的"焚书坑儒"是靠杀人——杀掉有异端思想的人的手段达到思想的专制，那么，汉武帝的"罢黜百家，独尊儒术"则是靠禁心——收买人心的手段达到思想的专制，二者的本质实则是一样的。正如顾颉刚先生《尊儒学而黜百家》一文中所说："秦始皇的统一思想是不要人民读书，他的手段是刑罚的裁制；汉武帝的统一思想是要人民只读一种书，他的手段是利禄的诱引。结果，始皇失败了，武

帝成功了。"①不仅如此,秦朝还下令统一货币,统一度量衡,统一文字,取消
了其他六国文字,以小篆为标准文字,为思想文化的专制奠定了基础。汉
初战乱频仍,民不聊生,困苦不堪,社会经济遭到巨大破坏,汉朝统治者遂
采取道家"无为而治"的方法,休养生息,社会经济得到了较大的恢复和发
展。但随着小农经济的发展,小农经济的分散性需要更加强而有力的政权
的保护和管控,道家的"无为而治"已越来越不能满足中央集权的需要,亟
须改革。基于此,汉武帝时期,董仲舒提出"春秋大一统"和"罢黜百家、独
尊儒术"的主张,儒术很快完全成为封建王朝的统治思想,中央集权的程度
化越来越高;而道家等诸子学说则在政治上不断遭到贬黜,体现出思想文
化和政治体制上的双重专制性。这种专制性的强度有时是巨大的,比如以
河间献王刘德为中心的河间学派的覆灭就是一个典型例子。其实,河间献
王刘德崇尚的正是"独尊儒术"的儒学。史书记载他"好儒学,养儒士,修礼
乐,被服儒术,造次必于儒者,言行谨守儒规,故山东诸儒多从之游",这是
说他爱好儒学,厚养儒士,修行礼乐,于是有很多儒生都来投奔他,游于其
门下,河间学派由此形成。但此后不断地遭到统治者的压制与迫害,最终
走向覆灭。河间献王本人也因遭武帝忌恨,后抑郁而死。从河间学术中心
的覆灭,专制的残酷性和极端性可见一斑,正如徐复观先生所说:"景帝时
代,朝廷猜防的重点在诸侯王的领土与职权。至武帝,则诸侯的领土与职
权已不成问题,于是猜防的重点特转向到诸王的宾客上面,尤其是转向到
有学术意义的宾客上面。而能招致才智及在学术上有所成就之士的诸侯
王,其本身必有相当的才智,在学术上也有相当的修养;而其生活行为,也
多能奋发向上,可以承受名誉。这更触犯了专制者的大忌。换言之,专制
皇帝,只允许有腐败堕落的诸侯王,而决不允许有奋发向上的诸侯王。附
丽在专制皇帝的周围,以反映专制皇帝神圣身份的诸侯王,只准其坏,不准
其好;'禽兽行'的罪恶,绝对轻于能束身自好而被人所称道的罪恶,这是专

---

① 洪治纲主编:《顾颉刚经典文存》,上海人民出版社 2003 年版,第 121 页。

制政体中的一大特色。"①

其二，全方位的繁荣与兴盛。这一时期的思想文化，包括哲学、科学、文学、史学、文字学、医药、历法、发明等，这一时期的走向全方位的繁荣与兴盛。哲学方面，董仲舒《春秋繁露》以儒家唯心主义哲学思想为依据，提出了"罢黜百家，独尊儒术""天不变，道亦不变""阴阳五行"和"三纲五常"等一整套哲学理论和道德观；东汉王充《论衡》共八十五篇，体系完整，内容丰富，科学性强，他认为世界万物是自然存在的，具有可贵的唯物主义思想，在我国乃至世界哲学史上占有重要地位。文学方面，辞赋兴起，成为一大重要文学样式，辞赋家辈出，继战国屈原之后，这一时期出现了许多以文学之名而著称于世的文学家，如司马迁、贾谊、枚乘、司马相如、班固、张衡等。最为突出的是司马迁的《史记》，文学价值极高，有"无韵之离骚"之美誉，开启了中国传记文学之先河。两汉乐府诗成为中国古代诗歌上继《诗经》之后的又一宏丽景观，诗体由四言渐变成五言、七言，显示出新的语言诗性活力，叙诗事的出现为后世提供了模本。"感于哀乐，缘事而发"的宗旨，《古诗十九首》"婉转附物，怊怅切情"的兴会高妙，预示了诗行将回归文学主体地位。② 史学方面，司马迁的《史记》是我国第一部纪传体史书，内容丰富，体系完整，史学价值极高，被赞为"史家之绝唱"。东汉著名学者班彪和其子班固、其女班昭均系著名的史学家和文学家，班固编著了我国第一部纪传体断代史——《汉书》，班昭还是我国封建社会第一位才华横溢的女作家、史学家。文字学方面，两汉时期出现了第一部解释词义的专著——《尔雅》、第一部研究古代词汇的工具书——扬雄《方言》、第一部字典——许慎《说文解字》，成果辉煌。医药方面，这一时期出现了第一部医学典籍——《黄帝内经》；第一部药物学专著——《神农本草经》；第一部理、法、方、药兼备，理论和实践紧密结合的医学专著——《伤寒杂病论》。名医华

---

① 徐复观：《两汉思想史》（第一卷），华东师范大学出版社 2001 年版，第 107 页。

② 《中国古代文学史》编写组：《中国古代文学史》（上），高等教育出版社 2016 年版，第 7—8 页。

佗能为病人开刀除痛,还发明了麻沸散,成就斐然。除此之外,还创立了最先进的历法——太初历,制造出利用水力推动运转的大型天文仪——浑天仪,创作出数学著作十部——"算经十书",发明了水力鼓风机、翻车、纸等等。这一时期科学文化的繁荣与昌盛由此可见一斑。

总之,秦汉时期尤其是汉朝,国家统一,社会安定,经济繁荣,文化昌盛,封建专制主义中央集权制度得到巩固,中央和地方各级政府和官制逐渐完善,统一的多民族国家形成并逐步发展,奠定了我国此后两千多年封建制度的基本格局,并为历代封建王朝所沿用,成为我国封建社会极其重要的阶段。

# 第二节　秦汉文论中典型的象喻批评

汉朝和约略同时期欧洲的罗马帝国并列为当时世界上最先进的文明及强大帝国,华夏族自汉朝以后逐渐被称为汉族。汉朝以后,各朝代的名称虽时有变换,但汉族作为中国主体民族的地位始终未变,而这一时期的象喻文学批评也富有重要意义,以下一一探析。

## 一、金相玉质,永不刊灭:文质说的确立与新变

战国屈原是汉人绕不开的情结与情怀。汉代伊始,汉人对其诗歌及人格的探讨不绝于耳,最典型的是东汉王逸,他运用了一系列的象喻进行赞颂,其《楚辞章句序》曰:

今若屈原,膺忠贞之质,体清洁之性,直若砥矢,言若丹青,进不隐其谋,退不顾其命,此诚绝世之行,俊彦之英也……屈原之词,诚博远矣。自终没以来,名儒博达之士,著造词赋,莫不拟则其仪表,祖式其模范,取其要妙,窃其华藻。所谓金相玉质,百世

无匹。①

"丹青"一喻，最早见于扬雄，其《法言·吾子》曰："或问：'屈原智乎？'曰：'如玉如莹，爰变丹青。如其智，如其智。'"②丹青即绘画，喻指言辞，如丹青般光辉灿烂，其丹青、金子都是象喻屈原之作外在形式的美。"夫离骚之文，依托五经以立义焉"，认为屈原之外，依托五经，故立意高尚深刻，以美玉象喻其内在内容的美。"玉"在先秦时期主要限于君子人格范型的伦理道德范畴，王逸将其移用到对屈原诗歌作品的讨论，具有文学理论的意义，使金相玉质的文质说在文学理论领域得以初步的确立。其《离骚经序》曰"其词温而雅，其义皎而朗"③，亦着眼于形式和内容两相和谐的美。

文质说是汉代文学理论的重要内容，一些重要的文艺理论家对其都有探讨，如刘安《淮南子·本经训》曰"必有其质，乃为之文"④，认为质较之于文应是更为根本的东西，强调内容的重要性。"圣人，文质者也。车服以彰之，藻色以明之，声音以扬之，《诗》《书》以光之。笾豆不陈，玉帛不分，琴瑟不铿，钟鼓不扡，则吾无以见圣人矣。"(《法言·先知》)无文则无以见圣人，可见对文的重视。总之，"实无华则野，华无实则贾，华实副则礼"(《法言·修身》)，对文质说予以辩证对待，要求内容与形式能够相融统一，这些看法同先秦儒家的看法是完全一致的，但是，时移世异，与先秦春秋战国相比，汉代政治、经济环境发生了极大变化，其文质说也呈现出一些新变的色彩。

### 1."质"的内涵有所提升

《论语》曰："质胜文则野，文胜质则史。文质彬彬，则君子也。"孔子所说的质，主要是指个体内在的伦理道德修养，如果说先秦儒家强调个体的

---

① 李欣复：《中国历代美学文库·秦汉卷》，高等教育出版社 2003 年版，第 492 页。

② 李欣复：《中国历代美学文库·秦汉卷》，高等教育出版社 2003 年版，第 294 页。

③ 孙敏强主编：《中国古代文论作品与史料选》，浙江大学出版社 2014 年版，第 48 页。

④ 刘康德：《淮南子直解》，复旦大学出版社 2001 年版，第 366 页。之后关于《淮南子》所引内容均来自这一版本，后不再注明。

道德品质建设的话,那么,汉人的"质"则更注重社会政治环境的清明,由家即国的整体伦理道德的建设。刘安《淮南子·本经训》中说道:

> 古者圣人在上,政教平,仁爱洽;上下同心,君臣辑睦;衣食有余,家给人足;父慈子孝,兄良弟顺;生者不怨,死者不恨;天下和洽,人得其愿。夫人相乐无所发贶,故圣人为之作乐以和节之。末世之政,田渔重税,关市急征,泽梁毕禁;网罟无所布,耒耜无所设;民力竭于徭役,财用殚于会赋;居者无食,行者无粮;老者不养,死者不葬;赘妻鬻子,以给上求,犹弗能澹;愚夫蠢妇,皆有流连之心,凄怆之志,乃使始为之撞大钟,击鸣鼓,吹竽笙,弹琴瑟,失乐之本矣。

政教和平,天下仁爱,圣人之作,节制平和,文质相得,人人和乐;相反,末世之政,赋税深重,徭役频繁,人民百姓,凄怆苦楚,"撞大钟,击鸣鼓,吹竽笙,弹琴瑟",早已"失乐之本",有何可乐?"乐之本"即质,质之本在于社会政治生活状态,从而明确地将质的内涵由个体提升到社会整体,把"质"同广泛的社会生活、物质生产和道德建设联系起来。

### 2.文质说的内涵也有扩展

与"质"的内涵的提升相应,汉人对文质说的内涵也有了更进一步的扩展。扬雄《太玄经·文》云:"天文地质,不易厥位。"班固《白虎通义·三正》云:"质法天,文法地,故天为质,地受而化之,养而成之,故曰文。"西汉纬书《春秋元命苞》亦云:"王者一质一文,据天地之道,天质而地文。"可以看出,汉人对文质说的探讨是放在宇宙天地万物的层面上,而不仅仅限于讨论文学作品内部的形式与内容的关系上。汉人的文质说含有宇宙论层面的内蕴,显示出极端的重要性。扬雄对此着力最深,其《太玄经·文》进一步说道:

阴敛其质，阳散其文，文质班班，万物粲然。

初一：袺襀何缦，玉贞。测曰：袺襀何缦，文在内也。

次二：文蔚质否。测曰：文蔚质否，不能俱晬也。

次三：大文弥朴，孚似不足。测曰：大文弥朴，质有余也。

次四：斐如邠如，虎豹文如，匪天之享，否。测曰：斐邠之否，奚足誉也。

次五：炳如彪如，尚文昭如，车服庸如。测曰：彪如在上，天文炳也。

次六：鸿文无范，恣于川。测曰：鸿文无范，恣意往也。

次七：雉之不禄，而鸡茛谷。测曰：雉之不禄，难幽养也。

次八：彫鐉毂布，亡于时，文则乱。测曰：彫鐉毂布，徒费日也。

上九：极文密密，易以黼黻。测曰：极文之易，当以质也。

开头"阴敛其质，阳散其文，文质班班，万物粲然"，显然源于《周易·系辞》"一阴一阳之谓道"的思想，阴阳相生变化，宇宙万物由此生成。扬雄认为质是阳气内敛之结果，文是阴气外散之结果，这就把文质与阴阳结合起来，赋予文质宇宙万物之产生本源的本体论意义；接着，扬雄又具体、详细地讨论在万物的产生过程中，文质说从矛盾、对立、排斥到统一、和谐，又从统一和谐到矛盾对立的动态变化，将文与质纳入天地万物循环流变的关联系统中，显示出汉人与先秦文质观不同的建构模式。

## 二、块阜之山，无丈之材：苞括宇宙、追求大美的外向型人格范式

汉人将文质说扩展到宇宙天地万物层面上，其实质是折射出汉人心胸的宽广和视野的开阔，汉代经济走向繁荣昌盛，国力强劲，疆域辽阔，汉人普遍充满豪迈情怀，推崇那种苞括宇宙、涵括万有的大美人格。汉初刘安《淮南子》就充满了对"大"的事物的推崇，列举了很多具有"大"的特质的事

物，表现自己的审美理想，如巨大、至大、大义、大观、大知、大明、大言、大圆、大方、大堂、大马、大丈夫、大乐、大区、大己等，体现出对大美的推崇，其《淮南子·俶真训》曰："块阜之山，无丈之材，所以然者，何也，皆其营宇狭小，而不容巨大也。"所谓营宇是指主体心胸视野的狭窄，不起眼的小山丘连一丈高的木材也很难长成，一个视野不够宽广的人其境界是大不到哪里去的，创作主体必须建立起涵括万有、包孕古今的大美人格。受道家思想深刻影响的刘安所说的"大美"实则根源于道家老庄的"大道"："夫道者，覆天载地，廓四方，柝八极，高不可际，深不可渊，包裹天地，禀授无形，原流泉浡，冲而徐盈，混混滑滑，浊而徐清。故植之而塞于天地，横之而弥于四海，施之无穷，而无所朝夕。舒之幎于六合，卷之不盈于一握……恬愉无矜而得于和，有万不同而便于性，神托于秋毫之末，而大宇宙之总"（《淮南子·原道训》），"执道要之柄，而游于无穷之地"。其明显具有老庄"大而无限"的特点，但他并非抽象玄虚的论证，而是落到实处，同现实人生结合在一起，如《淮南子·泰族训》曰：

> ……今囚之冥室之中，虽养之以刍豢，衣以之以绮绣，不能乐也。以目之无见，耳之无闻，穿隙穴，见雨零，则怏然而叹之，况开户发牖，从冥冥见炤炤乎！从冥冥见炤炤，犹尚肆然而喜，又况出室坐堂，见日月光乎！见日月光，旷然而乐，又况登泰山、履石封，以望八荒，视天都若盖，江河若带，又况万物在其间者乎！其为乐岂不大哉！

"冥室"是指黑暗无光的房间。刘安指出，人要靠衣食才能生存，但如果被"囚在冥室之中""目之无见，耳之无闻"，完全看不见，听不到，与外部世界完全隔绝，就算给他"养之以刍豢，衣之以绮绣"，好吃好穿侍候，也不会有快乐可言，这强烈地体现出一种对外部现实世界的渴望、掌握和占有的外向型人格的追求。这种外向型人格也包含艺术的熏陶和道德的浸润："夫观六艺之广崇，穷道德之渊深，达乎无上，至乎无下，远乎无极，翔乎无形,广于四海,崇于太山,富于江河,旷然而通,昭然而明,天地之间,无所系戾,其所以监观,岂不大哉!"(《淮南子·泰族训》)

汉人对苞括宇宙、追求大美的外向型人格的崇尚,深刻地影响着当时的文学创作和文学理论建设。据《西京杂记》,汉赋代表性作家司马相如在谈到赋的写作时这样说道:"合綦组以成文,列锦绣而为质。一经一纬,一宫一商,此赋之迹也。赋家之心,苞括宇宙,总揽人物,斯乃得之于内,不可得而传。"他从"赋之迹"和"赋家之心"两个方面探讨自己写赋的体会。"赋之迹"当是赋的外在表现形式,他以锦绣与花纹来作比喻,可见其对华彩丽辞的追求。"赋家之心"应是赋作者的构思活动、创作主体的构思心理。司马相如明确说创作主体应当"苞括宇宙、总揽人物",对描写对象要从各个角度去着手,极尽繁复之能事。他的《子虚赋》《上林赋》都大肆铺排对园囿畋猎的描写,铺张扬厉,穷形尽相。史圣司马迁论其史学专著《史记》的宗旨是"究天人之际,通古今之变,成一家之言",其《史记》记叙的内容上自传说中的黄帝,下至汉武帝太初年间共三千多年的历史,真可谓包孕古今了。

总之,在对大美人格的竭力追求下,汉人特别崇拜盛丽辉煌、宏大气魄的美学形式及其事物,这深刻影响了当时的审美风尚和审美理想。"托小以苞大,守约以治广。……诚通其志,浩然可以大观矣。"(《淮南子·精神训》)"从冥冥见炤炤,犹尚肆然而喜,又况出室坐堂,见日月光乎!见日月光,旷然而乐,又况登泰山、履石封,以望八荒,视天都若盖,江河若带,又况万物在其间者乎!其为乐岂不大哉!"由冥冥见到日月光最后遍及万物,这才是大乐。"其称文小,而其指极大,举类迩而见义远。"[①]文字简练,但意蕴深刻,才是真正的美文。

### 三、靡有孑遗,欲言旱甚:虚美说的滥觞

王充是汉代最著名的朴素唯物论者,其思想与学说代表了汉代唯物审

---

① 肖锋:《中国古代文论读本·先秦两汉卷》(第一册),河南大学出版社 2019 年版,第 311 页。

美精神的最高水平:"《论衡》篇以十数,亦一言也,曰:'疾虚妄。'"①与"疾虚妄"相应,王充在文学理论上提出了"真美说",其"真美说"的内涵主要包括:其一,实事之美。反对谶纬迷信,还事物以本来面目的朴素之美。其二,语言明朗之美。反对"调文饰辞为奇伟之观",语言应当鲜明清晰、干净朗亮。其三,创作主体人格实诚之美。王充指出:"精诚由中,故其文语感动人深。""实诚在胸臆,文墨著竹帛,外内表里,自相副称,意奋而笔纵,故文见而实露也。""然则文人之笔,劝善惩恶也。"创作主体人格之美最后落实为儒家"劝善惩恶"之心。其四,强烈的功用主义之美。《论衡·自纪篇》云:"为世用者,百篇无害,不为用者,一章无补。"比如类似司马相如、扬雄的赋,"文丽而务巨,言眇而趋深,然而不能处定是非,辩然否之实,虽文如锦绣,深如河汉,民不觉知是非之分,无益于弥为崇实之化",王充对其的评价是很低的。他还进一步以草木象喻批评来强化这种思想:"入山见木,长短无所不知;入野见草,大小无所不识。"但是"不能伐木以作室屋,采草以和方药,以知草木所不能用也",体现出比较狭隘的实用主义特点。

以上我们从四个方面概述了王充的"真美说"的内涵,总体上可以看出"真美说"较为拘泥、狭窄,受狭隘的儒家美学影响较深。仔细摸索,却能发现其包裹在狭隘功用主义外壳之下依然闪烁着文艺美学的点点微光。虽然较为微弱,但也在后世被发扬光大而显得可贵。首先是对形式美的肯定。王充对形式美并非一概贬斥,他以一系列的象喻批评表达自己的看法:"无华生实,物稀有之。""且夫山无林则为土山,地无毛则为泻土,人无文则为朴人,土山无麋鹿,泻土无五谷,人无文德不为圣贤……物以文为表,人以文为基。"物要有文(花纹),人要有文(美好的德行、美好的外在),文章同样也要有文(文采),才成其美。其次是虚美说的滥觞。虚美说与前面所说的真美说显然是针锋相对的,真美说作为王充思想的核心,是推崇的主流,故而他对虚美说是有所贬斥的。其《论衡·须颂篇》说:"汉有实

---

① 王充著,陈蒲清点校:《论衡》,岳麓书社 2006 年版,第 266 页。之后关于《论衡》所引内容均来自这一版本,后不再注明。

事，儒者不称；古有虚美，诚心然之。信久远之伪，忽近今之实。"这表明他对时人贵古贱今、贵远贱近的行为的猛烈批判，因为在他看来，古代的东西含有虚美不实的成分，今人却奉若神明。但他又是矛盾的，对虚美说有时又有所肯定。在学术和文章不分的大一统时代，他敏锐地注意到文章与学术其实是有差别的，因而它们表现手法的性质也是有差别的。其《论衡·艺增篇》说："然而必论之者，方言经艺之增与传语异也。""增"是指为达到震撼人心的效果采用夸张的修辞手法，是一种表现手法。"方言经艺"大多指文学作品、文章，也包括圣贤之作。不同于学术，"传语"是指众人传说的话。在王充看来，众人传说的话（传语）一味采用"增"的手法，难免失实不真，应当贬弃，这与其疾虚妄、求真实的理念是一致的。但是文学作品（方言经艺）的"增"与传语之"增"是有本质区别的。王充在《论衡·艺增篇》中说："蜚流之言，百传之语，出小人之口，驰闾巷之间，其犹是也。诸子之文，笔墨之疏，人贤所著，妙思所集，宜如其实，犹或增之。况经艺之言如其实乎？言审莫过圣人，经艺万世不易，犹或出溢，增过其实。增过其实，皆有事为，不妄乱误以少为多也。然而必论之者，方言经艺之增与传语异也。经增非一，略举较著，令恍惑之人，观览采择，得以开心通意，晓解觉悟。"他明确指出：经艺之增，从性质上看，"皆有事为，不妄乱误以少为多也"。也就是说，经艺之增虽然也"闻一增以为十，见百益以为千"，增过其实，但由于圣人、贤人的审慎故而并不"失本""离实"，大致还是在本来事物范围内的。从作用上来看，"开心通意，晓解觉悟"，"增"能使事物的本质更加鲜明突出，所以能够让模糊迷惑的人开通思想，理解觉悟。为了更好地说明这一点，他引用经书中的例子作为象喻来论证说明：

  《尚书》云"万国"，褒增过实，以美尧也，欲言尧之道，所化者众，诸夏夷狄，莫不雍和，故曰"万国"，犹《诗》言"子孙千亿"矣，美周宣王之德能慎天地，天地祚之，子孙众多，至于千亿。

  《诗》云："鹤鸣九皋，声闻于天。"言鹤鸣九折之泽，声犹闻于天，以喻君子修德穷僻，名犹达朝廷也。其闻高远，可矣；言其闻于天,增之也。

《诗》曰:"维周黎民,靡有孑遗。"是谓周宣王之时,遭大旱之灾也。诗人伤旱之甚,民被其害,言无有孑遗一人不愁痛者。夫旱甚,则有之矣;言无孑遗一人,增之也。

夫周之民,犹今之民也。使今之民也,遭大旱之灾,贫羸无蓄积,扣心思雨。若其富人谷食饶足者,廪囷不空,口腹不饥,何愁之有?天之旱也,山林之间不枯,犹地之水,丘陵之上不湛也。山林之间,富贵之人,必有遗脱者矣,而言靡有孑遗,增益其文,欲言旱甚也。

《易》曰:"丰其屋,蔀其家,窥其户,阒其无人也。"非其无人也,无贤人也。《尚书》曰:"毋旷庶官。"旷,空;庶,众也。毋空众官;置非其人,与空无异,故言空也。

豆麦虽粝,亦能愈饥。食豆麦者,皆谓粝而不甘,莫谓腹空无所食。竹木之杖,皆能扶病。竹杖之力,弱劣不及木。或操竹杖,皆谓不劲,莫谓手空无把持。夫不肖之臣,豆麦竹杖之类也。《易》持其具臣在户,言无人者,恶之甚也。《尚书》众官,亦容小材,而云无空者,刺之甚也。

《尚书》以万国之多来赞美尧,表明受尧的道德感召与教化的人特别多,就像周宣王"子孙千亿"一样,以夸张的说法赞美周宣王德高能敬重天地。天地保佑他,子孙众多,直到千亿。《诗经·小雅·鹤鸣》说,白鹤长声鸣叫,声音远在天上也能听到,以夸张的说法赞扬君子的德行,能够远播四方。《诗经·大雅·云汉》则云,周的百姓,没有一个人留下,以夸张的说法表明周宣王时那次旱灾的严重性。《周易·丰卦》说,大大的房子,遮盖住家,从门缝里看,静悄悄地似无人,其实并非真的无人,故意这样夸张地说,其实是郑重表达"无贤人"的意思。《尚书·皋陶谟》说,不要空设各种官位(毋旷庶官),其实并非真的空设官职,故意这样夸张地说,是强烈表达"无贤官"之意。王充还进一步地以象喻做对比:"夫不肖之臣,豆麦竹杖之类也。"豆麦虽然粗糙,却也能充饥,所以人吃了豆麦,就不会说自己肚子空空的,没有吃东西。竹杖虽然比较细,但也能支撑,所以人拿着竹杖,就不会说自己两手空空,没有扶持的东西。经书中说"无人""空官",正是"刺之甚也",以夸张的手法,表达强烈的讽刺心理。

我们知道,受三面环山、一面靠海的自然地理环境的影响,我国经济自古以来就以农耕自然经济为主,这种靠天吃饭,日出而作、日落而息的半封闭的农业经济造就中国人因循守旧、乐天知命的内向型人格以及关心现实生活、重事实的务本精神。因此,人们对不真实的事实的描绘、故意夸张的歪曲的做法无法认同,比如以历史事实为本的历史散文在古代地位甚高,而所谓"稗官野史、街谈巷语、道听途说之所造者"的小说则被视为残语,是不登大雅之堂的。在这样的思想风气下,王充能够认识到夸张、虚构、想象的美学价值,并用了一系列的象喻进行论证说明,是难能可贵的。虽然,这种认识的力度极其有限,但是可以肯定地说,虚美说的滥觞始于王充。此后,随着文体意识的增强,艺术虚构、想象的虚美说在后世得到了越来越明晰、肯定的认识,其中,王充是功不可没的。

# 第四章　独立自足，圆融精微：
## 魏晋南北朝象喻批评

## 第一节　魏晋南北朝社会思想文化概论

　　魏晋南北朝从曹丕迫汉献帝禅让，立国号为魏（220 年）开始，到隋文帝统一中国（589 年）结束，约三百七十年的历史，是我国一个鲜明极致、风雨飘摇的时代，也是我国文学史及文学理论批评走向大转折的时代，为后世文学的繁荣发展奠定了坚实的基础。

### 一、社会大动荡

　　东汉末年以来，军阀混战，群雄角逐，汉统一政权崩溃，三国鼎立，战乱频仍，西晋的八王之乱、东晋的淝水之战、北魏的六镇之乱、刘宋的雍州之战，还有其他大大小小、不计其数的战争，几乎每年就有一次甚或两三次，比如南北朝时期，北魏泰常七年（宋永初三年，422 年）九月至次年闰四月北魏攻宋河南之战，宋元嘉三年（426 年）闰正月至二月宋攻谢晦之战，西秦建弘七年（北凉玄始十五年，426 年）八月西秦攻北凉之战，北魏始光三年（夏承光二年，426 年）北魏攻统万之战，北魏始光四年（夏承光三年，427 年）统万之战，北魏神䴥二年（429 年）北魏攻柔然之战，宋元嘉七年（北魏神䴥三年，430 年）三月至次年二月宋攻魏河南之战，夏胜光三年（北魏神䴥三年，430 年）平凉之战，北魏延和元年（北燕太兴二年，432 年）北魏攻北燕之战，

宋元嘉十年（433 年）九月至次年闰三月汉中之战，北魏太延五年（439 年）
六月至九月北魏灭北凉之战，宋元嘉二十六年（449 年）雍州之战，宋元嘉二
十七年（北魏太平真君十一年，450 年）陕城之战，宋元嘉二十九年（北魏正
平二年，452 年）五月至八月宋文帝攻魏河南之战，宋孝建元年（454 年）二
月至六月宋平刘义宣之战，宋大明三年（459 年）四月至七月广陵之战，宋泰
始二年（466 年）正月宋平刘子勋之战，宋泰始二年（北魏天安元年，466 年）
至次年彭城之战，北魏天安二年（467 年）至魏皇兴三年（宋泰始五年，469
年）青州之战，宋元徽二年（474 年）五月建康之战，齐建元元年至齐永元二
年（479—500 年）齐与北魏的战争，北魏太和二十一年（齐建武四年，497
年）至次年南阳之战，北魏景明四年（梁天监二年，503 年）至次年钟离、义阳
之战，梁天监五年（北魏正始三年，506 年）合肥之战，北魏正始四年（梁天监
六年，507 年）钟离之战，梁天监十四年（北魏延昌四年，515 年）硖石之战，
梁天监二年至大通元年（503 年—527 年）梁与北魏的战争，太和三年（齐建
元元年，479 年）至次年寿阳之战，齐建武元年（北魏太和十八年，494 年）淮
汉之战，齐建武二年（北魏太和十九年，495 年）汉中之战，如此高密度、高强
度的战争实为整个历史少有，难怪宗白华先生惊呼：“汉末魏晋六朝是中国
政治上最混乱、社会上最苦痛的时代。”纷繁残酷的战争使得社会经济遭到
严重破坏，百姓流离失所，朝不保夕，社会动荡不安。被誉为“汉末实录”的
曹操《蒿里行》中写道：“铠甲生虮虱，万姓以死亡。白骨露于野，千里无鸡
鸣。生民百遗一，念之断人肠。”①战争带来的惨淡实在不忍目睹。这一时
期也是中国历史上政权更迭最为频繁的时代，主要有三国（曹魏、蜀汉、东
吴）、西晋、东晋、南朝（宋、齐、梁、陈）和北朝（北魏、东魏、西魏、北齐、北
周），频繁地改朝换代使得统治者肆意打压排除异己，例如曹操诛杀孔融、
杨修，曹丕残杀丁仪、丁廙兄弟，司马氏篡位迫害嵇康。《世说新语·言语》
载：“司马景王东征，取上党李喜以为从事中郎。因问喜曰：‘昔先公辟君不
就，今孤召君，何以来？’喜对曰：‘先公以礼见待，故得以礼进退；明公以法

① 吴小如、王运熙等：《汉魏六朝诗鉴赏辞典》，上海辞书出版社 1992 年版，第 193 页。

见绳，喜畏法而至耳。'"迫于统治者残杀的淫威而不得不做官，政治威慑力之可怕可以想见。据统计，整个魏晋南北朝时期，因卷入政治斗争而不得善终的文人有：陆机、陆云、张华、潘岳、石崇、欧阳建、孙拯、嵇绍、牵秀、郭璞、谢混、谢灵运、范晔、袁淑、鲍照、吴迈远、袁粲、谢朓、王融等。[①] 政局的极端险恶使得士人如履薄冰，噤若寒蝉。王室内部更是同室操戈、危如累卵，七步诗的故事已让我们见识了"相煎何太急"下人性的残忍，曹丕暗杀同胞兄弟曹彰的行为更是令人不寒而栗，《世说新语·尤悔》载：

> 魏文帝忌弟任城王骁壮。因在卞太后阁共围棋，并啖枣，文帝以毒置诸枣蒂中，自选可食者而进；王弗悟，遂杂进之。既中毒，太后索水救之；帝预敕左右毁瓶罐，太后徒跣趋井，无以汲，须臾遂卒。复欲害东阿，太后曰："汝已杀我任城，不得复杀我东阿！"

久别的家人难得团聚，下着围棋，吃着枣子，看似多么温馨、温暖、温情。可是这温情的面纱下掩盖着的却是刀光剑影、处处杀机。作为母亲的卞太后"索水救之"、"徒跣趋井"、绝望呼告，去救被自己亲生儿子下毒致死的另一个亲生儿子，去拼命保护要被这个亲生儿子残杀的第三个亲生儿子，这是何等的悲摧、无奈与凄惨，统治者集团内部斗争的尖锐、血腥可见一斑。

## 二、思想大变动

天下分崩离析，群雄各自为政，儒学、名教的威信一落千丈，走向衰微，代之而起的是玄学。我们知道，玄学的主要思想资源是庄老学说与《周易》学说，玄学之"玄"即出于《老子》第一章，"此二者同出而异名，同谓之玄。

---

① 《中国古代文学史》编写组：《中国古代文学史》（上），高等教育出版社 2016 年版，第 304 页。

玄之又玄，众妙之门"。王弼《老子指略》云："玄，谓之深也。"玄学即深远难测之学问，其主要方式是清谈，其主要内容是关乎宇宙论、本体论方面的学说，其中心话语是本末、有无、言意等，其思维方式是抽象思辨，总之，玄学的兴起极大地冲击着时人的思想，让人们狂热追求和崇尚玄理、玄思和玄言。大家高谈阔论，指天说地，纵心遨游，极意驰骋，一改汉人受定于一尊的儒学思想的局限和那种裂章断句、烦琐考证的呆板，而沉浸在心灵的自由与思辨的理趣当中。

### 三、人性大觉醒

魏晋以来，儒家思想衰颓，礼法名教禁锢渐松，以道家的生命哲学为主的玄学思潮日渐兴起，清议与人物品鉴之风愈为炽热，这些无不促进这一时代人的主体意识的自我觉醒，产生了许多新的思想。首先是珍爱生命。阮籍《咏怀诗》（其六）曰"谁知我心焦，终身履薄冰"，恐惧绝望的背后折射出的是对生命渴求的强烈心态。《晋书》卷四十九记载其"喜怒不形于色"，和光同尘，明哲保身。而刚直果敢、愤世嫉俗的嵇康也"常修养服食之事"，希望能够延年益寿。其次是追求个性。这一时期儒家教义轰然倾塌，其礼义思想束缚被有力冲破。《世说新语·任诞》曰："刘伶恒纵酒放达，或脱衣裸形在屋中，人见讥之。伶曰：'我以天地为栋宇，屋室为裈衣，诸君何为入我裈中。'"包括刘伶在内的竹林七贤不拘礼法、喝酒纵歌、肆意酣畅、放任不羁，与儒家礼法完全背道而驰。不止于竹林七贤，当时很多士人都兼有竹林七贤这种魏晋风度：

> 蓬发乱鬓，横挟不带，或褰衣以接，或裸袒而箕踞。朋友之集，类味之游……其相见也，不复叙离阔，问安否，宾则入门而呼奴，主则望客而唤狗。其或不尔，不成亲至而弃之，不与为党。及好会，则狐蹲牛饮，争食竞割，掣拨淼折，无复廉耻，以同此者为

泰,以不尔者为劣。(葛洪《抱朴子·疾谬》)①

魏晋人意识到人并非仅仅是"孝悌""明经"等道德伦理符号,而应是有着鲜明的个性气质、独特的神姿气韵的生命个体。《世说新语·品藻篇》:"抚军问孙兴公:'刘真长何如?'曰:'清蔚简令。''王仲祖何如?'曰:'温润恬和。''桓温何如?'曰:'高爽迈出。''谢仁祖何如?'曰:'清易令达。''阮思旷何如?'曰:'弘润统长。''袁羊何如?'曰:'洮洮清便。''殷洪达何如?'曰:'远有思致。'"评嵇康"萧条高寄",注重的是由人的人格品性、精神气度所生发的风姿风貌,体现出非常鲜明的个性差异。

## 四、文学大飞跃

文学是人学,只有人从道德本体走向自然本体,重视人的个性与自由,文学才能真正从社会、道德、政治的母体中分娩出来,走向独立、自觉,不再是社会、道德、政治的附庸。曹丕《典论·论文》说:"盖文章,经国之大业,不朽之盛事。"这里的"文章"便是指纯粹意义上的文学,曹丕的时代也由此被称为"文学的自觉时代"。文学的自觉带来了文学理论的自觉,故而在这一时期出现了第一篇文论专文——曹丕《典论·论文》,第一篇创作论专文——陆机《文赋》,第一部诗话——钟嵘《诗品》,第一部体大精深的文论巨著——刘勰《文心雕龙》。这一时期文学理论观念高度成熟,可以说是既广又深,既系统化又精细化。"广"是指这一时期的文学理论,不像之前那样局限于某位作家、某一篇作品、一部作品集和一种文体,而是广泛涉及多位作家、作品,多种文体和多方面的理论问题,上升到对文学理论基本问题的探讨;"深"是指对理论问题、观念范畴探讨的深度。这一时期形成了很多美学范畴群落,如"清"范畴,就有清立、清高、清识、清疏、清便、清贞、清和、清伦、清淳、清心玉润、清远、清通、清朗、清士、清才、清真、清婉、清蔚、

---

① 杨明照撰:《抱朴子外篇校笺》(上),中华书局 1991 年版,第 632 页。本书关于葛洪《抱朴子·外篇》所引内容均来自这一版本,后不再注明。

清贵、清畅、清易、清鉴、清令、清悟、清恬、清韶、清正、清虚、清约、清澈、清鲜、清洁、清夷、清惠、清静、清操、清历、清闲、清粹、清焖,另外还有清言、清沦、清歌、清称、清流、清选、清职、清誉,等等①。除此之外,常见的还有清峻、清润、清拔、清雅、清省等,这充分体现出对"清"这一范畴研究的深度。"系统化"是指其全面性,如刘勰《文心雕龙》的文学理论探讨遍及本体论、作家论、作品论、批评论、发展论等等;"精细化"是指其专门性,如陆机《文赋》通篇探讨的就是文学创作各个方面的问题,钟嵘《诗品》专门品评的仅仅是五言诗,而不及其他,体现出文学研究的专门性。文学在魏晋南北朝时期走向了质的大飞跃。

## 第二节　魏晋南北朝文论中典型的象喻批评

魏晋南北朝时期,文学的自觉使得文学理论由政教中心论走向审美中心论,从重视文学与社会关系的外部研究转向关注文学本身语言、形式、审美与情感的内部研究,这些在这一时期的象喻批评中也有全方位的体现,这也使得这一时期的象喻批评与之前相比,发生了很大的改变。我们主要从以下六个方面展开探讨。

### 一、气之清浊,非力强而致——文学之本体:文气说

"气"的本义为气体,它是没有一定的形状、体积,却能自由散布的物质实体。《礼记·月令》曰:"天气下降,地气上腾。"《说文解字》释曰:"气,云气也。"但是,"气"在先秦时期就已高度抽象化,用来指宇宙万物的产生本原。如《庄子·人间世》曰:"气也者,虚而待物者也,唯道集虚,虚者,心斋也。"庄子的道是宇宙万物的本原,而道的特点正是"气""虚"。其《庄子·至乐》又曰:"杂乎芒芴之间,变而有气,气变而有形,形变而有生。"人的产

---

① 盛源、袁济喜:《六朝清音》,河南人民出版社2000年版,第82页。

生亦源于气。《孟子·公孙丑》(上)云:"夫志,气之帅也;气,体之充也。"这也指出气是人体的基本构成成分。总之,气在先秦时期就已成为人们认识自然和人体自身的基点。西汉时期,人们对气的认识进一步提升,董仲舒《春秋繁露·重政》曰:"《春秋》变一谓之元,元犹原也……元者,为万物之本,而人之元在焉,安在乎? 乃在乎天地之前。"①他认为气为天地万物之本,加一"元"字,变成元气说,更加深化"气"的宇宙本原的意味。东汉王充《论衡·谈天》进一步发挥这种思想:"元气未分,混沌为一……及其分离,清者为天,浊者为地。"王充从朴素的唯物主义出发,提出"元气"是天地万物的自然根源,把董仲舒带有谶纬性质的神学元气论改造成自然主义的元气论。魏晋时期,"气"范畴的视野进一步扩大,魏刘劭《人物志·九征第一》云"盖人物之本,出于情性",而"情性"者,正是源自"血气","凡有血气者,莫不含元一以为质,禀阴阳以立性,体五行而著形",以气作为人物品藻的标准。气不再是单纯的哲学范畴,仅仅作为宇宙构成的基本元素,而是带有精神气貌、自然个性等虚化内涵,为曹丕的"文气说"奠定了基础:

> 文以气为主,气之清浊有体,不可力强而致。譬诸音乐,曲度虽均,节奏同检,至于引气不齐,巧拙有素,虽在父兄,不能以遗子弟。(曹丕《典论·论文》)

从以气品人到以气论文,标志着文学批评理论领域内气类象喻批评的诞生,这是真正具有文论意义的象喻批评。与孟子的"浩然之气"不同,曹丕的"气"不再注重其伦理道德品质。"气之清浊有体",他首先强调"气"的自然性;"气"应是作家天然禀赋的气质、个性与才能。"清"应是指作家具有的美好的、优秀的、卓越的、突出的气质、个性,"浊"则指作家较为恶俗的、低劣的、平庸的、平常的气质与个性,这样"气"又具了高下性。既然"气"与作家天然禀赋有关,故而"气"也具有独特性,"徐干时有齐气""孔融

---

① 董仲舒撰,张祖伟点校:《春秋繁露》,山东人民出版社2018年版,第44—45页。

体气高妙""应场和而不壮""刘桢壮而不密"，同时"气"也就具有了多样性。曹丕还进一步地引用音乐弹奏作喻，说明"气"的独特性和天然性。音乐的曲谱是相同的，节奏是一定的，但是不同的演奏者行腔运气不同，所产生的表演效果亦是不同的，即便是父亲也无法传授给儿子，哥哥也无法传授给弟弟，文学的"气"也充满了这样的独特性。

以上是从作家角度出发，以气喻文喻指作家自然禀赋的独特气质、个性与才能，强调文学的生成与作家个人本身的密切关系。若从作品的角度出发，"文气说"又可生发出新的意义，即文学风格论。从曹丕对"孔融体气高妙""应场和而不壮""刘桢壮而不密"的论调中，可见他对"壮"的阳刚一类风格的崇尚，所以他在《与吴质书》中评论徐干"有逸气，但未遒耳"、王粲"善于辞赋，惜其体弱，不足起其文"，这与魏晋时期"积极进取、慷慨奋发"之建安风骨的精神特质是一致的，从中也可见曹丕作为当时文坛领袖之一的引领作用。

总之，曹丕"文气说"的产生意义重大，以气为喻，虽然在曹丕之前就有诸多论述，但唯有曹丕首次将其引入文学理论领域，正式赋予其文论、美学的意义，并成功褪去其传统伦理道德色彩，从对艺术的外部论述转向对艺术特征的内部规律的论述，从文学本体的角度展开了诸多层面的探讨，使得"文气说"上升到文学本质论的高度，由此真正确立魏晋时期的文学自觉性，而曹丕也正是开创这个伟大的文学自觉时代的先行者。

## 二、操斧伐柯，难以辞逮——艺术的创造：创作论

在文学观念日益成熟的魏晋时代，人们一旦转向对文艺内部规律的探讨，就像打开一扇通往另一个世界的大门，新的事物、新的视野、新的观念、新的思想层出不穷，日新月异，文学批评理论发展既不断地系统化又更加地细密化。陆机《文赋》以赋体形式专门讨论文学创作问题，是细密化的体现；同时对文学创作的探讨是全面深刻的，又是系统化的体现。

《文赋》并序中引用操斧伐柯的象喻批评对文学创作问题进行整体观照：

故作文赋以述先士之盛藻,因论作文之利害所由,他日殆可谓曲尽其妙。至于操斧伐柯,虽取则不远,若夫随手之变,良难以辞逮。

操斧伐柯出自《诗经·豳风·伐柯》:"伐柯伐柯,其则不远。"《中庸》引用此文时朱熹集注云:"柯,斧柄,则,法也……言人执柯伐木以为柯者,彼柯长短之法,在此柯耳。"这里的意思是伐木作斧柄,手里斧柄的式样可以用来参考,比喻可就近取法。陆机引用过来把前人的优秀作品比作手里的斧柄,我们进行文学创作就好比砍伐木头做新的斧柄,手里的斧柄的式样是可以参考的,但也仅仅是参考而已,具体操作时能够得心应手的熟练技巧,却是难以用语言表达详尽的,因为文学创作是一个繁复多变的过程,它包括物(外物)—意(构思)—文(传达)三个阶段。首先是物(外物),"体有万殊,物无一量",文章体式千差万别,客观事物种类多样,变化无穷,难以穷尽;其次是意(构思),"杼轴于予怀,怵他人之我先",构思难于创新,有时好不容易有了一些好的构思,却又与他人相类,哪怕是真正出于自己的内心所得,也不得不舍弃;再次是文(传达),"踯躅于燥吻""含毫而邈然",用文字把内心的构思清晰完整地传达出来也是颇费思量的。最后,物、意、文之间的相谐相得也是一个大难题,正所谓"恒患意不称物,文不逮意,盖非知之难,能之难也"。

因为很难所以有必要,因为必要而更需生动形象,接下来,陆机就用了大量的象喻批评来探讨文学创作的主要问题。

第一,关于艺术构思。陆机说"浮天渊以安流,濯下泉而潜浸",以上至天河、下抵地泉的象喻形象比喻构思想象的超时空性。"沉辞怫悦,若游鱼衔钩,而出重渊之深;浮藻联翩,若翰鸟缨缴,而坠曾云之峻",则以如衔钩之鱼从深渊钓出喻吐辞之艰难,以似中箭之鸟坠于高空喻出语之轻快,以此形容不同的构思活动的极致情况。"谢朝华于已披,启夕秀于未振",又以朝华夕秀的象喻强调构思的创新性。

　　第二，关于艺术传达。陆机用了很多象喻来形容艺术传达的不同情况："或因枝以振叶，或沿波而讨源。或本隐以之显，或求易而得难。或虎变而兽扰，或龙见而鸟澜。"以植物、动物、水流等多种象喻形容艺术传达的复杂情形：或由末及本，或由本至末，或由隐至显，愈益明朗化；或由易入难，步步深入；或抓住中心，纲举目张；或紧握奇句，奠定基调。以上种种通过形象的象喻充分地道出艺术传达复杂的实际情形。

　　第三，关于个别出彩的句子。陆机首先以"苕发颖竖"的象喻说明个别句子的出类拔萃，它们的存在就像芦苇开花、禾苗秀穗一样与众不同，又以"石韫玉而山辉，水怀珠而川媚"的象喻说明它们的重要美学价值，就像石中藏玉使山岭生辉，水中含珠令河川秀媚，文中若有了这些个别出彩的句子，就能使整篇文章熠熠发光。最后，"彼榛楛之勿剪，亦蒙荣于集翠"，运用树木象喻说明文中个别出彩句子和其他寻常句子的辩证关系：就像美丽的翠鸟能使未经整枝的灌木增色添光一样，即使一些平庸的句子，因为有了出彩句子的映照也焕发出光彩，富有价值。

　　第四，关于创作理想。陆机标举应（呼应）、和（和谐）、悲（悲情）、雅（高雅）、艳（艳丽），全以音乐类象喻从反面进行论述，如他把文章内容那种孤零散乱、没有呼应的情况比作"偏弦之独张"，有呼应但不和谐的比作"下管之偏疾"，和谐却不感人的比作"弦幺而徽急"，虽感人却不高雅的比作低俗的《防露》与《桑间》，虽高雅但不艳丽的比作"朱弦之清泛"。可以看出，陆机对创作有着相当高的标准和要求，最后归结到艳丽，又与西晋的繁缛诗风相契。

　　第五，关于创作灵感。陆机首先以"藏若影灭，行犹响起"，比喻灵感的突发性和神秘性，来去无端倪。以"思风发于胸臆，言泉流于唇齿。纷威蕤以驰邍，唯毫素之所拟"形容灵感来临时的高度创造性，又以"兀若枯木，豁若涸流"比喻灵感丧失时思维的枯竭停滞。这种对灵感的论述是非常有见地的，千百年来，我们对灵感的认识也还是停留在这一点上。

　　在陆机之前，文论家对文学的理论探讨大多基于整体、宏观的观照与阐释，所讨论的也都是一些根本性的大问题，很少对文学的具体创作做出如此细致的探讨。陆机《文赋》能对文学创作的整体过程、每一个过程中的具体问题以及创作标准都进行细密而专业的考察,并有意识地运用象喻批评来说明,既显示了文学理论的成熟,也体现了象喻批评在这一时期的高度发展。

### 三、五言居要,缘有滋味——文学审美标准:滋味说

以味为喻讨论文学理论问题,早在先秦时期就已经开始。前已论述,先秦时期"味"不仅突破了感官享受的层面,具有精神愉悦的因素;而且老子的"味无味"还赋予"味"形而上的抽象意义。但先秦时期,"味"作为象喻手段并没有真正在文学批评理论领域被运用,只有在文论成熟的魏晋六朝时期,以味为喻论文的现象才遍地开花。如:陆机《文赋》"阙大羹之遗味",刘勰《文心雕龙·情采》"繁采寡情,味之必厌"、《文心雕龙·史传篇》"儒雅彬彬,信有遗味",宗炳《画山水序》"贤者澄怀味像",等等。所味的对象有诗歌、文、赋、史传等,越来越广泛;"味"的内涵由遗味到味像,也越来越虚化;味的象喻批评越来越趋于复杂。这一时期,以味论文最具代表性的论述来自钟嵘,其《诗品序》曰:

> 夫四言,文约意广,取效《风》、《骚》,便可多得。每苦文繁而意少,故世罕习焉。五言居文词之要,是众作之有滋味者也,故云会于流俗。

有学者评价钟嵘说:"南朝美学家中,唯有钟嵘的美学思想兼具纯粹性和深刻性,最能体现此期审美自觉的趋向。"[①]其实,除了纯粹性、深刻性之外,革新性也是其美学思想的一个重要特征。这三大特征都可以通过钟嵘以味为喻的象喻即"滋味说"体现出来,以下我们一一阐述。

---

① 胡海、秦秋咀:《中国美学通史·魏晋南北朝卷》,江苏人民出版社 2014 年版,第 258 页。

首先是革新性。钟嵘把四言诗和五言诗进行比较,敏锐地意识到五言诗是随着时代的发展、思想的变化而产生的,已"居文词之要",为越来越多的人所看重,而四言则"文繁而意少",其创作在当时已经很少了。所以,他大胆地冲破"四言正体、五言流调"的观念束缚,专门探讨五言诗,充分显示其过人的胆识和革新意识。

其次是纯粹性。钟嵘之所以专论五言诗,不是出于伦理道德标准或其政治经济内容,而是缘于滋味,认为五言诗蕴有浓厚的滋味,这纯粹是从文学审美特质而言的。他又根据五言诗滋味的浓厚程度将五言诗人分为上、中、下三品,滋味成为诗歌审美标准的新尺度。

最后是深刻性。除了指明滋味的纯粹性之外,钟嵘对滋味的认识并非泛泛而谈,而是具体的、有内容的。他主要从三个维度进行讨论。一是"干之以风力",这是运用了树的象喻来说明,树干具有强劲的风力才能富有生命力。同样,五言诗滋味浓厚首先是其内蕴深厚的情感,富于动人的力量,这是思想情感维度,应该说这一点前人或同时代的批评家都有所认识。如陆机《文赋》"言寡情而鲜爱,辞浮漂而不归。犹弦幺而徽急,故虽和而不悲",提出"不悲"是文病之一种。又注重四时变化给人的心理刺激,曰:"遵四时以叹逝,瞻万物而思纷。悲落叶于劲秋,喜柔条于芳春。心懔懔以怀霜,志渺渺而临云。"刘勰《文心雕龙·物色》亦云:"物色相召,人谁获安?是以献岁发春,悦豫之情畅;滔滔孟夏,郁陶之心凝;天高气清,阴沉之志远;霰雪无垠,矜肃之虑深。"同样强调四时节候的变化对人心感动的激发。但是,钟嵘的深刻性在于不仅认识到四时节候的物理变化带给人的心理作用,更重要的是意识到个体的命运遭际对诗歌情感的重大影响:

> 若乃春风春鸟,秋月秋蝉,夏云暑雨,冬月祁寒,斯四候之感诸诗者也。嘉会寄诗以亲,离群托诗以怨。至于楚臣去境,汉妾辞宫。或骨横朔野,魂逐飞蓬。或负戈外戍,杀气雄边。塞客衣单,孀闺泪尽。或士有解佩出朝,一去忘反。女有扬蛾入宠,再盼倾国。凡斯种种,感荡心灵,非陈诗何以展其义?非长歌何以骋其情?

　　显然，钟嵘所说的个体命运遭际更偏向"离群"之怨，嘉会之亲一笔带过，他浓墨重彩地列举了楚臣、汉妾、塞客、孀闺等种种离别（包括生离死别）相思的痛苦情状，而这些是极其能够引起人们共鸣的。比如《古诗十九首》大部分讲述的就是游子、思妇的离愁别绪，所以他们给人们的情感震撼是巨大的，特别能够打动人心。钟嵘"滋味说"的思想情感维度，并非空泛肤浅的情感内容，而是情意绵延深沉、凄切动人的，被他列于上品中的诗人大都具有此种特质。如论李陵诗"文多凄怆，怨者之流"，称班婕妤诗"怨深文绮"，赞曹植诗"情兼雅怨"，论刘桢诗"真骨凌霜"，评王粲诗"发愀怆之词"，赞左思"文典以怨"。总之，情感的深沉厚重是钟嵘"滋味说"的第一个维度。

　　第二个维度是语言形式的妍丽多姿，其《诗品序》中说"润之以丹彩"，就是说要重视修辞，要有妍丽的词彩和流靡的音韵。同样，对妍丽、富丽的语言形式的强调也是这一时期批评家的强烈共识，曹丕《典论·论文》曰"诗赋欲丽"，陆机《文赋》言"诗缘情而绮靡"，刘勰《文心雕龙》的题名"雕龙"即雕刻精美龙纹的意思，对形式美的强调已是题中应有之义了。而钟嵘的深刻性在于不仅强调语言形式的文采美、音韵美，更重要的是他对此有着非常辩证的理性认识，他认为妍丽的辞采、流靡的音调不应当与思想情感分割开来，而应当建立在对事理、外物、情感的具体描摹的基础上，是自然产生的，所以他说："指事造形，穷情写物，最为详切。"这种具体描摹的要求，一是"详"，即对事理的陈述、外物的描摹及情感的描绘都应当详细、完整，这样，情感深度有了，文采的妍丽也具备了。二是"切"，"切"是贴切、切当、恰切的意思，其反面是隔膜、隔绝。如何做到"切"？钟嵘《诗品序》说："'思君如流水'，既是即目；'高台多悲风'，亦惟所见；'清晨登陇首'，羌无故实；'明月照积雪'，讵出经史？'观古今胜语，多非补假'，皆由直寻。"当下所见所得、所思所感，直接抒发出来，而不是拼凑、假借古人词句，这就是"切"。钟嵘由此又提出了"直寻说"，直接指向了当时用典成风的不良风气，有着非常强烈的现实意义。他说：

　　若乃经国文符,应资博古,撰德驳奏。宜穷往烈。至乎吟咏情性,亦何贵于用事?"思君如流水",既是即目;"高台多悲风",亦惟所见;"清晨登陇首",羌无故实;"明月照积雪",讵出经史?观古今胜语,多非补假,皆由直寻。颜延、谢庄,尤为繁密,於时化之。故大明、泰始中,文章殆同书抄。近任昉、王元长等,辞不贵奇,竞须新事,尔来作者,浸以成俗。遂乃句无虚语,语无虚字,拘挛补衲,蠹文已甚。但自然英旨,罕值其人。词既失高,则宜加事义。虽谢天才,且表学问,亦一理乎!

　　频繁用典,甚至"文章殆同书抄",拼拼凑凑,拘挛补衲,读者看了只会越来越隔膜,既无情感力量,又无恰切之感,这样的文章语言形式再华丽也是不美的,称不上"丹彩",只有由心生发,既是即目,见景生情,抒发而来,其语言才既富有情感力量,又有丹彩之美。总之,钟嵘是把文学的情感和形式当作一个不可分割的整体来看待,在所有的上品诗人中,钟嵘最看重曹植,称他是"人伦之有周孔""登堂入室",诗歌造诣已是登峰造极。钟嵘对曹植的评价是"骨气奇高""辞采华茂""情兼雅怨""体被文质",正是慷慨激昂之情感内容与华茂丽美之语言形式的高度结合与完美融合。

　　"滋味说"的第三个维度就是要有"余味""不尽之味"。钟嵘说:"使味之者无极,闻之者动心,是诗之至也。"最好的诗歌正是能够让人无穷无尽地去品味的,钟嵘以味为喻强调诗歌要有强烈而又悠长、无穷无尽的味道。值得一提的是,钟嵘还注意到《诗经》中赋、比、兴的艺术手法,强调赋、比、兴三者的斟酌结合与运用对余味创造的重要作用:"专用比兴"会导致"意深词踬",只用赋体则滑向"意浮文散",只有赋、比、兴三者的协调与谐和,才能创造出滋味浓厚的诗歌来。

　　总之,"滋味说"是钟嵘诗歌美学的一块重要内容,其核心就是对诗歌审美特质的强调,富有重要的美学意义。

## 四、草木之微,依情待实——文学之根本:情感论

草木喻文在古代文论中极为常见。先秦《诗经·魏风·园有桃》中说:"园有桃,其实之肴。心之忧矣,我歌且谣。不我知者,谓我士也骄。彼人是哉,子曰何其? 心之忧矣,其谁知之! 其谁知之! 盖亦勿思!"由桃子的果实想到内心的忧愁,表达诗歌由心生发的文论观点,这可以说是最早的草木喻文了。此后《荀子·儒效》评论文辞时用了"绥绥"一词,"绥"假借为"蕤",指草木华垂的样子,以草木花之美丽、繁盛比拟圣人美好又深厚的文辞之美,这是将草木喻文扩展到了语言形式上。西汉时期,一些著作如刘安《淮南子》、王充《论衡》中也存在大量以草木喻文的句子。不过,总的来看,先秦两汉时期,草木喻文中的"文"基本上还是作为政治、经济的附属品,并不具有独立性,因其文论内涵带有浓厚的政治、伦理、道德等色彩。魏晋伊始,文学从政治、经济、伦理的母体中分娩出来,具有了独立自足性,走向了文学的自觉,曹丕《典论·论文》中的草木象喻因此具有更为纯粹的文论意义:"夫文本同而末异,盖奏议宜雅,书论宜理,铭诔尚实,诗赋欲丽。"曹丕以树之本末来喻示文章本质与各文体之间的关系,意思是说,文章的本质是共同的,而具体的体裁和形式特征会有所不同,所以奏章、驳议应当文雅,书信、论说适宜说理,铭文、诔文崇尚信实,诗歌、赋体应该华美,这也是《典论·论文》里唯一用到草木象喻的地方。

但是,草木象喻在齐梁时期就已经非常普遍了,比如刘勰《文心雕龙》中,很多重要的文论观点、观念、范畴等,都借助草木象喻阐释,比如情感论。《文心雕龙·情采》说:"夫桃李不言而成蹊,有实存也;男子树兰而不芳,无其情也。夫以草木之微,依情待实,况乎文章,述志为本,言与志反,文岂足征?"在刘勰看来,像花草树木这样微小的东西,因为有了果实,才得以绽放,花香吸引行人,那么,我们的作品如果缺乏情感,怎么去打动人呢? 如果作家所写的和自己的情感不一致,满纸假话,虚伪造作,这样的作品又有什么意义呢? 这里刘勰坚定地提出了以情为本的情感论,对后世文论及文学创作都产生了重要的影响。归纳起来,刘勰的情感论包含以下几点

内容。

第一,情感是文学作品的审美根源。《文心雕龙·诠赋》曰"物以情观,故辞必巧丽",意为作者如果能够带着情感去观照事物,那么,他写出来的文辞必定是巧妙美丽的。

第二,情感是文学作品的主要内容。《文心雕龙·情采》曰"情者,文之经",又"镕裁"篇曰"设情以位体","体性"篇曰"吐纳英华,莫非情性"。刘勰还详细地指出在不同文体及体裁中,情感仍是第一位的。如诗歌"怊怅切情,实五言之冠冕"("明诗"篇),赋体"序以建言,首引情本"("诠赋"篇),颂赞"三闾《橘颂》:情采芬芳""约举以尽情,昭灼以送文,此其体也"("颂赞"篇),哀吊"情主于痛伤,而辞穷乎爱惜"("哀吊"篇),对问、连珠等"苑囿文情,故曰新殊致"("杂文"篇),甚至奏议、策论"然总要以约文,事切而情举"("议对"篇),至于《诗》《书》《礼》《易》《春秋》等儒家经典"义既极乎性情,辞亦匠于文理",更是以情为本了。总之,情感是众多文体的重要内容,足见刘勰对情感的重视和追求。

第三,情和物的关系。"物色"篇曰:"岁有其物,物有其容,情以物迁,辞以情发,一叶且或迎意,虫声有足引心……"这是说,一年四季各有它的景物,不同的景物又有它独特的容貌声色,我们的感情会由景物的变化而发生改变,所以一片树叶的掉落会触动我们的情思,一只昆虫的鸣叫也会引发我们的心思,这是讲物对情的激发、触动的一面。主体情感对物也有主动投射的一面,所以,"神思"篇说"登山则情满于山,观海则意溢于海",情与物建立起互动生发的关系。此外,刘勰还注意到情感的深邃杳邈:"然物有恒姿,而思无定检……是以四序纷回,而入兴贵闲;物色虽繁,而析辞尚简;使味飘飘而轻举,情晔晔而更新。古来辞人,异代接武,莫不参伍以相变,因革以为功,物色尽而情有余者,晓会通也。"物色有固定的姿态形状,有时能做到形貌写尽,但是思想情感不是一定的,而是自由无拘束的,故能情味深长,余音袅袅。

第四,情和文的关系。"情采"篇曰:"昔诗人什篇,为情而造文;辞人赋颂,为文而造情。何以明其然?盖风雅之兴,志思蓄愤,而吟咏情性,以讽其上,此为情而造文也;诸子之徒,心非郁陶,苟驰夸饰,鬻声钓世,此为文而造情也;故为情者要约而写真,为文者淫丽而烦滥。""为情而造文"与"为文而造情",看似仅仅简单地调换了一下字词的位置,但在刘勰看来存在天壤之别。"为情而造文",是本来就情感浓郁,为了表达这浓郁的情感而写诗歌,比如《诗经》的创作就是如此,这样的作品往往是文辞精练、内容真实,能够打动人心的。而"为文而造情"则是为了写作而捏造情感,无病呻吟,这样的情感就是虚伪的、令人憎恶的,就好比去种兰花的男子,本来对花就生不出什么情感,却勉强造作,难免令人生厌。刘勰认为很多辞赋家的创作就是如此,这样的作品大多是过分华丽而内容空洞,没有什么意义的。

第五,情与采的关系。刘勰最后也注意到情感和文采的重要关系,提出"辨丽本乎情性"("情采"篇)的观点,强调以情性为本,再去追求辞藻的华丽,这是较为辩证的观点。

### 五、譬陶匏黼黻国香,悦耳悦目又悦心——文学之价值:娱乐审美

文学价值何在?不同的思想文化背景及其意识形态下,人们对文学价值的认识自然有云泥之别。质言之,魏晋之前,文学作为政治、史学、伦理道德的附属物,被视为末等,事事要以伦理道德、政治经济为本、为先、为重,文学的价值更多地体现在教化、沟通等社会功能上,如孔子说的诗可以兴、观、群、怨,正是强调文学的社会功能。魏晋伊始,人们对文学的看法发生了根本变化,文学的独立自主性凸显,越来越多的文论家开始认识到文学自身而不是其作为附属物的价值。所以,标志着文学走向独立自觉的曹丕《典论·论文》中说"盖文章,经国之大业,不朽之盛事"。罗宗强先生认为这句话应当理解为比喻句式,换句话说,要视其为象喻批评。这是说,在曹丕看来,文章的作用就像治理国家大业一样重要,因为它能"寄身于翰墨,见意于篇籍",把文章与对生命个体自身价值的思考联系起来,强调的是文章的超功利的精神价值,而不是说文章能够治理国家大业。这强调的是文学的社会政治功能,标志着文学观念的巨大变化。

　　西晋葛洪《抱朴子》对文章与伦理道德的关系存有诸多不同于前人的探讨，集中体现了魏晋人通脱的文化观念和艺术观念，其"循本"篇首先指出"德行文学者，君子之本也"，一举冲破历代以来重本轻末、崇本抑末、重德行轻文章的传统认识，接着运用多种象喻批评进行多方论证："（文章与德行）犹十尺之与一丈，谓之余事，未之前闻。夫上天之所以垂象，唐虞之所以为称，大人虎炳，君子豹蔚，昌旦定圣谥于一字，仲尼从周之郁，莫非文也。八卦生鹰隼之所被，六甲出灵龟之所负，文之所在，虽贱犹贵，犬羊之鞹，未得比焉。且夫本不必皆珍，末不必悉薄。譬若锦绣之因素地，珠玉之居蚌石，云雨生于肤寸，江河始于咫尺尔。则文章虽为德行之弟，未可呼为余事也。"这些言论皆为文学价值观的根本转变提供了强有力的理论支撑。

　　这一时期的人们还运用大量的象喻批评探讨文学的价值，萧统《文选序》中说道：

　　　　众制锋起，源流间出。譬陶匏异器，并为入耳之娱；黼黻不同，俱为悦目之玩。[1]

　　陶匏是古代陶质礼器，《礼记·郊特性》曰："器用陶匏，尚礼然也。"《通典·礼二》还记载道："梁武帝即位南郊……器用陶匏素俎，席用藁秸。"可见，陶匏历来含有礼制、教化的象征意义。"黼黻"最早表示两种事物，其中"黼"专指斧，即半黑半白的斧头图案，"黻"专指正反两"弓"相背的图案，两种图案皆绘制在天子服饰上，象征君王的权威、果敢。萧统把文章比作陶匏和黼黻，意不在取它们所内蕴的教化、君权的象征含义，而重在陶匏作为礼器发出的动听悦耳的音乐；黼黻黑白相间、两弓相背的花纹图案又能令人流连悦目，以此强调文学的审美娱乐功能。这里萧统对陶匏、黼黻象征含义的改造是耐人寻味的。

---

　　① 谭国清主编：《中华藏典·传世文选——昭明文选》（一），西苑出版社 2003 年版，第 1 页。

其实,刘勰《文心雕龙·知音》也有对文学审美娱乐功能的论述,并且也用了一系列的象喻批评:

> 夫唯深识鉴奥,必欢然内怿;譬春台之熙众人,乐饵之止过客。盖闻兰为国香,服媚弥芬;书亦国华,玩绎方美。知音君子,其垂意焉。

刘勰认为,文学是精微难鉴的,"知音"开篇就感慨:"知音其难哉!音实难知,知实难逢,逢其知音,千载其一乎!"知音为何难逢,除了个性爱好、学识见地等人的主观因素之外,还因为"形器易征,谬乃若是,文情难鉴,谁曰易分?"文章本身微妙难言、复杂曲折的客观因素也是重大原因之一。这一点早在葛洪那里就有论述,其《抱朴子·外篇》曰:"德行为有事,优劣易见,文章微妙,其体难识,夫易见者粗也,难识者精也。夫唯粗也,故铨衡有定焉;夫唯精也,故品藻难一焉。"刘勰《文心雕龙·神思》则从语言以及文意的角度进一步论证:"意翻空而易奇,言征实而难巧。""至于思表纤旨,文外曲致,言所不追,笔固知止。至精而后阐其妙,至变而后通其数,伊挚不能言鼎,轮扁不能语斤,其微矣乎!"也正是因为微妙难鉴,才会显示出独特的魅力,所以一旦"深识鉴奥",洞察到作品的深意,必定会"欢然内怿",内心真正由衷地感到快乐、满足。这种快乐与满足,就像春天里登高时满目美景的喜悦,音乐与美食带来的快感,令人流连忘返;或是佩戴上全国最香的花,芬芳扑鼻,不仅仅是悦耳、悦目,还有悦心、悦意。萧统《答湘东王求〈文集〉及〈诗苑英华〉书》说:"与其饱食终日,宁游思于文林。或日因春阳,其物韶丽,树花发,莺鸣和,春泉生,暄风至,陶嘉月而嬉游,藉芳草而眺瞩。或朱炎受谢,白藏纪时,玉露夕流,金风多扇,悟秋山之心,登高而远托。或夏条可结,倦于邑而属词;冬云千里,睹纷霏而兴咏。密亲离则手为心使,昆弟晏则墨以砚露。"①春日嬉游,秋山登高,寓目写心,和墨把书,创作之乐

---

① 王先谦编:《骈文类纂》,浙江古籍出版社 1998 年版,第 365 页。

无穷无尽。徐陵《玉台新咏序》写道:"虽复投壶玉女,为观尽于百骁;争博齐姬,心赏穷于六箸。无怡神于暇景,惟属意于新诗。庶得代彼皋苏,蠲兹愁疾。"①皋苏是树木名,传说木汁味甜,食者不饥,可以释劳,新诗甚至超越投壶、争博、六箸等游戏项目,不但令人心旷神怡,赏玩流连,还能释劳去忧,功用性极大。

　　以上虽然仅仅列举了当时一部分人对文学价值观的阐述,但实际上代表了这一时期人们对文学价值的集体认识观念。正因为人们对文学作品葆有审美娱乐的态度,才会觉得文学能够带来真正的快乐,才会真正激发起人们学习诗文的内在兴趣,刮起一股自上而下的以诗文为乐的强劲风潮。如萧纲《与湘东王书》"文章未坠,必有英绝,领袖之者,非弟而谁。每欲论之,无可与语,思吾子建,一共商推。辨兹清浊,使如泾渭;论兹月旦,类彼汝南"②,钟嵘《诗品序》"今之士俗,斯风炽矣。才能胜衣,甫就小学,必甘心而驰骛焉。于是庸音杂体,人各为容。至使膏腴子弟,耻文不逮,终朝点缀,分夜呻吟",对时人争相学诗作文风气有着生动的描述。西晋巨富石崇《金谷诗序》是这样描述当时金谷二十四友在金谷园饮宴作诗活动的:"有清泉茂林,众果竹柏药草之属,莫不毕备。又有水碓、鱼池、土窟,其为娱目欢心之物备矣。""昼夜游宴,屡迁其坐。或登高临下,或列坐水滨,时琴瑟笙筑,合载车中,道路并作,及住,令与鼓吹递奏,遂各赋诗,以叙中怀,或不能者,罚酒三斗。感性命之不永,惧凋落之无期。"又左思《三都赋》的问世导致"洛阳纸贵",谢灵运的新诗能在一夜之间传唱风靡整个京城,皆是对这一时期人们崇尚诗文、以诗文为乐的最好注脚。

## 六、藻耀高翔,文笔之鸣凤——诗学理想:风骨论

　　风骨论是刘勰《文心雕龙》中重要的理论观点,主要集中于《文心雕龙》第二十八篇"风骨"篇中。风骨论的理论内涵丰富复杂,历来对其探讨颇

　　①　徐陵编,吴兆宜注,穆克宏点校:《玉台新咏笺注》,中华书局 2018 年版,第 2 页。
　　②　王先谦编:《骈文类纂》,浙江古籍出版社 1998 年版,第 366 页。

多,众说纷纭,莫衷一是。罗宗强先生说:"风骨论是刘勰最激动人心又最扑朔迷离的理论命题,也是他的理论中最出色的成就之一。"①综观历来对风骨内涵的阐释,归纳下来最主要的有以下几种。

第一,"风"即文意,"骨"即文辞。著名文学家黄侃先生、范文澜先生持这一观点。如黄侃《文心雕龙札记》所云:"风骨,二者皆假于物以为喻,文之有意,所以宣达思理,纲维全篇,譬之于物,则犹风也。文之有辞,所以抒写中怀,显明条贯,譬之于物,则犹骨也。必知风即文意,骨即文辞,然后不蹈空虚之弊。"②

第二,风骨即风格。罗根泽先生持有这一观点,他在《中国文学批评史》提出:"盖风骨虽非字句,而所以表现风骨的仍是字句,所以欲求风骨之好,须赖'捶字坚而难移,结响凝而不滞',风骨是文字以内的风格,至文字以外或者说是溢于文字的风格,刘勰特别提倡'隐秀'。"③照他的说法,风骨还应是偏于语言文字的锤炼所显示出来的风格特征。

第三,"风"是对情感的要求,要有风力;"骨"是对文辞的要求,要有逻辑性。这种观点带有普遍性,很多学者如廖仲安、刘永济、宗白华、王运熙等都主张这一观点,其中尤以周振甫先生为代表。他在《文心雕龙注释》中说道:"所谓风,是对有情志的作品要求它具有感动人的力量,要求它写得鲜明而有生气,要求它写得骏快爽朗,风就是对作品情志的美学要求。""所谓骨,是对有情志的作品要求它的文辞精练,辞义相称,有条理,挺拔有力,端正劲直。"④

上述阐释均有所长,有一定道理,但因各有侧重又不免带有一定的片面性。我们认为,要想清晰地了解"风骨"的内涵,应当将"风骨"放在刘勰的整个文论语境及其理论体系中去探讨。我们发现,刘勰对其风骨的阐释

---

① 罗根泽:《中国文学批评史》(第一册),上海古籍出版社 1982 年版,第 330 页。
② 黄侃:《文心雕龙札记》,上海古籍出版社 2006 年版,第 257 页。
③ 罗根泽:《中国文学批评史》(第一册),上海古籍出版社 1982 年版,第 234 页。
④ 周振甫:《文心雕龙注释》,人民文学出版社 1981 年版,第 325—326 页。

正是借助我国富有特色的文学批评——象喻批评进行的:

> 若丰藻克赡,风骨不飞,则振采失鲜,负声无力。是以缀虑裁
> 篇,务盈守气;刚健既实,辉光乃新。其为文用,譬征鸟之使翼也。

> 夫翚翟备色,而翾翥百步,肌丰而力沈也。鹰隼乏采,而翰飞
> 戾天,骨劲而气猛也。文章才力,有似于此。若风骨乏采,则鸷集
> 翰林;采乏风骨,则雉窜文囿。唯藻耀而高翔,固文笔之鸣凤也。
> (《文心雕龙·风骨》)

前已谈到,魏晋时期,随着文学自觉意识增强,文论也不断走向成熟,象喻批评也日渐繁盛。但是,众多文论家所使用的象喻大多集中于植物类、天象类、珠玉类,稍微虚化的还有味、气等,而很少有动物类尤其是鸟类的。在刘勰之前,只有陆机《文赋》有两处提到鸟类象喻:"浮藻联翩,若翰鸟缨缴。""或虎变而兽扰,或龙见而鸟澜。"与刘勰同时期的文论家使用鸟类象喻批评的情况也很少,似只有两位文论家。一是钟嵘,其《诗品》曰:"譬人伦之有周孔,鳞羽之有龙凤……并得虬龙片甲,凤凰一毛。"二是李充,其《翰林论》曰:"潘安仁之为文也,犹翔禽之羽毛,衣被之绡縠。"这些鸟类象喻批评或是讨论某一个层面的理论问题,或是具体探讨某个作家、某一部作品的风格特点,总之显得较为零散、随意。而刘勰这里却不仅使用了较多的鸟类象喻,如征鸟、翚翟、鹰隼、凤凰,而且生发出较为丰富的文论内涵,显示其象喻批评的独特性。那么,刘勰为何热衷于鸟类象喻呢?这应当和古时期鸟图腾崇拜有一定的内在关系。我国的鸟图腾崇拜现象不仅历史悠久,而且频繁普遍,早在约7000年前的河姆渡文化遗址中就发现双鸟朝阳象牙雕刻、鸟形象牙雕刻、圆雕木鸟等,进餐用的汤匙上甚至还刻有双头连体的鸟纹图像。在我国南方古代民族中,越人的图腾标志主要就是鸟,商族崇拜的是玄鸟图腾。图腾意义何在? 有学者指出:"原始社会人的力量十分弱小,但是人通过图腾观念让自己归属于一个强有力的图腾,

从而在需要强大自己的时候就通过互渗而获得超常的信心和力量。"①可见,图腾代表的是一种力量,刘勰频繁使用鸟类象喻所要着重强调的也正是"风骨"的力量、风力、气度等特质,所以,他说:"若丰藻克赡,风骨不飞,则振采失鲜,负声无力。是以缀虑裁篇,务盈守气;刚健既实,辉光乃新。其为文用,譬征鸟之使翼也。""风骨"就好比飞鸟的翅膀,文章若没有风骨,就算满目华彩、侈丽斐然,也不过是五彩野鸡,只能小飞百步;若风骨具备,但失于文采,犹如强劲的鹰隼,还能够翰飞戾天。当然,最极致的就是既有风骨又有文采,那就好比凤凰,既能一飞冲天,一鸣惊人,强劲有力,又能辞采华丽,光辉闪耀,这就完美了。凤凰之美代表了这一时期的诗学理想。

刘勰对风骨论的阐释总是把风骨视为一个整体,特别强调风骨之间的有机联系,因此,很多研究者将风骨视为两个不同层面的东西分别探讨实则有违刘勰的艺术观念。实际上,刘勰对风骨论的整体观照与《文心雕龙》的研究方法是一致的。《文心雕龙·序志》曰:

> 夫铨序一文为易,弥纶群言为难,虽复轻采毛发,深极骨髓,或有曲意密源,似近而远;辞所不载,亦不胜数矣。及其品列成文,有同乎旧谈者,非雷同也,势自不可异也;有异乎前论者,非苟异也,理自不可同也。同之与异,不屑古今,擘肌分理,唯务折衷。

"擘肌分理,唯务折衷",正是贯穿《文心雕龙》的基本方法,李泽厚、刘纲纪《中国美学史·魏晋南北朝编》(下)详细地指出这种方法的基本内涵:"这个方法要求看到事物的不同的、互相对立的方面,并且把这些方面统一起来,而不要只孤立地强调其中的某一方面。"②它其实源于我国传统文化中"和"的思想,强调矛盾对立、事物多样性的和谐统一。在《文心雕龙》中,

---

① 张法:《中国美学史》,上海人民出版社 2000 年版,第 20 页。
② 李泽厚、刘纲纪:《中国美学史·魏晋南北朝编》(下),安徽文艺出版社 1999 年版,第 579—580 页。

所谓"圆该""圆通""圆照"等语汇所指向的也正是这种多元的统一、对立的和谐等整体观念，刘勰的风骨论也极其鲜明地显示出这层内蕴，具体可从两个层面进行探析。

一是将风骨作为整体的层面。

将风骨视为整体，刘勰首先极其强调风骨和力的密切关系，风骨就像"征鸟之使翼"，所以，如果风骨无力，翅膀力沉，是飞不高、飞不远的，风骨的力度直接关乎作品的好坏。其次强调风骨和文采的密切关系。刘勰认为，达到极致的作品就好比凤凰，既有力又有华彩。我们知道，凤凰本身的形象就是集多样动物如鸡、鹿、麟、蛇、鱼、龙、龟、燕等于一身，把这些动物元素折合调和成一个完美的整体，以凤凰喻风骨和文采的兼具，强调了一种整体的美、调和的美和均衡的美。最后强调风骨和创新的关系。"风骨"篇说："若骨采未圆，风辞未练，而跨略旧规，驰骛新作，虽获巧意，危败亦多，岂空结奇字，纰缪而成经矣！""骨采未圆，风辞未练。"这是说风骨不具备，再怎样新颖的创作、巧妙的构思，也是徒劳的，正所谓"危败亦多"，只有在"风清骨峻"的基础上，"孚甲新意"，追求创新，才能篇体光华，充满光彩。

二是将风骨分开的层面。

刘勰总是将风骨作为一个整体对待，是基于二者的共同特质，如对力的要求，还有与文采的关系，这都是一致的，但风骨毕竟是两个不同质的概念，有着不同的规定性。

先来看"风"。刘勰说："是以怊怅述情，必始乎风。""风"是刘勰最先注意到的因素，他指出"风"是教化的根源，同作者情感和意志是一致的，可见，"风"和情感存在密切关系。但"风"不等同于情感，所谓"怊怅述情，必始乎风""情之含风，犹形之包气"，显然，"风"与情感是两个不同的概念，否则就不必分开来说。但二者肯定存在内在关系。刘勰指出二者的关系就好比气和形的关系。我们知道，"气"作为一种生命的精神，其特点是流动不息，就像充满人体的"血气"一样，这是"形"富有生命力的源泉。同样，情要富有生命力，具有感染人的力量，就必须要有风，情感有了风，才能够打动人，给人以能量。正如"气"之于形之全身的贯穿，"风"同样也基于作品整体的情感要求,是要求贯穿于作品始终的,一旦有松懈,就会直接影响作品的感染力。胡海、秦秋咀在《中国美学通史·魏晋南北朝卷》中谈到刘勰对王粲的看法时就特别指出了这一点:"要区分不同作者的特征是很困难的,对于魏晋赋家,刘勰可能难以找到更多合适的词语,所以说得不是那么明确,我们略加补充和发挥,转换为今天的表述是:王粲文思敏捷而细密,发端有力——刘勰言外之意是说,这种气势和力度不能够贯彻始终,可能由于王粲体弱之故,难以为继。这是陆云在《与兄平原书》中说过的:'视仲宣集《述征》《登楼》,前即甚佳,其余平平,不得言情处。'"①

其次谈"骨"。"风骨"篇曰:"沉吟铺辞,莫先于骨。""辞之待骨,如体之树骸。"显然,"骨"也不像很多研究者说的那样就是指文辞,"骨"和文辞虽然存在密切的关系,却是两个不同质的概念。刘勰指出,文辞之于骨,就好比身体的直立必须靠骨架强有力的支撑,这是对骨的强调。可见,所谓"骨"是指对语言形式的具体要求。除了要求骨力之外,刘勰还指出两点。第一,"骨"涉及语言形式的很多层面,是语言要素的多元统一。例如:字句的推敲上"捶字坚而难移",声律的运用上"结响凝而不滞",典故的使用上"事义为骨髓"。"骨"应当对字句、声律、事义都有适当的协调,体现出刘勰"唯务折衷"的有机整体的思想观念。第二,"骨"要求内在逻辑性和统一性。"故练于骨者,析辞必精","若瘠义肥辞,繁杂失统,则无骨之征也",如果词句拖沓,缺乏条理,即使内容不多,也会显得杂乱而失于骨力。

总之,刘勰的风骨论高屋建瓴,他从富有图腾意义的鸟类象喻入手,从"擘肌分理""唯务折衷"的根本方法出发,对"风骨"提出了非常高的标准和要求,是当时诗学审美理想的具体体现。同时,从刘勰对风骨之力度的整体性强调、对风骨和文采的关系的用心探讨,可以看出,他对当时的骈俪风气也进行了较为强劲有力的反拨。

---

① 胡海、秦秋咀:《中国美学通史·魏晋南北朝卷》,江苏人民出版社 2014 年版,第 325 页。

# 第五章　壮阔飞动，蕴蓄昂扬：唐代象喻批评

## 第一节　唐代社会思想文化概论

唐代（618—907 年）是我国历史上的鼎盛时期，是贡献最巨、国力最强、历时最长的王朝之一，也是当时世界上最强盛的国家之一，声誉远播。它与汉朝并称为中国历史上最强盛的两大王朝。

### 一、政治经济走向繁荣

这一时期，唐代在政治、经济、文化各方面均达致全盛。政治上，唐代比较稳定。国家空前统一，国力强盛。唐代疆域空前辽阔。至开元、天宝极盛时期，边界已经是东到朝鲜半岛，南抵越南顺化一带，西达中亚威海以及呼罗珊地区，北包贝加尔湖至叶尼塞河一带。经济上，唐代农业生产工具与技术较前都有了新的进步，粮食产量大幅度增加，手工业、商业也有长足发展，唐代人口也在不断增长。据统计，隋文帝仁寿年间全国户口增到700 万户，至唐代天宝年间，人口峰值达至 8000 万—9000 万户之间，足有10 倍以上的增长幅度，唐代的繁华可想而知。总之，这一时期，唐代百姓生活富庶，安居乐业，社会安定，欣欣向荣，有杜甫《忆昔二首》（其二）诗为证："忆昔开元全盛日，小邑犹藏万家室，稻米流脂粟米白，公私仓廪俱丰实。"

## 二、文化交流日益频繁

政治的统一、经济的发展和国力的强盛也带来了唐代文化的高速发展。唐代与世界文化交流频繁,国际影响深远。突厥、回纥纷纷来朝,东南亚小国争相朝贡,日本的留学生更是云集中国。据统计,唐朝时,日本官派的公费留学生就有七批,每批都有几百人,民间的自费留学生则更多。杜甫《忆昔二首》(其一)诗云:"忆昔先皇巡朔方,千乘万骑入咸阳。"王维《和贾舍人早朝大明宫之作》诗云:"九天阊阖开宫殿,万国衣冠拜冕旒。"①这都反映了这一盛况。政治外交的发达也带来了文化之间的密切交流,当时"南亚的佛学、医学、历法、语言学、音乐、美术,中亚的音乐、舞蹈,西亚世界的祆教、景教、摩尼教、伊斯兰教、医术、建筑、艺术,乃至马球运动等等,如'八面来风',从唐帝国开启的国门一拥而入",②显示出唐代帝国容纳四海的开放胸怀。

## 三、昂扬自信的主体精神普遍建立

大唐帝国雄心壮志,纵横捭阖,大刀阔斧,勇猛开拓,普遍建立起一种昂扬自信、意气风发、包容开放的民族心态。唐代士子普遍心胸开阔,自信开放,在他们身上洋溢着极其可贵的积极向上的心态。初唐时期魏徵《述怀》诗云:"杖策谒天子,驱马出关门。"陈子昂《东征答朝臣相送》言:"孤剑将何托,长谣塞上风。"骆宾王《从军行》曰:"弓弦抱汉月,马足践胡尘。"③杨炯《从军行》云:"宁为百夫长,胜作一书生。"④这些诗一洗六朝萎靡不振的风气,强劲豪迈、慷慨激昂,而且他们又并非纸上谈兵、高谈口号者,很多边塞诗人如岑参、高适等,经常随军出征,征战沙场,他们下马吟诗作赋,抒发

① 马玮主编:《王维诗歌赏析》,商务印书馆 2017 年版,第 226 页。

② 冯天瑜、何晓明、周积明:《中华文化史》,上海人民出版社 1990 年版,第 581 页。

③ 马庆洲、李飞跃、郭金雪:《初唐四杰》,中华书局 2010 年版,第 207 页。

④ 萧涤非、程千帆等:《唐诗鉴赏辞典》,上海辞书出版社 1983 年版,第 27 页。

抱负,上马杀敌报国,为国争光,文可御笔安社稷,武可横刀定乾坤,这种强烈的自信和昂扬的抱负在中国历史上是极少有的。试看高适这首耳熟能详的边塞诗《别董大二首》(其一):

> 千里黄云白日曛,北风吹雁雪纷纷。
> 莫愁前路无知己,天下谁人不识君?[①]

董大即董庭兰,是当时著名的音乐家,善弹古琴,曾受宰相房琯赏识,但后来盛行胡乐,董大及其音乐日渐受冷,而作者高适当时也处于困顿不达的境遇当中,两个失意的人久别重逢,经过短暂的聚会之后,又要各奔东西,前路茫茫,分别时黄云闭日,雪花飘飘,景色晦暗寒冷,阴郁愁苦。但是整首诗的基调并非沮丧、沉沦,"莫愁前路无知己,天下谁人不识君",既表露出作者对友人远行的依依惜别之情,又展现出作者豪迈豁达的胸襟,昂扬着一股自信、乐观的基调,唐代自信豁达的气质可见一斑。宗白华《唐人诗歌中所表现的民族精神》一文对此展开了精辟的论述:

> 我们在整个的中国文学史看来,无疑的唐代诗歌在中国文学史上有特殊的地位。不但它声韵的铿锵和格调的度化,集诗歌的大成,为后来的学诗者所效法,而那个时代——唐代的诗坛有一种特别的趋势,就是描写民族战争文学的发达,在别的时代可说绝没有这样多的。如西汉中世,于富贵化的古典词赋甚发达,北宋二百年只有描写儿女柔情的小词盛达。在唐代却不然了,初唐诗人的壮志,都具有并吞四海之志,投笔从戎,立功塞外,他们都在做着这样悲壮之梦,他们的意志是坚决的,他们的思想是爱国主义的,这样的诗人才可称为"真正的民众喇叭手"!中唐诗人的慷慨激烈,亦大有拔剑起舞之概!他们都祈祷祝颂战争的胜利,

---

① 萧涤非、程千帆等:《唐诗鉴赏辞典》,上海辞书出版社 1983 年版,第 397 页。

虽也有几个非战诗人哀吟痛悼,诅咒战争的残忍;但他们诅咒战争,乃是国内的战乱,惋惜无辜的死亡,他们对于与别个民族争雄,却都存着同仇敌忾之志。如素被称为非战诗人的杜少陵,也有"男儿生世间,及北当封侯,战伐有功业,焉能守旧邱!""拔剑击大荒,日收胡马群,誓开玄冥北,持以奉吾君!"看吧!唐代的诗人怎样的具着"民族自信力",一致地鼓吹民族精神!和现在自命为"唯我派诗人?""象征派诗人?"只知道"蔷薇呀!""玫瑰呀!""我的爱呀!"坐在"象牙之塔"里,咀嚼着"轻烟般的烦恼"的人们比较起来,真令人有不胜今昔之感呢![1]

## 四、佛禅影响日渐深厚

隋唐以来,佛教在魏晋南北朝的基础上已经有了很大发展,杜牧《江南春绝句》云"南朝四百八十寺,多少楼台烟雨中",极言南朝寺庙之多。南朝由于佛法兴盛,帝王提倡佛教而造寺塔者颇多,其后妃、公主兴造寺塔之风尤盛,故南朝寺院林立。到了唐代,唐人大修佛寺,大造佛像,大译佛经,佛教更是日益繁荣,宗派繁多,产生了天台宗、华严宗、法相宗。即便在唐玄宗时开始整顿寺院,全国仍有寺院5358座,僧尼13万之众。唐初有一位叫那提的印度僧人在游历印度各地及南亚和东南亚后来到中国,看到中国佛教盛况时说"脂那东国(指中国)盛传大乘,佛法崇盛,瞻洲称最",认为佛教在唐代中国极其兴盛,可以说是居于世界第一。佛教在唐代日益渗入的过程中,又不断地与儒道本土思想融合,本土化色彩越来越浓厚,形成了本土化的宗教——禅宗。禅宗思想复杂,宗派林立,有沩仰宗、临济宗、法眼宗、曹洞宗、云门宗等五大支派,形成"一花五叶"的繁复态势,对社会文化影响很大。当时无论高层的统治者还是下层的穷苦百姓都虔诚地皈依佛门,对佛教近乎痴狂地崇拜,佛教已经广泛深入地影响了他们的日常生活,涉及

---

① 宗白华:《艺境》,北京大学出版社1999年版,第84页。

思想观念、饮食文化、社会救济、艺术文化、寺庙建筑、天文医学以及民风民俗等。比如天竺佛教徒龙树大师擅长眼科医道，著有《医论》在中国传播，唐代前期民间影响较大的节日佛诞节、盂兰盆会等都来自佛教，佛教所宣扬的业报轮回说、佛性平等思想深刻影响人们的观念和意识，甚至在唐人的衣着特点上也可见出佛教文化的烙印。在中国传统的道德观念中，女性服饰一直特别保守，女子从小便被教导行为要矜持，"行不露足，跬不过寸，笑不露齿，手不上胸"，更别说要随意展露自己的身体了。可是，到了唐代，女性服饰最为突出的一个特点却是袒露化。在唐代初期，皇宫中就开始流行低领的服饰，到了盛唐时期，服饰变得更加暴露。这些与唐人对佛教的尊崇是有着密切关系的，因为佛教对于人体比较推崇，而且佛教弟子在披袈裟的时候，通常会露出一肩一臂，深受佛教影响的唐代女性，其服饰便开始由保守、遮蔽逐渐转向开放、暴露了。受此影响，唐代雕刻艺术家们也侧重于表现人物丰满圆润的肌体、优美健硕的身姿，雕刻艺术也达到了新的高度。

## 第二节　唐代文论中典型的象喻批评

唐人积极、自信、开放、包容的民族心态建立起了同样积极、自信、开放、包容的文化形态，深刻影响唐代的文学批评特质，这一点在唐代的象喻批评中也有高度体现，以下我们分点进行分析、讨论。

### 一、"心源为炉，笔端为炭""不入虎穴，焉得虎子"：高扬心的主体性作用

唐代文人心胸开阔，自信开放，极力张扬心的创造力，开拓精神十足。刘禹锡《董氏武陵集纪》曰："心源为炉，笔端为炭。"[1]"心源"一词不见于先

---

[1]　唐晓敏：《中华古文论释林·隋唐五代卷》，北京大学出版社 2011 年版，第 419 页。

秦道家、儒家典籍,最早见于汉译佛经。《四十二章经》云:"佛言:出家沙门者,断欲去爱,识自心源,达佛深理,悟无为法。"《大方广佛华严经》卷十二曰:"我王心镜净,洞见于心源。"又卷十五称:"涤除妄垢显心源,故我归依无等者。"《菩提心论》曰:"若欲照知,须知心源,心源不二,则一切诸法皆同虚空。"华严宗宗师澄观的解说最为详细,他在《答皇太子问心要书》中说:"若一念不生,则前后际断。照体独立,物我皆知。直造心源,无智无得,不取不舍,无对无修。"①可见,"心源"实为佛家语,佛家认为心为万法之源,故称为心源,心源之"源",是万法的"本有"或者说是"始有",世界的一切都从这"源"中流出,世界都是这"源"之"流"。刘禹锡将其移用于文学理论中,意思是说诗人的心好比熔炉,笔是炭火,任何形象的创作都源于人心的创造力,这就极为强调心的主体性作用了,注重心的审美创造力和审美感悟力,体现对心物关系的新认识,显示出唐代文论的鲜明特点。

唐代之前,不论是陆机《文赋》"遵四时以叹逝,瞻万物而思纷,悲落叶于劲秋,喜柔条于芳春。心懔懔以怀霜,志渺渺而临云",还是钟嵘《诗品序》中说的"气之动物,物之感人,故摇荡性情,形诸舞咏……若乃春风春鸟,秋月秋蝉,夏云暑雨,冬月祁寒,斯四候之感诸诗者也。嘉会寄诗以亲,离群托诗以怨",抑或刘勰《文心雕龙》中说的"春秋代序,阴阳惨舒,物色之动,心亦摇焉。盖阳气萌而玄驹步,阴律凝而丹鸟羞,微虫犹或入感,四时之动物深矣。若夫珪璋挺其惠心,英华秀其清气,物色相召,人谁获安?是以献岁发春,悦豫之情畅;滔滔孟夏,郁陶之心凝。天高气清,阴沉之志远;霰雪无垠,矜肃之虑深。岁有其物,物有其容;情以物迁,辞以情发。一叶且或迎意,虫声有足引心",都是强调外物、外部现实(人事)对人心的感发刺激作用,所以《文心雕龙·神思》中说"登山则情满于山,观海则意溢于海",基本上都在物感说的范畴内,但唐代诗论家们则跳脱外物的藩篱,注重内心的创造力,开拓心的发源作用,高扬心的主体性作用,如贾岛《二南

---

① 朱良志:《"外师造化,中得心源":佛学渊源辨》,《中国典籍与文化》,2003年第4期,第87—94页。

密旨》言："取诗中之意，不形于物象。如《古诗》云：'行行重行行，与君生别离。'如昼公《赋巴山夜猿送客》：'何年有此路，几客共沾襟。'"①诗歌要表达内心的愁苦离别情绪，不必拘泥、受制于外物形象，突出的正是心的主体性功能。所以王昌龄在《诗格》中说："然后用思，了然境象。""然后弛思，深得其情。""亦张之于意而思之于心，则得其真矣。"后又直接提出三思说，即"生思一，久用精思，未契意象，力疲智竭，放安神思，心偶照境，率然而生"，"感思二，寻味前言，吟讽古制，感而生思"，"取思三，搜求于象，心入于境，神会于物，因心而得"，②文学活动更多地体现为心的参与和创造作用。皎然《诗式》更是以具体象喻强调创作主体积极主动、竭力思索的主体性作用，提出了富含主动意味的"取境说"，"评曰：或云，诗不假修饰，任其丑朴，但风韵正、天真全，即名上等。予曰：不然。无盐阙容而有德，曷若文王太姒有容而有德乎？又云：不要苦思，苦思则丧自然之质。此亦不然。夫不入虎穴，焉得虎子？取境之时，须至难至险，始见奇句。成篇之后，观其气貌，有似等闲，不思而得，此高手也。有时意静神王，佳句纵横，若不可遏，宛如神助。不然，盖由先积精思，因神王而得乎！"③创作主体在创作过程中的积极主动、费尽思量、殚精竭虑，好比深入虎穴之地，只有这样，才能求得虎子，显见对心的主体性的宣扬。其《诗式》卷一又云"夫诗人之思初发，取境偏高，则一首举体便高；取境偏逸，则一首举体便逸"，将诗体又分为"逸""闲""情"等十九类，从对它们的界定中也可看出唐人对心的主体性强调的特质，如：

　　静　非如松风不动，林狄未鸣，乃谓意中之静。

---

① 王明居、卢永璘：《中国历代美学文库·隋唐五代卷》（下），高等教育出版社2003年版，第241—242页。

② 王明居、卢永璘：《中国历代美学文库·隋唐五代卷》（上），高等教育出版社2003年版，第369页。

③ 皎然著，李壮鹰校注：《诗式校注》，人民文学出版社2003年版，第39页。本书关于皎然《诗式》所引内容均来自这一版本，后不再注明。

> 远 　非如渺渺望水，杳杳看山，乃谓意中之远。

很显然，这里的"静"已不是自然万物静止、了无声息的静寂、静谧，而是诗人"意中之静"；这里的"远"也已不是自然界地理空间的辽阔与遥远，而是"意中之远"，强调的都是心与意的审美创造力。

唐代诗学中对心的主体性作用的强调其实深受佛禅"心能转境"理论的影响。隋唐高僧、禅宗四祖道信禅师云："境缘无好丑，好丑起于心。心若不强名，妄情从何起？妄情既不起，真心任遍知。"[①]道信禅师认为，人所处的境界或见闻觉知到的境界其实没有高下好丑之分，都是虚空如如的幻有状态，而人们心中体验到的境界却有高下好丑之别。"好丑起于心"，这正是由于心识的不同，心能转境，突出的正是心的创造性作用。又据《宗镜录》：

> 人问："设使识无其体，云何得是心乎？"
>
> 禅师答："以识本是心所成故，故识无体，则是一心，何异境从识生，摄境归识？若通而论之，则本是一心。心变为识，识变诸境，由是摄境归识，摄识归心也。"[②]

认为人的心灵世界是无限丰富的，是创造之源，蕴含的都是心能转境、不随物迁的道理。佛经中的"知一切众生犹如画像，种种异形皆由心画"也是这个意思。

唐人强调心的主体性作用，除了注重心的审美创造力和感悟力，也注意挖掘心的哲学思辨能力，提升其哲学内涵，旧题为王昌龄所撰的《诗格》，提出"诗有三境"说：

> 一曰物境，二曰情境，三曰意境。

---

① 普济：《牛头山法融禅师》，《五灯会元》卷第二。
② 延寿：《宗镜录》卷第五十七，《大正藏》第四八十卷。

物境一。欲为山水诗,则张泉石云峰之境极丽绝秀者,神之于心,处身于境,视境于心,莹然掌中,然后用思,了然境象,故得形似。

情境二。娱乐愁怨,皆张于意而处于身,然后驰思,深得其情。

意境三。亦张之于意而思之于心,则得其真矣。①

王昌龄所提出的诗有三境,分别是物境、情境和意境。物境是对具体实存的自然山水的会心感应、情景交融的境界;情境是对个人日常生活的情感经验的回味观照、再度体验的境界;只有意境,超越了具体的、实存的山水万物和个人的、日常的情感经验,"张之于意而思之于心",上升到对普遍的、一般性的人生问题的理论思考,具有丰富的命运感、历史感和宇宙感,是最富有哲思的,体现出王昌龄对哲学思辨能力的重视。但物境和情境也并非完全排斥抽象思维和理性思维,物境中"用思"一词、情境当中"驰思"一词,说明其中蕴含思辨能力。总之,唐代文论家对心的主体性的张扬也包含了哲学思辨力和理性思维能力。这一特点在司空图《二十四诗品》中最为突出。《二十四诗品》的话语模式基本遵循"意象批评+理论总结"的范型,如"精神"品:

欲返不尽,相期与来。明漪绝底,奇花初胎。青春鹦鹉,杨柳池台。

碧山人来,清酒深杯。生气远出,不着死灰。妙造自然,伊谁与裁?

所谓"精神"是指诗境的描写必须体现出对象旺盛的生命活力、事物的

---

① 王明居、卢永璘:《中国历代美学文库·隋唐五代卷》(上),高等教育出版社2003年版,第368页。

生生不息和日新月异的变化,对此司空图采用大量生动、活泼的象喻来展现:清澈见底的流水、含苞欲放的花朵、芳春时节的鹦鹉、杨柳低垂的楼台,都是富有活力、生命力的事物,这时隐居幽人信步踏来,斟一杯清酒,和自然宇宙共饮,显得活力十足。最后,作者说道:"生气远出,不着死灰。妙造自然,伊谁与裁?"指出"精神"的实质是自然生成,绝非矫揉造作而来,从而进行了理论概括和哲学提升。

## 二、搏龙蛇、掣鲸鱼、流莺比邻、鹏风翱翔:对动物类象喻批评的偏爱与改造

前文已提,鸟类象喻在南朝刘勰《文心雕龙》以前的文论中较少出现,刘勰引入鹰隼和凤凰等鸟类象喻旨在说明"风骨"美学范畴的理论内涵。从整体上看,唐代以前,包括鸟类象喻的动物类象喻在文论中也不是常见的,马、鸟、虎等动物类象喻不过零星出现,文论家更多地使用花、草、树、果等植物类象喻,但从唐代伊始,大量的动物类象喻进入文学理论领域,主要用于两个方面。

### 1. 评诗论文

对作家作品的欣赏评论多用动物类象喻,如皎然将沈佺期、宋之问称为"诗家射雕之手"[①],称赏他们诗歌字句的精巧过人;僧人齐己《读李白集》以"骊龙不敢为珠主"喻李白诗歌的狂放气质;韩愈《荐士》则云"齐梁及陈隋,众作等蝉噪"[②],以"蝉噪"批判六朝以来的绮靡文风,其《调张籍》又以"蚍蜉撼大树,可笑不自量"嘲讽谤伤李白、杜甫轻薄文人[③]。最典型的是皇甫湜的《谕业》,里面运用了大量的动物类象喻来评论当朝文人作品,如以

---

① 王明居、卢永璘:《中国历代美学文库·隋唐五代卷》(上),高等教育出版社2003年版,第539页。

② 王明居、卢永璘:《中国历代美学文库·隋唐五代卷》(下),高等教育出版社2003年版,第54页。

③ 王明居、卢永璘:《中国历代美学文库·隋唐五代卷》(下),高等教育出版社2003年版,第56页。

"有貙有虎,阒然鼓之"赞赏李北海之文的威武可畏,以"雕龙彩凤""体骨不饥"形容李员外之文的富丽精干,以"铁骑夜渡,雄震威厉"称扬杨崖州之文的雄壮霸气,以"夜鸿晓鹤,嘹唳惊听"比喻李襄阳之文的哀艳凄切,以"隼击鹰扬,灭没空碧"比拟沈谏议之文的迅捷强健。①

　　动物类象喻在评诗论文中频繁出现,折射出唐人对壮阔飞动、积极昂扬的审美风尚的偏爱,杜甫《戏为六绝句》中云:

> 纵使卢王操翰墨,劣于汉魏近风骚。
> 龙文虎脊皆君驭,历块过都见尔曹。(其三)

> 才力应难跨数公,凡今谁是出群雄?
> 或看翡翠兰苕上,未掣鲸鱼碧海中。(其四)②

　　"其三"称赞王、杨、卢、骆的诗歌有风雅特色,把他们比作"龙文虎脊"的千里马,可以一路飞奔,纵横驰骋;"其四"是对那些随意批判前贤作品的人的严厉批评,指出他们的作品不过是"翡翠兰苕"一般的货色。"翡翠兰苕"出自郭璞《游仙诗》:"翡翠戏兰苕,容色更相鲜。"杜甫引用此象喻,说明这些人的作品虽然鲜艳富丽,小巧灵动,但缺乏宏大气度,比不上掣取鲸鱼于碧海之中那样的雄健才力和阔大气魄。可以看出,杜甫引用动物类象喻旨在表达对雄壮飞动、大气豪迈之审美风格的热烈推崇。又如柳宗元《读韩愈所著〈毛颖传〉后题》一文评论韩愈《毛颖传》说:"索而读之,若捕龙蛇,搏虎豹,急与之角而力不敢暇,信韩子之怪于文也。"③柳宗元认为读《毛颖

---

①　王明居、卢永璘:《中国历代美学文库·隋唐五代卷》(下),高等教育出版社2003年版,第214—215页。

②　王明居、卢永璘:《中国历代美学文库·隋唐五代卷》(上),高等教育出版社2003年版,第463页。

③　王明居、卢永璘:《中国历代美学文库·隋唐五代卷》(下),高等教育出版社2003年版,第202页。

传》，就像去捕捉龙蛇，与虎豹搏斗，怪怪奇奇，既紧张又兴奋，以特殊的艺术手法表现主题，创造出强烈感人的艺术效果。

### 2.阐发、建构诗学理论

前文所举皎然《诗式》卷一中提出的"取境说"，正是以"不入虎穴，焉得虎子"为喻而建构的。僧人齐己《风骚旨格·诗有二十式》中"觅句如探虎"也是这一意思。司空图是唐代富有代表性的文论大家之一，他运用了大量动物类象喻阐述对文学创作、风格、观念等问题的看法，如其《诗赋》中，以"掀鳌倒鲸"喻诗境的气势磅礴，以"鼠草丁丁，燃之则穴，蚁聚汲汲，积而成垤"喻诗境的寒俭细碎。这里把老鼠这样为文人所不齿的小生物引入诗论，实在体现唐人的开拓品格。司空图最负盛名的诗论代表作《二十四诗品》以诗的形式探讨他所崇尚的诗歌风格与意境，里面也运用了很多的动物类尤其是鸟类象喻。如："冲淡"品，"饮之太和，独鹤与飞"；"沉着"品，"脱巾独步，时闻鸟声"；"典雅"品，"白云初晴，幽鸟相逐"；"纤秾"品，"柳阴路曲，流莺比邻"；"精神"品，"青春鹦鹉，杨柳楼台"；"豪放"品，"前招三辰，后引凤凰"；"委曲"品，"水理漩洑，鹏风翱翔"；"飘逸"品，"缑山之鹤，华顶之云"；等等。凤凰、鸟等象喻在陆机《文赋》和刘勰《文心雕龙》中虽然也出现过，但司空图的这些鸟类象喻显然有着很大不同，它们或是顺本性而行的仙鹤，或是元气充沛、得自然之道的凤凰，或是天高气爽、欢歌和鸣的幽鸟，或是幽幽深谷之中婉转啼鸣的流莺，抑或是乘风翱翔、曲折环绕的大鹏。总之，司空图这些鸟类象喻经过他的精心改造，大都成了老庄的精神境界和理想人格的表征，带有非常浓厚的道家色彩，体现出对冲和淡远、超逸绝尘的审美理想的追求。例如"沉着"品：

> 绿杉野屋，落日气清。脱巾独步，时闻鸟声。鸿雁不来，之子远行。
>
> 所思不远，若为平生。海风碧云，夜渚月明。如有佳语，大河前横。

野屋处于绿林之中更显幽静，时间正在日落之时愈觉清新，山野幽人脱巾独步漫行于旷野之中，婉转的鸟鸣声从幽林中不时传来，此时，山、人、鸟、日相契相合，融为一体，大有陶渊明《饮酒》（其五）中"山气日夕佳，飞鸟相与还"的天人合一的意境。所以"鸿雁不来，之子远行"，朋友不来，亦无大碍，沉郁之中有超脱，显见道家影响。

又如"纤秾"品中以色彩艳丽的黄莺比拟诗境的纤巧细微、华艳秀丽是贴切的，但司空图又突出了黄莺的婉转啼鸣，故前加一"流"字，这表明"纤秾"品并非仅仅外在的形式富丽，而是天机造化、自然生动，正如杨振纲引《皋兰课业本》云："此言纤秀秾华，仍有真骨，乃非俗艳。""豪放"品中司空图用"凤凰"象喻描写诗境的气势狂放，意在说明狂放之态下不掩其丽，且只有内中元气充沛、得自然之道才能有狂放之态，表明"豪放"品同样也出乎自然。"委曲"品中司空图用大鹏在碧空下回旋飞翔比拟诗境的含蓄蕴藉，具有无穷无尽的深味。"大鹏"出自道家庄子的《逍遥游》，本身就具有浓厚的道家色彩，司空图在这里特意强调大鹏在风中鼓翅高飞，其实正是要说明"委曲"诗境形成的内在之理：大鹏之所以能在万里之遥的碧空肆意翱翔，正缘于其本身具有的鼓动之强大力量，所以他接下来说"道不自器，与之圆方"，是说事物都是随顺自然，顺其本性，这仍然强调"委曲"也是自然天工生成，而非人为雕琢所为。总之，司空图通过对动物类象喻的巧妙改造，赋予其更多的内涵，生发出更多的意味来。

### 三、"如登荆巫，山川之盛，萦回磅礴，千变万态"：唐代的文势论

"势"本是军事学术语，最早出现于兵法理论中，如《孙子兵法》中有"势"篇，《孙膑兵法》中有"势备"篇。"势"被移用于文学理论批评，最早见于建安时期著名诗人刘桢。南齐陆厥《与沈约书》曰："刘桢奏书，大明体势之致。"刘勰《文心雕龙·定势》曾称引刘桢语云："刘桢云：'文之体势，实有强弱，使其辞已尽而势有余者，天下一人耳，不可得也。'"可见，刘桢对文势极其重视。西晋陆云也曾以"势"论文，其《与兄平原书》云："往日论文，先辞而后情，尚势而不取悦泽。"对文势观进行系统、深刻的论述的则是刘勰，

其《文心雕龙》专设"定势"篇展开集中性探讨,使文势论成为中国古代正式的文论观点。有唐一代,文势论又在不同的诗论、文论家的手里被引用,继而发酵,从而内涵不断发展,理论日趋丰富、完善。唐代文势论对前人的文势观显示出既继承、汲取又发展、改造的特点,以下我们从"势"的生成基础、精神特质等几个方面对唐代文势论进行探析。

### 1."势"的生成基础

何谓"势"?吴建民《中国古代"文势"论》一文指出:"文学作品的'势'一般指受作品体制规范制约,在表现作品内容时所体现出来的具有一定动态感的格局态势。"①那么,在"势"的生成中,最重要的因素是什么?刘勰在《文心雕龙·定势》一开始就明确指出:"夫情致异区,文变殊术,莫不因情立体,即体成势也。"他在情、体、势这一逻辑结构中,指出情是"势"生成的根本力量。唐代文论家秉承了这一观点,认为"势"的生成基础是情,如皎然《诗式》中说"势逐情起"。但与刘勰不同的是,唐代文论家更在意情的内涵及特质,对情是有所规定的。王昌龄在论述"诗有三得"时,其中之一便是"得势",他还引诗举例说明:"孟春物色好,携手共登临。放旷丘园里,逍遥江海心。"这其实是在暗示诗歌之"势"与诗人登高望远、居高临下的审美情境以及开阔的心襟有关。② 到了皎然论诗,尤重文势,其《诗式》卷一首列"明势":

> 高手述作,如登荆、巫,觌三湘、鄢、郢之盛,萦回盘礴,千变万态。或极天高峙,崒焉不群,气腾势飞,合沓相属;或修江耿耿,万里无波,欻出高深重复之状。古今逸格,皆造其极妙矣。③

登高山,览修江,其实都旨在说明创作主体博大开阔、包容开放的审美

---

① 吴建民:《中国古代"文势"论》,《学术论坛》,2012 年第 3 期,第 47 页。
② 汤凌云:《中国美学通史·隋唐五代卷》,江苏人民出版社 2014 年版,第 235 页。
③ 李壮鹰:《诗式校注》,人民文学出版社 2003 年版,第 11 页。

心胸，与唐人的时代气质和精神相契合。

### 2."势"的微妙多变性

皎然论"势"，惯于以姿态横生的自然物象比拟说明，或是"极天高峙，崒焉不群，气腾势飞，合沓相属"，群峰错落，高低不一，看似断断续续，实则气势贯一，合沓连属；或是"修江耿耿，万里无波，欻出高深重复之状"，万里长江，鲜明光亮，看似无波不兴，实则暗浪滚滚，高深莫测。皎然正是通过群峰、修江的自由流转、变化多姿指称诗歌之"势"的微妙多变。《诗式》"诗有四深"条曰："气象氤氲，由深于体势。"氤氲即云气动荡迷离变化之貌，此指文势的飞动变化，带来鲜明的审美效果。其《诗议》亦云"高手有互变之势"，指出微妙多变是"势"的绝高要求。最典型的是僧人齐己的"十势"之说，兹列举几种如下：

> 狮子返掷势　诗云："离情遍芳草，无处不萋萋。"
> 丹凤衔珠势　诗云："正思浮世事，又到古城边。"
> 龙凤交吟势　诗云："昆玉已成廊庙器，涧松犹是薜萝身。"
> 猛虎投涧势　诗云："仙掌月明孤影过，长门灯暗数声来。"
> 龙潜巨浸势　诗云："养猿寒嶂叠，擎鹤密林疏。"
> 鲸吞巨海势　诗云："袖中藏日月，掌上握乾坤。"①

以姿态各异的动物类象喻说明诗势的微妙之别，既形象生动，又含蓄无穷。齐己之后，神彧《诗格》亦有"十势"，徐寅所撰《雅道机要》也列有"八势"，足见唐人对"势"的微妙多变的诸多追求。

### 3."势"的整体性

唐人论"势"，重在对作品进行整体观照，即通过对语言文字、结构布局、文章节奏、表现手法、艺术技巧以及意象组合方式的整体观照来讨论作

---

① 　丁福保辑：《历代诗话续编》（上），中华书局 1983 年版，第 106 页。

品之"势",并非将各类要素割裂开来。成书于唐初的《毛诗正义》,是孔颖达奉唐太宗诏令主持修撰的《五经正义》之一,故习惯上以"孔疏"为称,与汉儒说诗的"毛传""郑笺"相对举。在三百零五篇中,孔疏以"势"论诗的现象特别突出,它讲文势,一个鲜明的特点正是将《诗经》文本视作一个表达的整体来理解,疏通诗中章、句、词的脉络结构和语义联系,注重表现手法和语词、语意的密切联系,完全不同于毛传、郑笺等汉儒解诗时分章、断句、逐字注释的烦琐细碎的范式,跳出"章句破碎之学"的囚笼。比如《召南·采蘋》三章,孔疏注意到三章结构遵循重章叠句的模式,意思大致相同却有变化,先言采蘋,次言盛蘋,最后说祭祀,因而主张对其进行整体观照、解读,故而说:"三章势连,须通解之。"一个"通"字正突出了对《采蘋》一诗的整体观照。孔疏又依此表达上的渐次演进释说全诗之意,遂使诗意更为连贯,文辞更加流畅。《小雅·北山》亦是如此,全诗六章,后三章以一连十二个"或"字构成对比,孔疏于此三章未做分章逐句的注解,而是在最后下一总评曰:"三章势连,须通解之。"通过整体观照,从一连十二个"或"字能更好地体会出诗人对役事不均的强烈的悲愤之情。又如《周南·兔罝》,孔疏曰:

> "肃肃兔罝,椓之丁丁"正义曰:"肃肃,敬也。"《释训》文。此美其贤人众多,故为敬。《小星》云:"肃肃宵征。"故传曰:"肃肃,疾貌。"《鸨羽》、《鸿雁》说鸟飞,文连其羽,故传曰:"肃肃,羽声。"《黍苗》说宫室,笺云:"肃肃,严正之貌。"各随文势也。

这里的"文势"即诗文的不同语境,同一个词汇,在不同的诗中却呈现出不同的意思,这是"各随文势"的结果。"各随文势",意在强调诗篇上下文所呈现出的语言风格和逻辑联系,若仅仅穷究于字、词、句的解释是根本领悟不出来的,这就强调了文势的整体观照。皎然《诗式》"诗有四深"条曰:"气象氤氲,由深于体势;意度磅礴,由深于作用;用律不滞,由深于声对;用事不直,由深于义类。"他认为诗歌要气势飞腾,富有变化,必须在立意、格局、用律和用典四个方面通盘考虑。其《邺中集》曰"语与兴驱，势逐情起"，认为诗文之势正是在关注语词、兴象和情感的整体格局上所呈现出来的一种气势上的动态之美。唐末徐寅《雅道机要》云："凡为诗者，须分句度去看，或语、或句，或含景语，或一句一景，或句中语，或破题，或颔联，或腹中，或断句，皆有势向不同。"这也是强调要在对文章语词、形式技巧整体观照的基础上讨论"势"，不同的诗句之所以传达出不同的意，体现出不同的"势"，"牵一发而动全身"，正是文章各要素共同作用的结果。

### 4."势"的精神特质

"势"具有运动和力的精神特质。《说文解字》曰："势，盛力，权也。"将"势"解释为权力、盛力，可见"势"即力度之本义。但很多时候，"势"这种力度是一种包蕴性的态势。从"势"的构字上看，执力为"势"，势为未发之力，有势必有力，力是含而未发的。正如《孙子兵法》曰："转圆石于千仞之山者，势也。"圆石从千仞之高山上即将滚落而下，在下落过程中，通过不断的"加速度"，最后生成的势力必将是巨大的，文学作品中的"势"正是对这种力度的追求。徐寅《雅道机要》曰："势者，诗之力也。"

从唐代文论家所举象喻来看，无论是僧人齐己的"狮子返掷""猛虎投涧""鲸吞巨海"，还是皎然的"极天高峙，气腾势飞""修江耿耿，高深重复"，都很鲜明地指出诗文之势的力度之大、之美。皎然《诗式》"品藻"条曰：

> 评曰：古来诗集，多亦不公，或虽公而不鉴。今则不然，与二三作者悬衡于众制之表，览而鉴之，庶无遗矣。其华艳，如百叶芙蓉，菡萏照水；其体裁，如龙行虎步，气逸情高；脱若思来景遏，其势中断，亦须如寒松病枝，风摆半折。

又下举"寒松病枝，风摆半折"例曰：

> 如康乐公诗："明月照积雪，朔风劲且哀。"范洒心诗："乔木耸

田园，青山乱商邓。"

皎然说的"思来景遏，其势中断"涉及艺术创作构思中情感抒发与景物描写的布置安排问题。《文镜秘府论·地卷》引唐人"十七势"，其中有"景（即景物描写，笔者注）入理（即情感抒发，笔者注）势"和"理入景势"。前者是说作诗从景物描写开始而后转入情感抒发，后者是说作诗从情感抒发开始而后转入景物描写，这些都是诗人写诗创作的常态手法。皎然认为谢灵运的"明月照积雪，朔风劲且哀"两句是失于常态的，这两句诗出自谢灵运的《岁暮》，今全诗已佚，《艺文类聚》载有片段："殷忧不能寐，苦此夜难颓。明月照积雪，朔风劲且哀。运往无淹物，年逝觉已催。"虽然很可能不是全诗，但很明显可以见出，前面的"殷忧"两句和后面的"运往"两句都是抒发情感、表达哲理的诗句，中间的"明月"两句是景物描写，所以是"思来景遏，其势中断"，在抒写情感的过程中突然插入景物描写的句子，使得文势被遏断，文意似不连贯了，显得有些格格不入。皎然以"寒松病枝"作拟，意思是说这种失于常态的做法犹如寒松之下生病的枝条，残弱枯败，气力孱弱。正如宋人《蔡宽夫诗话》中说的："目为病格，以为言语突兀，声势塞涩。"但是皎然又说："风摆半折。"[1]病枝哪怕在寒松的战栗下、劲风的摧残下，也依然没有被完全折倒，尽管摇摇欲坠，却仍旧显示出一种奇崛苍劲的态势，充满了力度的美感，这正是"势"的精神特质。沈德潜《说诗晬语》卷上举杜甫诗："如《醉歌行》突接'春光澹池秦东亭'，《简薛华醉歌》突接'气酣日落西风来'。上写情欲尽未尽，忽入写景，激壮苍凉，神色俱王。"

唐代文势"运动和力"的精神特质显然根源于创作主体昂扬奋发、积极向上的饱满情感，与唐代时代精神特质相契合，同时也是这一时期诗禅影响下的产物。唐人并未对"势"的运动和力做理论界定，而是通过具体的象喻批评让读者自己去体验与感受，重视的是具体的、经验的、当下的审美感受，极其类似佛教禅宗所讲的妙悟、参悟，齐己、皎然等文论家本身又是诗

---

① 李壮鹰：《诗式校注》，人民文学出版社 2003 年版，第 67 页。

僧,受禅宗影响自然比较深刻。

## 四、水大物浮与根情实义:中唐文论的反拨与儒学化

中唐时期是唐代社会的转变时期。安史之乱以后,国力由盛变衰,社会状况发生巨变,至中唐已面临巨大危机。一是社会危机,藩镇割据、朋党倾轧、宦官专权,它们犹如三座大山,压得唐人不堪重负,国力急遽衰落;二是思想危机,当时社会对佛禅思想极其崇尚,迎佛骨,反道统,宗法观念、生活观念、伦理观念发生重大裂变,特别是唐皇室七次大规模地迎奉佛骨的活动,使唐代整个社会出现了意识和观念上的危机,儒家安身立命的正统观念、大一统的政治思想和宗法制度,都面临着新的严重挑战。[①] 在这种形势下,以韩愈、白居易等为代表的中唐文论家高举儒学大旗,分别发起古文运动和新乐府运动,力争对当时的文学思潮和观念进行反拨与改革,走向儒学的复古,恢复《诗经》的风雅比兴传统,这在他们的象喻批评中鲜明地体现出来。

### 1. 根情实义与水大物浮:标举儒学道统思想

白居易和韩愈二人有着非常深厚的儒学渊源和儒学素养,且他们读书都非常刻苦。白居易出生在今河南新郑的一个"世敦儒业"的中小官僚家庭,祖父、外祖父都是诗人,父亲做过官员。白居易从小聪明过人,读书刻苦。他在《与元九书》中回忆说:

> 仆始生六七月时,乳母抱弄于书屏下,有指"之"字、"无"字示仆者,仆口未能言,心已默识。后有问此二字者,虽百十其试,而指之不差。则知仆宿习之缘,已在文字中矣。及五六岁,便学为诗。九岁谙识声韵。十五六,始知有进士,苦节读书。二十已来,昼课赋,夜课书,间又课诗,不遑寝息矣。以至于口舌成疮,手肘

---

①　蔡镇楚:《中国文学批评史》,中华书局 2005 年版,第 166 页。

成胝。既壮而肤革不丰盈,未老而齿发早衰白;瞀瞀然如飞蝇垂珠在眸子中者,动以万数,盖以苦学力文之所致,又自悲矣。①

白居易六七个月尚在襁褓之中就能认识"之""无"二字,五六岁就能写诗,少年时代读书废寝忘食,孜孜不倦,以至嘴舌生疮,手肘磨茧,眼睛患上了飞蚊症。韩愈的祖辈也曾做过官员,其父韩仲卿时任秘书郎。但韩愈生活极其不幸,从小孤苦困顿,颠沛流离。《旧唐书·韩愈传》载:"愈生三岁而孤,养于父兄。愈自以孤子,幼刻苦学儒,不俟奖励。大历、贞元之前,文字多尚古学,效扬雄、董仲舒之述。"②《新唐书·韩愈传》亦载:"愈生三岁而孤,随伯兄会贬官岭表。会卒,嫂郑鞠之。愈自知读书,日记数千百言,比长,尽能通《六经》、百家书。擢进士第。"③韩愈在《与凤翔邢尚书书》中自言:"生七岁而读书,十三而能文,二十五而擢第于春官。"④在《上宰相书》中又曰:"今有人生二十八年矣,名不著于农工商贾之版,其业则读书著文,歌颂尧舜之道,鸡鸣而起,孜孜焉亦无不利。其所读皆圣人之书,杨墨释老之学,无所入于其心。其所著皆约六经之旨而成文,抑邪与正,辨时俗之所惑,居穷守约,亦时有感激怨怼奇怪之辞,以求知于天下,亦不悖于教化,妖淫谀佞诪张之说,无所出于其中。"⑤韩愈出身贫寒,三岁就成了孤儿,孤苦伶仃,从幼时起就自觉刻苦地学习儒家典籍,常以"业精于勤,荒于嬉"警醒自己,勤奋读书,"焚膏油以继晷,恒兀兀以穷年",其刻苦勤奋的程度丝毫不亚于白居易。正是在对中国文化大量深入的研学与思考的基础上,二人

---

① 王明居、卢永璘:《中国历代美学文库·隋唐五代卷》(下),高等教育出版社2003年版,第92页。
② 许嘉璐:《二十四史全译》,汉语大词典出版社2004年版,第3559页。
③ 许嘉璐:《二十四史全译》,汉语大词典出版社2004年版,第3857页。
④ 韩愈著,马其昶校注,马茂元整理:《韩昌黎文集校注》,上海古籍出版社2014年版,第227页。
⑤ 韩愈著,马其昶校注,马茂元整理:《韩昌黎文集校注》,上海古籍出版社2014年版,第173页。

自感儒学文化的长久失落,自觉地担负起文化传承的使命,高举儒学复古大旗。韩愈在《争臣论》一文中说:"君子居其位,则思死其官;未得位,则思修其辞,以明其道。我将以明道也。"他明确提出"文以明道"的思想,学习古文的目的就是学习古道,文是手段、形式,道是目的、内容。韩愈进一步明确指出,他所说的"道",并非佛老之道,而是儒家之道,是圣贤之道。其《原道》曰:

> 斯吾所谓道也,非向所谓老与佛之道也。尧以是传之舜,舜以是传之禹,禹以是传之汤,汤以是传之文、武、周公,文、武、周公传之孔子,孔子传之孟轲。轲之死,不得其传焉。①

儒学道统至战国中期孟子就已失落了,可见恢复儒学复古的重要性和迫切性。儒学道德的主要内容便是"仁义"精神,《原道》开篇即言:

> 博爱之谓仁,行而宜之之谓义,由是而之焉之谓道,足乎己而无待于外之谓德。仁与义为定名,道与德为虚位。故道有君子小人,而德有凶有吉。老子之小仁义,非毁之也,其见者小也。坐井而观天,曰天小者,非天小也。彼以煦煦为仁,孑孑为义,其小之也则宜。其所谓道,道其所道,非吾所谓道也。其所谓德,德其所德,非吾所谓德也。凡吾所谓道德云者,合仁与义言之也,天下之公言也。老子之所谓道德云者,去仁与义言之也,一人之私言也。②

既然儒学道统以仁义为主要内容,那么,要做到"文以明道",自然须提高作家创作主体的道德修养。为此,韩愈提出了以水大物浮为象喻的"气

---

① 韩愈著,孙昌武选注:《韩愈选集》,上海古籍出版社 1996 年版,第 271 页。

② 韩愈著,孙昌武选注:《韩愈选集》,上海古籍出版社 1996 年版,第 270—271 页。

盛言宜"说：

> 气，水也；言，浮物也。水大而物之浮者大小毕浮。气之与言
> 犹是也，气盛则言之短长与声之高下者皆宜。①

这里所说的"气"就是指作家的道德修养。在韩愈看来，作家的道德修养如能达到一定的境界，那么，就像浩大水势，大小物体都能浮起一样，写文章无论言长言短、声高声低都是适宜和谐的。比如韩愈的《张中丞传后叙》一文，文中的表现手法繁杂多样，或抒情，或议论，或记叙，却能神气流注、章法浑成，融议论、抒情和记叙于一炉，正是根源于全文洋溢着的浓厚的弘扬正义道德之儒学思想。其《答李翊书》中接着又说：

> 将蕲至于古之立言者，则无望其速成，无诱于势利，养其根而
> 俟其实，加其膏而希其光。根之茂者其实遂，膏之沃者其光晔。
> 仁义之人，其言蔼如也。②

"根""膏"喻指作家道德修养，"养其根而俟其实，加其膏而希其光"，指道德修养需要积久之功，不可速成，要有坚定的创作信念，要不为功名利禄所诱惑，就像培养树木的根，每天浇水，阳光普照，慢慢等待它的果实；或像给灯加油，慢慢地一点点地加上，等待它发出光芒。总之，韩愈通过具体形象的象喻批评提出"气盛言宜"的理论，为后人学习古文确立了根本的宗旨和原则，为儒学树立了一面伟大的复古大旗。

与韩愈一样，白居易认为文人作诗论文有着明确目的，"文章合为时而著，歌诗合为事而作"（《与元九书》），要"为君、为臣、为民、为物、为事而作"（《新乐府序》），要面向现实，直面人生，发挥文学的现实功能。"自拾遗来，

---

① 韩愈著，孙昌武选注：《韩愈选集》，上海古籍出版社 1996 年版，第 188 页。
② 韩愈著，孙昌武选注：《韩愈选集》，上海古籍出版社 1996 年版，第 187 页。

凡所遇所感,关于美刺兴比者,又自武德迄元和,因事立题,题为《新乐府》者,共一百五十首,谓之'讽喻诗'。……谓之讽喻诗,兼济之志也。"具体而言,通过美刺比兴的讽喻诗,发扬《诗经》的风雅传统精神,恢复儒家道统。

和韩愈一样,白居易也通过形象的象喻做出进一步阐释:

> 夫文,尚矣,三才各有文。天之文三光首之;地之文五材首之;人之文六经首之。就六经言,诗又首之。何者?圣人感人心而天下和平。感人心者,莫先乎情,莫始乎言,莫切乎声,莫深乎义。诗者,根情,苗言,华声,实义。上自圣贤,下至愚骇,微及豚鱼,幽及鬼神。群分而气同,形异而情一。未有声入而不应、情交而不感者。

"情""义"喻诗歌内容,"言""声"拟诗歌形式,白居易以树木为喻,形象说明诗歌内容和形式必须相互统一的道理。"圣人感人心而天下和平。感人心者,莫先乎情",情是首要要素,白居易所说的情是圣人之情,是合乎儒家道义内容的,宣扬文学要为社会政治服务,要发挥文学的美刺比兴作用,恢复儒家的正统思想。

### 2."摘花卉"与"弄花草":对齐梁文学坚决而严厉的批判

白居易和韩愈对齐梁文学的批判都是从追溯文学诗歌的起源与发展开始,并且都运用了类似的花草象喻进行批判。韩愈在《荐士》一诗中说:

> 周诗三百篇,雅丽理训诰。曾经圣人手,议论安敢到。
> 五言出汉时,苏李首更号。东都渐弥漫,派别百川导。
> 建安能者七,卓荦变风操。逶迤抵晋宋,气象日凋耗。
> 中间数鲍谢,比近最清奥。齐梁及陈隋,众作等蝉噪。

搜春摘花卉,沿袭伤剽盗。国朝盛文章,子昂始高蹈。①

韩愈指出:《诗经》三百篇,最为雅训丰丽,是为圣人绝顶之作。五言诗由西汉苏武李陵开创,东汉时期生出多种派别,魏时期以建安七子为最,内容深沉,富有现实性,情感慷慨激昂,有力地改变了东汉末期的羸弱;但到了晋宋,气势日渐凋零衰败,只有鲍照、谢灵运等诗人诗作较为深厚精微;此后宋齐梁陈乃至隋朝,诗歌走向更是日渐萎靡、毫无生气。韩愈把这些诗人诗作比作"蝉噪",认为它们就像蝉一样毫无意义地聒噪,接着又比作"搜春摘花卉",看似形式艳丽,其实没有任何情感内容,不过是模花范草,左剽右盗之作而已,体现出韩愈对齐梁以来的绮靡文风的严厉批判。

《与元九书》是白居易写给志同道合的好友元稹的一封书信,集中体现了白居易的诗学思想。他说道:

洎周衰秦兴,采诗官废,上不以诗补察时政,下不以歌泄导人情。用至于谄成之风动,救失之道缺。于时六义始刓矣。国风变为骚辞,五言始于苏、李。诗骚皆不遇者,各系其志,发而为文。故河梁之句,止于伤别;泽畔之吟,归于怨思。彷徨抑郁,不暇及他耳。然去《诗》未远,梗概尚存。故兴离别则引双凫一雁为喻,讽君子小人则引香草恶鸟为比。虽义类不具,犹得风人之什二三焉。于时六义始缺矣。晋、宋已还,得者盖寡。以康乐之奥博,多溺于山水;以渊明之高古,偏放于田园。江、鲍之流,又狭于此。如梁鸿《五噫》之例者,百无一二。于时六义浸微矣!陵夷至于梁、陈间,率不过嘲风雪、弄花草而已。噫!风雪花草之物,三百篇中岂舍之乎?顾所用何如耳。设如"北风其凉",假风以刺威虐;"雨雪霏霏",因雪以愍征役;"棠棣之华",感华以讽兄弟;"采采芣苢",美草以乐有子也。皆兴发于此而义归于彼。反是者,可

① 韩愈著,孙昌武选注:《韩愈选集》,上海古籍出版社 1996 年版,第 88 页。

乎哉！然则"余霞散成绮，澄江净如练"，"归花先委露，别叶乍辞风"之什，丽则丽矣，吾不知其所讽焉。故仆所谓嘲风雪、弄花草而已。于时六义尽去矣。

和韩愈一样，白居易肯定了《诗经》反映现实的风雅比兴传统，白居易称之为"六义"，即《诗经》的风、雅、颂、赋、比、兴。但是自从周朝衰败以来，采诗官被废除，"六义"开始走向衰落。战国时期，秦国兴起，这时六义已经不完整了（始刓矣）。战国末期至西汉时期，因为离《诗经》时代还不很远，六义的大概还能保存着（梗概尚存）。但晋宋以来，谢灵运沉溺山水，陶渊明偏爱田园，江淹、鲍照之流又狭隘拘泥，只有梁鸿《五噫》还存有一些，却已是"百无一二"，可以说，这时的六义"得者盖寡"，已是罕见了（浸微矣）。而齐梁以来文人徒重形式，完全不顾内容，"丽则丽矣，吾不知其所讽焉"，六义就完全消失了（尽去矣）。白居易将齐梁诗风比作"嘲风雪、弄花草"，并且重复了两次，尽显对齐梁诗风的嘲讽和对六义尽失的沉痛之情。

3．"掀雷挟电"与"都市豪估"：韩、白诗学观念的不同

"掀雷挟电"与"都市豪估"都来自晚唐司空图诗论中的象喻批评。前者出自司空图《题柳柳州集后》："愚常览韩吏部歌诗数百首，其驱驾气势，若掀雷挟电，撑抉于天地之间，物状奇怪，不得不鼓舞而徇其呼吸也。"[1]这是赞扬韩愈诗文具有"掀雷挟电"般强劲有力、壮阔劲健的特点，"不得不鼓舞而徇其呼吸也"，富有强烈的审美感染力，与司空图《二十四诗品·劲健》中"行神如空，行气如虹；巫峡千寻，走云连风"性质类似。后者出自司空图《与王驾评诗书》："元白力勍而气孱，乃都市豪估耳。"[2]"豪估"是大商人的意思，在古代社会商人地位普遍不高，大商人虽然经济实力雄厚，拥有巨大财富，占有很多经济资源，但依然"富而不贵"，被称为"贱类""杂类"，而且商人大都以经济利益为上，不重视情感，令世人极其反感。白居易《琵琶

---

① 张少康：《司空图及其诗论研究》，学苑出版社2005年版，第82页。

② 张少康：《司空图及其诗论研究》，学苑出版社2005年版，第43页。

行》诗中曰："商人重利轻别离,前月浮梁买茶去。"即是如此。司空图以"都市豪估"比喻白居易、元稹的诗风诗作,是批评他们完全以现实功用为导向,忽视诗歌审美的做法,这与司空图所崇尚的含蓄蕴藉、冲和淡泊的审美理想是相抵牾的,以"都市豪估"作喻,反映出司空图对白居易的不屑与嘲弄。

司空图对韩、白二人高低不同的评价,虽然是从他自身的诗学观念和审美理想出发,但也反映出韩、白二人诗学观念的不同。韩、白二人作为中唐标志性的文论大家,面临着大致相同的思想背景和文化语境,其文论观念自有诸多相同之处,但因其个人素养、生活经历以及个性情趣等的不同,其诗学观念也呈现出不同。

首先,与白居易相比,韩愈对前贤之作更显包容与开放。由前引韩愈《荐士》一诗来看,自《诗经》以来,西汉苏李,魏时期建安七子,晋宋时期鲍照、谢灵运,这些诗人都是得到韩愈认可的。相形之下,白居易对他们的看法显得较为苛刻,《诗经》之后至于南朝,唯一入其法眼的除了苏、李,便是东汉时期一位名不见经传的诗人梁鸿《五噫》,但论其风雅诗,则"百无一二";至于爱国诗人屈原,"泽畔之吟,归于怨思",不过是个人一己之情的倾泻而已,而韩愈则肯定了屈原的发愤精神。两人对李、杜的看法也大有不同。白居易《与元九书》中说:"诗之豪者,世称李、杜。李之作,才矣!奇矣!人不迨矣!索其风雅比兴,十无一焉。杜诗最多,可传者千余首。至于贯穿古今,觇缕格律,尽工尽善,又过于李焉。然撮其《新安》、《石壕》、《潼关吏》、《芦子关》、《花门》之章,'朱门酒肉臭,路有冻死骨'之句,亦不过三四十。杜尚如此,况不迨杜者乎?"对李、杜这么优秀的诗人,白居易居然有李、杜并讥之嫌。李、杜,尤其是杜甫,一饭未尝忘君,其诗忧国忧民忧苍生,情感热烈且深沉,白居易却说杜诗富有风雅比兴精神的不过三四十首。元稹《唐故工部员外杜君墓系铭并序》则对李白的诗歌不以为然,充满了不屑:"诗人已来,未如杜子美者。时山东李白,亦以奇文取称,时人谓之李杜。余观其乐府歌诗,诚亦差肩于子美矣;至若铺陈终始,排比声韵,大或千言,次犹数百,词气奋迈,而风调清深,属对律切,而脱弃凡近,则李尚不能历其藩篱,况壶奥乎?"①但韩愈对李、杜则是极力称扬的,其《调张籍》诗中说:"李杜文章在,光焰万丈长。不知群儿愚,那用故谤伤。蚍蜉撼大树,可笑不自量。……想当施手时,巨刃磨天扬。垠崖划崩豁,乾坤摆雷硠。……精诚忽交通,百怪入我肠。刺手拔鲸牙,举瓢酌天浆。腾身跨汗漫,不著织女襄。顾语地上友,经营无太忙。乞君飞霞佩,与我高颉颃。"②他称赞李、杜诗歌有着奇特怪异的审美意象、鬼斧神工的表现技巧、广阔自由的创作境界和山崩地裂的审美效果,犹如"金薤美玉"一样美好贵重。结合白居易、元稹对李、杜的讥评之语,韩愈嗤之以鼻的蚍蜉之流包括元、白二人也未可定。

其次,与白居易相比,韩愈更富有开拓创新精神,更注重诗文形式的审美性。韩愈虽然主张文章的通顺美,在《南阳樊绍述墓志铭》一文中提出了"文从字顺"的说法,但"文从字顺"的前提是"词必己出","不袭蹈前人一言一句"(《南阳樊绍述墓志铭》),"惟陈言之务去"(《答李翊书》),追求语言的独创性和创新性。其《荐士》诗曰:"有穷者孟郊,受材实雄骜。冥观洞古今,象外逐幽好。横空盘硬语,妥帖力排奡。敷柔肆纤余,奋猛卷海潦。荣华肖天秀,捷疾逾响报。""横空硬语"指纵横空中、奇诡怪异的语言文字特色,又以"雄骜腾飞""海潦猛卷"为喻,这是盛赞孟郊诗的笔力雄健、奇险突兀,且又充满象外之意、味外之美。而白居易对文学形式美总体上是比较轻视的。其《新乐府序》中说:"总而言之,为君、为臣、为民、为物、为事而作,不为文而作也。"他创作的目的即"唯歌生民病,愿得天子知"(《寄唐生》),所以他在《寄唐生》诗中说:"非求宫律高,不务文字奇。"围绕此目的,他对诗歌的总体要求是:

其辞质而径,欲见之者易谕也。其言直而切,欲闻之者深诫也。其事核而实,使采之者传信也。其体顺而肆,可以播于乐章

① 冀勤点校:《元稹集》(下册),中华书局1982年版,第691页。
② 孙昌武选注:《韩愈选集》,上海古籍出版社1996年版,第129页。

歌曲也。(《新乐府序》)①

这是说，语言要质朴直接，通俗易懂，读者看了能即刻明白；用语要直截了当，切中要害，读者读了会真正有所警觉；诗歌素材要取自现实实事，强调文学与生活的一致性，读者看了才会发自内心地信服；诗歌行文要通畅顺达，声韵灵活，摒弃格律的制约，这样才有利于和乐演唱。总之，他要求诗歌浅显易懂，完全着眼于现实，便于宣扬社会教化作用；他提倡新乐府运动，其新乐府之灵魂仅在于以新题写时事，至于入乐与否不再纳为标准。这种完全以现实功用为导向，很大程度上阉割文学形式美的做法难免会令人生厌、招人诟病，故而司空图要以"大豪估"来形容他，从中也可见他与韩愈在诗学观念上的差异。

### 五、蓝田日暖，良玉生烟，可望而不可置于眉睫：司空图的"象外之象"说

美学意义的"象外"说最早见于南齐谢赫《古画品录》"若拘以体物，则未见精粹；若取之象外，方厌膏腴，可谓微妙也"②，指出"象外"的精髓在于突破有限的、孤立的物象的局限，从有限进到无限，臻于微妙。唐代文论家将其移入诗论中，如皎然《诗式》曰"采奇于象外""义即象下之意"，刘禹锡《董氏武陵集纪》融合唐代文论中的重要概念"境"，提出了"境生于象外"③，至晚唐司空图又融入唐代文论中流行的概念"思""境"等，并结合生动形象的具体象喻创造性地提出了新的理论——"象外之象"说，以下从三个方面进行分析。

### 1. 心理距离："象外之象"说的生成基础

心理距离出自西方瑞士心理学家布洛，他有一个经典的例子阐释心理

---

① 唐晓敏：《中华古文论释林·隋唐五代卷》，北京大学出版社 2011 年版，第 326 页。

② 李壮鹰：《中国古代文论读本》，高等教育出版社 2008 年版，第 275 页。

③ 王明居、卢永璘：《中国历代美学文库·隋唐五代卷》（下），高等教育出版社 2003 年版，第 78 页。

距离：海上航行的轮船遇上大雾，船上的人知道船极有可能出事，担心自己的生命安全，就很少会对身边眼前之景产生美感；而岸上的人望着海上的船，在雾中时隐时现，显出一种平常少见的景观，觉得特别有诗情画意，美感油然而生。船在雾中是一样的，但船上人与现实利害太近，没有距离，不可能产生美感；岸上人离现实利害很远，有了一定的距离，从而产生美感。这就是心理距离，它需要主体把自己的功利态度、认识态度以及一切非审美态度都暂时"悬搁"起来，只剩下审美态度，这时美才得以产生。所以距离使人（主体）成为审美的人（审美主体），从而产生美。[1]

我们认为，司空图"象外之象"说的生成基础与西方的这种心理距离理论暗合。司空图《与极浦书》中说：

> 戴容州云："诗家之景，如蓝田日暖，良玉生烟，可望而不可置于眉睫之前也。"象外之象，景外之景，岂容易可谭哉？然题纪之作，目击可图，体势自别，不可废也。[2]

若"置于眉睫之前"，主体与对象距离太近，心中总会去计较利害得失，为功利之心所牵绊，美是无从产生的。只有远观，拉开主体与对象的距离，才能不受功利之心等实际物质利益的制约，从对象的功利属性中超脱出来，葆有审美距离，这就是"象外之象"说的生成基础，其实这也是任何美感产生的前提基础。司空图《二十四诗品·超诣》中说"远引若至，临之已非"，远远地看着能够到达，一旦靠近则面目全非，说的也正是这种距离。《二十四诗品·冲淡》中又说："素处以默，妙机其微。""素"即虚静，出自道家思想。《庄子·马蹄》云"同乎无欲，是谓素朴"，《庄子·刻意》云"故素也者，谓其无所与杂也；纯也者，谓其不亏其神也。能体纯素，谓之真人"，提倡的正是无知无欲、不受现实功利牵制的审美主体心理。只有这样，才能

---

[1]　张法：《美学概论》，北京师范大学出版社 2013 年版，第 42—45 页。

[2]　张少康：《司空图及其诗论研究》，学苑出版社 2005 年版，第 61 页。

洞察宇宙间的一切微妙变化,体验到蓝田良玉在太阳光暖照之下生发若有若无、忽近忽远的淡淡紫烟的美感。

### 2.艺术直觉:"象外之象"说的构思机制

再进一步,司空图以蓝田玉为喻,要求远观,对对象做一整体的当下的把握,当此时,摒弃判断、理性、逻辑的思维方式,直接观照,直达本质,"目击可图",这蕴含的正是一种艺术直觉的构思方式。艺术直觉在司空图的诗论中经常被提到,如《与李生论诗书》中"直致所得,以格自奇",《二十四诗品·自然》中"俯拾即是,不取诸邻。与道俱往,著手成春。如逢花开,如瞻岁新。真予不夺,强得易贫"。春天在哪里?不必着意搜寻,不必竭力追求,它俯拾即是,宛如在看花朵开放、岁月更新那一刹那的体验、感受,这就是艺术直觉。张少康《司空图及其诗论研究》在讨论司空图《诗赋》中"知非诗诗,未为奇奇。研昏炼爽,戞魄凄肌。神而不知,知而难状"这几句时,即指出司空图这里提倡的正是一种艺术直觉的思维方式:

> 此文首二句(即知非诗诗,未为奇奇两句,笔者注)是他对诗歌艺术美的基本看法,许印芳《诗法萃编》引作"知道非诗,诗未为奇",非是。杨慎《升庵诗话》卷四引作"自知非诗,诗未为奇",并解释道:"首句言'自知非诗',乃是诗也;谓'未为奇',乃是奇也。句法亦险怪。"按:此当以《四部丛刊》本《司空表圣文集》本为是,但杨慎的解释基本是符合原意的。其意是:知非诗之诗,未为奇之奇。也就是说,看起来似乎不是诗的诗,也没有特别把它写得如何奇特,这样的诗才是真正奇特的好诗。这就是《与李生论诗书》所说的"直致所得,以格自奇"之意。恰如《诗品·自然》中所说的:"俯拾即是,不取诸邻。与道俱往,著手成春。如逢花开,如瞻岁新。真予不夺,强得易贫。"实际上是重视诗歌创作中直觉的

重要作用,是对钟嵘《诗品》中"直寻"说的一种发展。①

总的来看,司空图的艺术直觉包含两方面内容。

其一,离形得似。"离形得似"出自《二十四诗品·形容》"离形得似,庶几斯人",指不拘泥于形似,超脱外在物象的限制,求得神似,以传达事物的内在精神特征。此外,《二十四诗品》"冲淡"品中的"脱有形似,握手已违"、"雄浑"品中的"超以象外,得其环中"说的都是这个意思。

其二,思与境偕。这出自司空图《与王驾评诗书》:"今王生者,寓居其间,浸渍益久。五言所得,长于思与境偕,乃诗家之所尚者。"②值得注意的是,思与境偕不能简单地等同于情与景的交融、心与物的合一。在艺术直觉的思维方式作用下,司空图所说的"思"与"境"应当是一种直达本质的整体观照,"思"应当是人的思想、志向、意愿、情感的合力表现,是人的心灵世界的整体呈现;"境"即"目击可图",是在艺术直觉下观照到的整体图景,不是零碎的、肢解的死物,而是活泼的富有生命力的活物。正如张少康《司空图及其诗论研究》中所云:"'象'一般是指比较具体的物象,而'境'则范围比较大,指的是现实中一个广阔的空间,它不仅有物象,而且有许多物象,还包含了这些物象所处的环境、条件、气氛,以及物象与物象之间的关系,甚至可以清楚地看出在这个空间里事物的生长发展变化之生气勃勃之神态。'境'是自然界或现实社会中完整的一角,是一个给人以立体感的生动侧面,这是一幅充满了活跃的生命力的动态的画面,而不是静止的、孤立的、僵死的画面。"③如此,司空图所说的思与境偕当是主体的心灵世界与客体的整体图景的交相融合,这就是"象外之象"说的构思机制。

3.艺术境界与精神境界的无限融合:"象外之象"说的审美意蕴

"象外之象"说的审美意蕴是什么?在司空图看来,它就像蓝田日暖、

---

① 张少康:《司空图及其诗论研究》,学苑出版社 2005 年版,第 80—81 页。

② 张少康:《司空图及其诗论研究》,学苑出版社 2005 年版,第 43 页。

③ 张少康:《司空图及其诗论研究》,学苑出版社 2005 年版,第 59 页。

良玉生烟一样。前一个"象"是蓝田的良玉，这是实的，是作品中所具体描绘出来的景象；后一个"象"就像暖阳照射下蓝田玉生发出来的淡淡烟雾，它是虚的，是由蓝田玉诱发出来的，即在前一个实的景象的启发、暗示下，经过读者的想象而获得的审美空间。正如没有良玉，就不可能良玉生烟一样，"象外之象"说的审美意蕴的产生离不开前一个实的景象描写，但若良玉不能生烟，就会失去朦胧美、无限美，"象外之象"说的审美意蕴同样更多地来自后一个被暗示、诱发出来的虚的审美空间。犹如那淡淡的烟雾似有似无、似远似近、似隐似现，朦胧迷离，令人沉迷一样，这种审美空间亦是难以表达而又无比美妙，让人着迷而又蕴藏无限的。

在笔者看来，司空图"象外之象"说的后一个"象"所包蕴的审美空间既有丰富纯美、深厚造诣的艺术境界，是其《与李生论诗书》中所说的"诗贯六艺，则讽喻、抑扬、渟蓄、温雅，皆在其间矣"的纯美、全美，充满韵外之致、味外之味，是包孕性与蕴藉性的；又有深沉含蓄、充满哲思的精神境界，是艺术境界和精神境界交相融合下产生的巨大、无限的审美空间。比如《二十四诗品》中的"疏野"：

> 惟性所宅，真取不羁。控物自富，与率为期。筑室松下，脱帽看诗。
> 但知旦暮，不辨何时。倘然适意，岂必有为。若其天放，如是得之。

司空图以生动、形象的具体象喻描绘"疏野"这一诗境：真人在松树下建筑茅屋，不整衣冠一心看书。只知道天亮天黑，不管它哪年哪月。但求一时符合心意，不求什么目的，只要能够任其自然，一抒个性。可见，从艺术境界看，司空图的"疏野"突破了粗野、粗俗的传统内涵，被赋予自然天性、超越流俗的意蕴，"疏野"所呈现出来的是自然直率、不拘常规的艺术境界，显然这也是自然天性、超然淡泊的道家生活理想的精神境界的体现。不但"疏野"品，《二十四诗品》中其他品均可作如是观，所谓"雄浑""冲淡"

"典雅""沉着""豪放"等既是指各种诗风诗境，又是自然天工，而非人工雕琢的艺术境界，同时还是冲和淡泊、超越世俗的精神境界。所以在《二十四诗品》中，我们看到很多与道合一的道家术语，如虚、空、真、无、素、妙、气、淡、古等；也有大量自然物象，如太空、飞鹤、惠风、长风、鸿雁、幽鸟、白云、鹦鹉、杨柳、菊花、飞瀑、明月、流水等；还有自然化的人物，如手把芙蓉的畸人、空山里的幽人、幽谷中的美人、高洁如玉的可人、修竹相伴的佳士、碧阴听琴的客人、荷樵听琴的客人、饮酒杖藜的歌者，等等，无一不指向人生境界和生命精神。

　　总之，司空图的"象外之象"，既能让人欣赏到良玉生烟般光彩四溢、瑰丽灿烂的艺术趣味和美学境界，又令人领悟到目击道存的充满哲思和富含生命情怀的智慧启迪和精神境界。

# 第六章　沉潜内敛，山高水深：宋代象喻批评

## 第一节　宋代社会思想文化概论

宋代是封建社会的特殊转折时期。与版图广阔、国势强劲的大一统帝国汉、唐等相比，宋代积贫积弱，一直未能实现海内统一、国定邦安。宋先后与辽、金、西夏等少数民族政权长期对峙，至南宋更是只剩下江南半壁江山，偏安一隅。史学家指出："唐代踔厉向外，宋代则沉潜内向；唐代能征服人，宋代人则被征服于人。"[①]国力的虚弱也带来了宋人性格的沉潜内敛，加之宋代统治者对政治、经济采取的一系列政策，使得宋代呈现出和其他时代不一样的鲜明特点。

### 一、政治环境较为宽松优厚

为了加强专制主义中央集权，避免下属将领"黄袍加身"，起兵篡夺政权，北宋伊始，宋太祖赵匡胤"杯酒释兵权"，通过酒宴方式，威逼利诱，要求高级将领交出兵权，同时给予宋代士人前朝从未有过的优厚的社会地位、经济待遇和较为开明的文化政策。清代赵翼就曾指出，宋代的制度"其待士大夫可谓厚矣"[②]，指出宋代官员待遇是非常不错的。宋代士大夫们不仅

---

① 刘伯骥：《宋代政教史》序，中华书局 1971 年版，第 3 页。
② 赵翼：《二十二史札记》（下册），世界书局 1962 年版，第 331 页。

物质待遇优厚,闲暇时间也较为充足,据南宋李焘《续资治通鉴长编》卷六四载,宋真宗在景德三年"诏以稼穑屡登,机务多暇,自今群臣不妨职事,并听游宴,御史勿得纠察。上巳、二社、端午、重阳并旬日休务一日,祁寒、盛暑、大雨雪议放朝,著于令"①。又据学者朱瑞熙考证:"真宗时规定,祠部郎中和员外郎所管全年节假日共 100 天,其中包括旬休 36 天。"②可见,宋代官员的节假日其实是比较多的,宋人的官场生活也比较清闲。最为引人注目的就是宋太祖赵匡胤立下的关于不杀士大夫的祖训了。叶梦得《避暑录话》记载,宋太祖赵匡胤曾在太庙秘密建有一块誓碑,上面列有三条誓言:第一条是"柴氏子孙有罪,不得加刑,纵犯谋逆,止于狱中赐尽,不得市曹刑戮,亦不得连坐支属";第二条是"不得杀士大夫及上书言事人";第三条是"子孙有渝此誓者,天必殛之"。这种重文优士的文化政策缓解了宋代士大夫的政治压力,带来了心态的放松,体现出较高的政治自由度。清代王夫之在《宋论》中不由得发出感慨:"呜呼! 若此二者,不谓之盛德也不能。"

## 二、社会经济空前繁荣

在土地租赁方式上,封建社会原有的部曲佃户制逐渐被租佃制取代。部曲佃户正式起源于东汉末年,长年战乱的生活使得农民依附世族大姓以求自保,这些农民就被称为佃户,他们是当时的士族地主所掌握的最主要的农业劳动力。魏晋时佃户是指世家豪族荫庇下的一种农民,唐以后佃户则指完全失去土地、必须租种地主土地的农民,这种依附使得农民遭受地主的高额地租和高利贷的双重剥削,他们被牢牢束缚在地主的土地上,地位近似农奴。唐代将部曲佃户制改为租佃制,大大减轻了农民对地主的人身依附,激发了农民生产耕作的积极能动性,大大促进了生产的发展和经济的繁荣。宋代耕作技术及工具有了显著进步,垦田面积和粮食产量也有了显著增加,人口大大增加。《宋史》卷八五《地理志一》载,北宋末年开封

① 李焘:《续资治通鉴长编》(第五册),中华书局 1980 年版,第 1425 页。
② 朱瑞熙:《辽宋西夏金社会生活史》,中国社会科学出版社 1998 年版,第 389 页。

人口已达 26 万余户,按每户 5 口计,当在 130 万人以上。葛剑雄认为"根据户数推算,北宋后期的实际人口已达 1 亿"①,已高于唐代八九千万的人口峰值。不仅农业经济繁荣,宋代的商业经济亦有长足发展,最典型的是高度城市化的现象越来越普遍,陈国灿《宋代太湖流域农村城市化现象探析》一文指出:宋代以前大多只是小规模的政治据点,比如太湖流域的很多县城,但宋代则普遍由政治据点向城市形态转变,逐渐发展成为具有一定规模的经济和社会中心。②《元丰九域志》载,北宋元丰年间,10 万户以上的城市有 40 多个,崇宁年间上升到 50 多个,而唐代则只有 10 余个。宋代都市的繁荣也是前代不可比拟的,《梦粱录》这样描述南宋临安的繁荣景象:"大小铺席连门俱是,即无空虚之屋,每日凌晨,两街巷门上行百市,买卖热闹……处处各有茶坊、酒肆、面店、果子、彩帛、绒线、香烛、油酱、食米、下饭、鱼肉、鲞腊等铺。"城市经济的繁荣也带来了新兴社会力量——市民阶层的兴起与壮大,市民阶层的出现又促进了世俗文化的繁荣。

### 三、文化登峰造极

"国家不幸诗家幸。"宋代积贫积弱,国力衰颓,宋人性格普遍转向内敛深沉,他们特别爱读书,也特别擅长读书。黄庭坚说:"士大夫三日不读书,则义理不交于胸,对镜觉面目可憎,向人亦语言无味。"加之宋代统治者崇文抑武,推行一系列振兴文教、优遇文士的右文政策,宋代文化异彩纷呈,成果丰硕,在文学、艺术、史学、理学、教育乃至科技等方面的发展均至全盛,走上顶峰。群星荟萃,出现了寇準、包拯、欧阳修、范仲淹、王安石、苏东坡、沈括、岳飞、朱熹、李清照、辛弃疾、文天祥等等一大批在中国乃至世界史中光彩夺目的人物。在文学艺术方面,唐宋八大家中,宋朝占了六位,即苏洵、苏轼、苏辙、欧阳修、王安石、曾巩,体现出宋代古文的兴盛;宋代四大

---

① 葛剑雄:《宋代人口新证》,《历史研究》,1993 年第 6 期,第 34—46 页。
② 陈国灿:《宋代太湖流域农村城市化现象探析》,《史学月刊》,2001 年第 3 期,第 132—137 页。

书法家苏轼、黄庭坚、米芾、蔡襄,标志着书法上的高度和成就;理学家北宋二程(程颐、程颢)、南宋东南三贤(朱熹、张栻、吕祖谦)代表了思想的繁荣;此外,苏门四学士、江西诗派、南宋四大家、南宋四家等流派纷呈,蓬勃发展。在科学技术方面,印刷术、火药和指南针的发明与使用,关于新超星的记录和世界上最早的天文图的绘制,杨辉的开方法、秦九韶的三次方程式的运用,以及沈括的《梦溪笔谈》、李诫的《营造法式》、丁度等的《武经总要》等科技著作的出现,无不标志着科技的先进水平和辉煌成就。① 此外,宋代在社会教育、经史哲学等方面也都取得了辉煌成就,这里不一一列举。 总之,宋代文化日渐繁荣,渐至登峰造极,明人宋濂谓:"自秦以下,文莫盛于宋。"王国维《宋代之金石学》中说:"宋代学术方面最多,进步亦最著……天水一朝,人智之活动,与文化之多方面,前之汉唐,后之元明,皆所不逮也。近世学术多发端于宋人。"②陈寅恪也说:"华夏民族之文化,历数千载之演进,造极于赵宋之世。"③宋代文化甚至一度得到国外人士的高度首肯:两宋文化"直至二十世纪初都是中国的典型。其中许多东西在以后的一千年中证明是中国最典型的东西"④。宋代文化的繁荣昌盛可见一斑。

## 四、士人普遍建立自适平和的心态

恢宏富丽、昂扬奋发的大唐帝国造就的士大夫们,一方面积极入世,弘扬心的主体精神,豪迈冲天,张扬狂放,一往无前;另一方面却也容易受外在事功、名利的影响,情感跌宕起伏较大,事业顺利时,就狂喊"仰天大笑出门去,我辈岂是蓬蒿人",命运坎坷则悲呼"出门即有碍,谁谓天地宽?"进则喜,退则忧,在进与退、仕与隐的二元对立模式中不能自拔。宋人却表现出

---

　　①　潘立勇、陆庆祥、章辉、吴树波:《中国美学通史·宋金元卷》,江苏人民出版社2014年版,第4页。

　　②　王国维著,傅杰编校:《王国维论学集》,中国社会科学出版社1997年版,第201页。

　　③　陈寅恪:《金明馆丛稿二编》,上海古籍出版社1980年版,第245页。

　　④　费正清、赖肖尔著,陈仲丹等译:《中国:传统与变革》,江苏人民出版社2012年版,第103—104页。

与唐人完全不一样的心态,他们普遍能够超越进与退、仕与隐的二元对立模式。欧阳修《记旧本韩文后》曰:"故予之仕,于进不为喜,退不为惧者,盖其志先定而后所学者宜然也。"刘敞《欣欣亭记》曰:"达亦欣欣,穷亦欣欣。"苏轼《灵璧张氏园亭记》曰:"古之君子,不必仕,不必不仕。必仕则忘其身,必不仕则忘其君……开门而出仕,则跬步市朝之上;闭门而归隐,则俯仰山林之下。于以养生治性,行义求志,无适而不可。"①入世与出世,无往而不可,无适而不可,宋人建立起自适平和、处变不惊、从容淡泊的文化心态。

在笔者看来,宋代士子自适平和心态的建立,主要有三方面的原因。

其一,道家的齐物思想。

道家老庄道法自然,提倡人与自然的和谐相处。《老子》第二十五章曰:"道大,天大,地大,人亦大。"认为人并不比其他动物具有更高地位,人与自然万物平等,这为齐物说奠定了理论基础。《庄子·齐物论》明确提出"天地与我为一,万物与我为一"的观点,并善于通过寓言故事阐释齐物论思想。其中最著名的寓言故事是庄周梦蝶、庖丁解牛和梓庆为鐻。这三个寓言故事首先指出道的境界是诗意的、美妙的,如庄周梦蝶——"栩栩蝴蝶也,自喻适志也"。庖丁解牛——"庖丁为文惠君解牛,……砉然响然,奏刀騞然,莫不中音。合于《桑林》之舞,乃中《经首》之会"。梓庆为鐻——"鐻成,见者惊犹鬼神"。接着说明如何臻于道的境界,庄子说:"不知周之梦为蝴蝶与,蝴蝶梦为周与?"不知是我梦见蝴蝶,还是蝴蝶梦见了我,说明蝴蝶与我不分彼此,没有界限对立,"此之谓物化",这就是齐物。在此之前,"周与蝴蝶,则必有分矣",我是我,蝴蝶是蝴蝶,二者是截然对立的。庖丁解牛和梓庆为鐻亦是如此。在得道之前,"始臣之解牛之时,所见无非全牛者","然后成见鐻,然后加手焉,不然则已",牛和庖丁、鐻和梓庆都是截然对立的两物;得道之时,"三年之后,未尝见全牛也","入山林,观天性,形躯至矣,然后成见鐻,然后加手焉",此时牛和庖丁、鐻和梓庆的对立界限泯然消

---

① 孔凡礼点校:《苏轼文集》(第二册),中华书局 1986 年版,第 369 页。本书关于苏轼散文所引内容均出自这一版本,后不一一注明。

失，两者融为一体，这就是齐物。它的重心应是物化，其实质是人作为主体，排除一切主观、客观杂念的干扰，摆脱身心欲求，达到物我两忘、虚静空灵的精神境界。"梓庆为鐻"对此说得最为具体："臣将为鐻，未尝敢以耗气也，必齐以静心。齐三日，而不敢怀庆赏爵禄；齐五日，不敢怀非誉巧拙；齐七日，辄然忘吾有四枝形体也。"通过心斋、坐忘，忘名、忘利甚至忘我，才能以天合天，使得我的自然本性和木的自然本性相合一。老庄这种物我为一的齐物思想在宋人这里得到积极的发扬，理学家邵雍《皇极经世·观物外篇》云：

> 以物观物，性也；以我观物，情也。性公而明，情偏而暗。
>
> 不我物则能物物，圣人利物而无我；任我则情，情则蔽，蔽则昏矣。因物则性，性则神，神则明矣。[1]

"以物观物"，就是要摒弃个人一己的私念、偏见和情感，让事物按其本来面貌呈现，这样才能了然洞彻事物之本性和本然状态。"因物则性，性则神，神则明矣"，通过以物观物，物我合一，主体进入一种无往而不适的神明乐境。

文学家苏轼《前赤壁赋》以水月作喻谈到齐物思想，尤显深刻。当时作者被贬黄州，和友人夜游赤壁，月夜泛舟，随波漂荡，自由舒畅，接着饮酒放歌，凭吊古人，客吹洞箫，箫声幽怨，继而感慨人生短暂无常，宇宙永恒长在，"寄蜉蝣于天地，渺沧海之一粟。哀吾生之须臾，羡长江之无穷"，此时，情感消极愁郁，遁入现实的苦闷中无法自拔。此时作者开始引入庄子的齐物思想："客亦知夫水与月乎？逝者如斯，而未尝往也；盈虚者如彼，而卒莫消长也。盖将自其变者而观之，则天地曾不能以一瞬；自其不变者而观之，则物与我皆无尽也，而又何羡乎！"阐发变与不变的哲理，申述人类和万物

---

[1]　邵雍著，郭彧、于天宝点校：《邵雍全集》（肆），上海古籍出版社 2016 年版，第436 页。

本质上是一样的：若变则皆变，人类和万物一样都是变动不居的，哪怕一瞬间也在发生变化；若不变则皆不变，人类与万物一样也是永恒存在的，表达了旷达超脱、随缘自适的人生态度。最后，"客喜而笑，洗盏更酌"，极欢而罢。

其二，禅宗的禅悦之风。

宋代居士禅盛行，何谓居士？潘桂明《中国居士佛教史》一书中说："居士是一个内涵丰富的概念，源于印度佛教，而佛教进入中国传统文化语境以后，此概念就带有中国色彩。据隋代慧远《维摩义记》卷一说：'居士有二。一广积资产，居财之士，名为居士；二在家修道，居家道士，名为居士。'"①居士禅中的居士显然是指第二种。司马光在《戏呈尧夫》一诗中说："近来朝野客，无座不谈禅。"可见，宋人极其热衷佛禅，有相当多的朝廷重臣和文坛巨匠居家修禅，栖心禅寂。宋人以"居士"名号者比比皆是，除了最负盛名的"东坡居士"，如苏门学士和江西诗派几乎都由"居士"组成，淮海居士（秦观）、后山居士（陈师道）、姑溪居士（李之仪）、东湖居士（徐俯）、竹友居士（谢薖）等。此外，欧阳修号六一居士，陈舜俞号白牛居士，李清照号易安居士，朱淑真号幽栖居士，周邦彦号清真居士，刘克庄号后村居士，范成大号石湖居士，等等，不胜枚举。有宋一代，社会经济空前繁荣，看似春和景明，欣欣向荣，实则痼疾沉疴，积重难返。效命于斯的王朝文人难免苦闷焦虑，抑郁难安，但是，通过居家修禅，体味禅悦，他们找到了心灵安顿之所。所谓禅悦是指通过内在修持、自我参悟，入定禅定之后精神上进入自在欢愉、澄明空寂的圆融境界。《五灯会元》卷二载："水潦和尚初参马祖，问曰：'如何是西来意？'祖曰：'礼拜者！'师才礼拜，祖乃当胸踏倒。师大悟，起来拊掌呵呵大笑曰：'也大奇，也大奇！百千三昧无量妙义，只向一毫头上，识得根源去。'谢礼而退。往后，每告众曰：'自从一吃马祖踏，直至如今笑不休。"这种茅塞顿开的欢呼雀跃深深影响着宋代士子，黄庭坚《与胡少汲书》曰："治病之方，当深求禅悦……照破死生之根，则忧畏淫怒，无

---

① 潘桂明：《中国居士佛教史》（上册），中国社会科学出版社 2000 年版。

处安脚,病既未根,枝叶安能为害?"对禅悦之探求能够"照破死生之根",不再对人之生老病死、短暂虚幻、苦闷抑郁感到痛苦和悲哀,宠辱不惊之下,去领悟、珍惜现实日常生活带来的人生真谛:"向上关捩子,未曾说似人。困来一觉睡,妙绝更通神。"(《赠嗣直弟颂十首其九》)苏辙则在《示资福谕老(并引)》一文中自叙其禅悦的过程:"予读《楞严》至'尘既不缘,根无所偶,反流全一,六用不行',释然而笑曰:'吾得入涅槃路矣。'然孤坐终日,犹苦念不能寂,复取《楞严》读之。至其论意根曰:'见闻逆流,流不及地,名觉知性。'乃叹曰:'虽知返流,未及如来法海,而为意所留,随识分别不得,名无知觉明,岂所谓返流全一也哉!'乃作颂以示谕老。幽居百无营,孤坐若假寐。根尘两相接,逆流就一意。意念纷无端,中止不及地。寂然了无觉,乃造真实际。百川入沧溟,众水皆一味。止为潭渊深,动作涛澜起。动止初何心,乃遇适然耳。吾心未尝劳,万物将自理。"①通过对《楞严经》的一读再读,自证参悟,使自己的心性回归空寂,达到"吾心未尝劳""寂然了无觉"的状态,万事随缘、随所遇皆所适然,内心得到彻底的解脱与安顿。

其三,陶渊明的符号意义。

诚然,如前所言,老庄的齐物思想、禅宗的禅悦之风对宋代士子自适、超然的心态建设产生了较大作用,但是道家玄妙、禅宗虚幻,它们与食人间烟火的日常生活终究有一道鸿沟,存有一定距离,就像"未落到地面的花朵",较难成为心灵真正的归宿。苏轼《答毕仲举》中的一段话就代表了这种思想:"往时陈述古好论禅,自以为至矣,而鄙仆所言为浅陋。仆尝语述古:'公之所谈,譬之饮食,龙肉也;而仆之所学,猪肉也。猪之与龙,则有间矣。然公终日说龙肉,不如仆之食猪肉,实美而真饱也。"庆幸的是,苏轼在陶渊明身上找到了令他实美而真饱的"猪肉"。陶渊明的意义是宋人发现并真正确立的。在此之前,陶渊明不过是一位质朴、枯淡的隐逸诗人。如钟嵘《诗品·中品》"宋征士陶潜"条:"世叹其质直……古今隐逸诗人之宗也。"杜甫《遣兴五首》(其三):"陶潜避俗翁,未必能达道。观其著诗集,颇

---

①　陈宏天、高秀芳点校:《苏辙集》(第三册),中华书局1990年版,第917—918页。

亦恨枯槁。"狂热崇尚老庄思想的晚唐司空图在其文论、诗论中也只字未提陶渊明,但陶渊明成了宋朝士大夫心灵精神的真正归宿、生活理想的完美表征。苏轼写了一百多首和陶诗,苏轼的和陶诗又卷起了当时诗坛的和陶狂潮,当时的诗人如苏辙、秦观、张耒、晁补之、黄庭坚等纷纷和诗,如苏辙就写有《子由继和饮酒诗二十首》《子由继和拟古九首》《子由次韵停云》《子由继和归去来兮辞》等,可见其合作之多以及用力之深。这股狂潮一直持续到南宋时期依然势头未减,南宋杨万里、朱熹、张镃、李纲、王质、陈起、赵蕃、于石等都写了大量的和陶诗,蔚为大观。宋人之崇尚陶渊明,主要在以下三方面。

一是人格的真实淡然。苏轼《书李简夫诗集后》云:"欲仕则仕,不以求之为嫌;欲隐则隐,以去之为高;饥则叩门而乞食,饱则鸡黍以迎客;古今贤之,贵其真也。"当一个人只注重人的自然真实本性,摒弃各种各样额外的欲求时,其实是无须很多物质条件的,饥则乞食足矣,饱则迎客美矣,或饥或饱都一样能获得快乐,如此,又无往而不乐呢?宋人对陶渊明"真"之人格的崇尚折射出的是他们崇俭寡欲、超然淡泊的人生哲学观。苏轼《超然台记》曰:"凡物皆有可观,苟有可观,皆有可乐,非必怪奇伟丽者也。哺糟啜醨,皆可以醉;果蔬草木,皆可以饱。推此类也,吾安往而不乐?"民间曾一度流传苏轼的三白饭,即一撮盐、一碟生萝卜、一碗米饭,由此可见一斑。

二是真正意义上的回归自然。梁启超《陶渊明之文艺及其品格》一文中说:"自然界是他(指陶渊明,笔者注)爱恋的伴侣,常常对着他笑。"陶渊明四十二岁辞彭泽令之前,在官场浮浮沉沉,或仕或隐,内心纠结困苦;辞彭泽令之后,弃官隐居终老。他把这段生活经历称为"误落尘网中,一去三十年",追悔混迹官场的十三年光阴;"羁鸟恋旧林,池鱼思故渊……久在樊笼里,复得返自然",庆幸自己终于回归本性,回归自然,感受到自然的美好。值得一提的是,陶渊明的自然不同于司空图的自然,它不像司空图的自然那样一定要有修竹、飞瀑、明月、白云、流水、红杏、惠风的相依,一定要有幽鸟、飞鹤、凤凰、黄莺、鹦鹉、鸿雁的相伴,相处其中的也不一定是幽人、美人、畸人、真人、佳士等,陶渊明的自然就是平常化的自然,是随处可见、随遇所是的，身处其中的不过是普普通通、平平常常之人，甚至是饥则乞食、饱则迎客的普通人。苏轼《前赤壁赋》中引出老庄的齐物思想之后说："且夫天地之间，物各有主，苟非吾之所有，虽一毫而莫取。惟江上之清风，与山间之明月，耳得之而为声，目遇之而成色，取之无禁，用之不竭，是造物者之无尽藏也，而吾与子之所共适。"真正令人"适"、自得其乐的是自然，而这自然也不过是来自天地之间、平常的自然而已。

三是田园生活的俗趣。陶渊明被誉为田园诗人，是真正写田园生活的第一人。作为士大夫亲身参加农耕生活，并用诗写出农耕体验的，陶渊明是第一位，其后也不多见。而且，陶渊明写的田园农耕生活天然得亲切可人，丝毫没有隔膜之感。他写的田园农村生活并非高高在上、远离人间烟火的，恰恰是最真实、最平常的，如村舍、鸡犬、豆苗、桑麻、穷巷、荆扉等，在这真实、平常的日常美景当中蕴藉了作者最真挚、最朴素的情理，将日常生活艺术化。梁启超《陶渊明之文艺及其品格》一文中说："《归园田居》只是把他的实历感写出来，便成为最亲切有味之文。"袁行霈评价道："（陶诗）透过人人可见之物、普普通通之事，表达高于世人之情，写出人所未必能悟之理。"不仅如此，陶渊明的田园诗还富有情趣美，如《归园田居》（其三）：

> 种豆南山下，草盛豆苗稀。晨兴理荒秽，带月荷锄归。
> 道狭草木长，夕露沾我衣。衣沾不足惜，但使愿无违。①

诗歌前四句写草盛豆稀，晨理月归，说明士大夫陶渊明劳作的不善与艰苦。但作者并未因此而厌倦农作，而是将自己的劳累不堪描写为"带月荷锄归""夕露沾我衣"，月亮陪伴着我回家，夕露逗弄着我嬉戏，充满了幸福与满足、自得与闲适，丝毫不见孤寂与落寞，而且将月亮的照射说成月亮的陪伴，夕露的沾衣说成夕露的逗弄，情趣陡生，兴味盎然，充满了田园生活的俗趣美。这种艺术旨趣恰与宋代市民阶层日渐兴起、日常生活走向艺

① 袁行霈撰：《陶渊明集笺注》，中华书局 2003 年版，第 85 页。

术化、审美化是相契合的。试看苏轼《被酒独行，遍至子云、威、徽、先觉四黎之舍》（其一）：

> 半醒半醉问诸黎，竹刺藤梢步步迷。
>
> 但寻牛矢觅归路，家在牛栏西复西。①

这是一首组诗，共有三首，此为其一，作者写此诗时已六十四岁高龄，诗人有一天带着酒后的醉意，遍返四黎之家，归途天色已暗，酒意未醒，路上"竹刺藤梢"，迷途困扰，最后他灵机一动，一路沿着牛矢找到了家。诗篇浅易如话，采用白描手法，写的也是农村生活里最平常、最真实甚至最粗俗的事物，却蕴含了诗人最真挚的情感、最朴素的哲理，体现出诗人对生活的热爱之情与乐观豁达的生命精神，这与陶渊明田园诗中的俗趣美何其相似乃尔！

# 第二节　宋代文论中典型的象喻批评

政治环境的宽松、社会经济的繁荣、文化的登峰造极以及自适、平和的士人心态的普遍建立，为这个积贫积弱的国家带来不一样的生命力量，使其焕发出别样生机。宋代的文学理论批评亦是如此，别具特色，别有风韵，以下我们通过具体的象喻批评进行探析。

## 一、万斛泉源，随物赋形，行于当行，止于当止：苏轼的文艺观

苏轼"性好山水"（《再跋醉道士图》），"独与山水乐"（《怀西湖寄晁美叔同年》），不仅创作了大量的山水文学作品，还常常以水喻文，探讨文学理论

---

① 陶文鹏、郑园编选：《苏轼集》，凤凰出版社 2014 年版，第 120—121 页。本书关于苏轼诗歌所引内容均出自这一版本，后不再注明。

批评问题,其中有两段最为经典的水意象批评:

> 吾文如万斛泉源,不择地而出,在平地滔滔汩汩,虽一日千里
> 无难。及其与山石曲折、随物赋形而不可知也。所可知者,常行
> 于所当行,常止于不可不止,如是而已矣。(《文说》)

> 所示书教及诗赋杂文,观之熟矣。大略如行云流水,初无定
> 质,但常行于所当行,常止于所不可不止,文理自然,姿态横生。
> (《答谢民师书》)

这两段文字经常为研究者所注意,用来探讨苏轼的文艺观,角度多样,有着眼于创作主体发论的,也有从创作特征方面出发考察的。我们认为,这两段文字实际上较为全面地反映了苏轼的文艺观念,涉及文艺本质、创作主体、创作过程以及创作境界等各方面的文艺理论问题。苏轼以水喻文,不仅继承了其父亲苏洵的"风水相遭"论,还汲取了儒道尤其是老庄的思想资源,因而更显深刻精微。

### 1. 文艺本质:活的生命体

苏轼直言:"吾文如万斛泉源。"以泉水喻文,超越了文论家以水论文的传统观念。"泉水"与"水"最大的不同在于"泉水"为水之源,是清澈的活水。《说文解字》释"泉"曰:"水原也。"泉水由大气降水渗漏地下顺岩层倾斜方向流,遇侵入岩体阻挡,承压水出露地表而天然形成。朱熹《观书有感》曰:"问渠那得清如许,为有源头活水来。"说明源头之水的活力。苏轼以万斛泉源喻文,正着眼于文是活物、活的生命体的本质特性。"不择地而出""滔滔汩汩""一日千里无难""与山石曲折""常行于所当行,常止于不可不止""行云流水"等文字几乎都在突出文的"活"的特点。在苏轼看来,文并不是一个可有可无的机械的东西,而是一个充满生命力的活的有机体。正因为是活物,所以才能如"万斛泉源",源源不断,永葆活力;所以才能"随

物赋形",变化多端,姿态横生。苏轼《南行前集叙》曰:"夫昔之为文者,非能为之为工,乃不能不为之为工也。山川之有云雾,草木之有华实,充满勃郁,而见于外,夫虽欲无有,其可得耶!自少闻家君之论文,以为古之圣人有所不能自己而作者。故轼与弟辙为文至多,而未尝敢有作文之意。己亥之岁,侍行适楚,舟中无事,博弈饮酒,非所以为闺门之欢,而山川之秀美,风俗之朴陋,贤人君子之遗迹,与凡耳目之所接者,杂然有触于中,而发为咏叹。盖家君之作与弟辙之文皆在,凡一百篇,谓之《南行集》。将以识一时之事,为他日之所寻绎,且以为得于谈笑之间,而非勉强所为之文也。"文之创作,不是"能为""勉强所为",而是"不得不为",是"杂然有触于中"、内在情绪饱满、无法抑制、自然而然迸发的过程。这里,苏轼一连用了两个象喻——山川云雾、草木华实,前者就像山川中水汽迷蒙自有云雾,后者则如草木里根深叶茂自有华实,这是一个生命体的诞生与成长的过程。从苏轼《文与可画筼筜谷偃竹记》中的竹子象喻批评也可见出这一观点:

> 竹之始生,一寸之萌耳,而节叶具焉。自蜩腹蛇蚹以至于剑拔十寻者,生而有之也。今画者乃节节而为之,叶叶而累之,岂复有竹乎?故画竹必先得成竹于胸中,执笔熟视,乃见其所欲画者,急起从之,振笔直遂,以追其所见,如兔起鹘落,少纵则逝矣。

"画竹必先得成竹于胸中"的依据是什么?为什么不能"节节而为之,叶叶而累之"?在苏轼看来,所画的竹子并非机械的死物,而是活的生命体。"竹之始生,一寸之萌耳,而节叶具焉",竹子一出生就是一个活的生命体,哪怕刚出生时只有一寸高的萌芽,但它的节、叶都已具备,完全是一个富有生命力的充满生气的有机体,所以要"成竹于胸中",要整体地去把握它,如若一节节地画,一叶叶地堆积,势必阉割了它的生命元气,画出来的竹子必定是零碎的,没有活力的,这些都很好地体现出苏轼"文是活物"的文艺本质观。

### 2.文艺创作主体：物我合一的审美心胸

如前所述，苏轼的水意象批评受其父亲苏洵"风水相遭"说的影响。前引《南行前集叙》中苏轼就说"自少闻家君论文"，由此可见。苏洵的"风水相遭"说出自其《仲兄字文甫说》：

> 然而此二物者岂有求乎文哉？无意乎相求，不期而相遭而文生焉。是其为文也，非水之文也，非风之文也，二物者非能为文而不能不为文也，物之相使而文生于其间也，故此天下之至文也。①

在苏洵看来，文如同风与水两种事物相遭相遇一样自然生成，提倡自然成文的文学观念。"风"喻指创作客体及其客观规律，"水"喻指创作主体修养，包括道德修养和学识涵养等主体因素。苏轼同样以水喻创作主体修养，但他深受老庄思想的影响，他的"水"同时还是"道"的象征：

> 阴阳一交而生物，其始为水。水者有无之际也。始离于无而入于有矣。老子识之，故其言曰"上善若水"，又曰"水几于道"。圣人之德，虽可以名言，而不可囿于一物，若水之无常形。此善之上者，几于道矣。（《东坡易传》）

水之无常形，故能随物赋形，千变万化，这正是老庄"道常无为而无不为"的以无为本的思想。正如苏轼在《滟滪堆赋》中所说：

> 天下之至信者，唯水而已。江河之大与海之深，而可以意揣，唯其不自为形，而因物以赋形，是故千变万化而有必然之理。

---

① 陈望衡、成立、樊维纲：《中国历代美学文库·宋辽金卷》（上），高等教育出版社2003年版，第149页。

于创作主体而言，以"水"喻道，就是强调创作主体物我合一的审美心胸：

> 夫唯无心而一，一而信，则物莫不得尽其天理，以生以死。故生者不德，死者不怨。无德无怨，则圣人者岂不备位于其中哉！吾一有心于其间，则物有侥幸夭枉，不尽其天理者矣。侥幸者得之，夭枉者怨之，德怨交至，则吾任重矣。（《东坡易传》）

所谓"无心而一"，就是"水之无常形"在创作主体上的具体体现。"无心"强调"不要以一己之喜好去干预物之存在，以此来把握事物本来之面目，'则物莫不得尽其天理'。若以我之私意加之于物之上，以我之喜好看待物，则有'侥幸夭枉'之纷扰"①。创作主体只有像水一样，无形、无心，才能够"与山石曲折""随物赋形"，这其实就是老庄所提倡的心斋、坐忘的审美态度。苏轼《书晁补之所藏与可画竹三首》曰：

> 与可画竹时，见竹不见人。岂独不见人，嗒然遗其身。
> 其身与竹化，无穷出清新。庄周世无有，谁知此疑神。

笔者《古代文论中的草木象喻批评研究》一书中指出："所谓'不见人''遗其身''身与竹化'，与庄子所说的'堕肢体，黜聪明，离形去知，同于大通，此谓坐忘'（《庄子·大宗师》）、'齐三日，而不敢怀庆赏爵禄；齐七日，不敢怀非誉巧拙；齐七日，辄然忘吾有四枝形体也。当是时也，无公朝，其巧专而外骨消'（《庄子·达生》），何其相似乃尔。"李泽厚也精练地指出了这一点："'身与竹化'就是创作主体与所描绘的对象生动地结合在一起，与自然合一，要摒弃掉自身的功利性、知识性的成见，泯灭掉物与我的界限，从

---

① 潘立勇、陆庆祥、章辉、吴树波：《中国美学通史·宋金元卷》，江苏人民出版社2014年版，第103页

生命的深处与自然融为一体（即‘嗒然遗其身’），这是‘无’的过程。”①

### 3.创作过程：道与艺的辩证统一

“随物”最终要“赋形”，涉及的是语言传达的具体问题。苏轼特别重视这个问题，其《答谢民师推官书》云：“孔子曰：‘言之不文，行而不远。’又曰：‘辞达而已矣。’夫言止于达意，即疑若不文，是大不然。求物之妙，如系风捕影，能使是物了然于心者，盖千万人而不一遇也，而况能使了然于口与手者乎？是之谓辞达，辞至于能达，则文不可胜用矣。”辞达就是达意吗？完全不是，苏轼从文艺创作规律的高度提出新的辞达说，所谓“辞达”就是指通过仔细观察，深入事物本质之理，将心中构思酝酿成熟的艺术形象等内容，用语言文字完全、充分地表达出来。其中，“将艺术形象用语言文字完全、充分表达出来”就是他所说的“了然于口与手”的过程，同样是“千万人而不一遇也”，非常难以做到，它需要高超的“艺”，更要求道与艺的辩证统一。“有道不艺，则物虽形于心，不形于手”（《书李伯时山庄图后》），只有道与艺结合起来，才能与万物神交，才能用文字彻底地予以传达。道与艺的辩证统一还包括对创作技巧的辩证把握，从苏轼的水意象批评来看，“道”是“与山石曲折，随物赋形”，是自由的，“艺”则是“常行于所当行，常止于所不可止”，是要遵循创作技巧、创作法度的，无法之中有法，有法而不拘泥于法。道与艺的辩证结合，就是提倡对创作技巧既遵循又超越的自由的灵活的态度。

### 4.创作境界：自然审美

何谓“自然”？从其字义看，就是“自己生成”，重在事物的天然生成、自由发展，不经人力干预。老庄以“自然”为道，如《老子》第二十五章曰：“人法地，地法天，天法道，道法自然。”庄子则将世间万物的声音分为三种：人籁、地籁和天籁。《庄子·齐物论》云：“女闻人籁，而未闻地籁；女闻地籁，

---

① 潘立勇、陆庆祥、章辉、吴树波：《中国美学通史·宋金元卷》，江苏人民出版社2014年版，第103页。

而未闻天籁夫!"认为天籁是最美、最高境界的声音。为何如此呢？庄子指出，"人籁则比竹是已"，是乐器借助人力发出的声音。乐器本来就空洞无心，没有任何声音，也没有任何感情，是人通过演奏将自己心中的喜怒哀乐借助乐器传达出来的；"地籁则众窍是已"，是洞穴借助风力发出的声音，虽然这些声音具有多样性，"似鼻，似口，似耳，似枅，似圈，似臼，似洼者，似污者。激者，謞者，叱者，吸者，叫者，譹者，宎者，咬者"，但它们本身也是没有任何声音的，"泠风则小和，飘风则大和，厉风济则众窍为虚"，不同的风力发出不同的声音，"是唯无作，作则万窍怒呺"，一旦无风，则什么声音也没了。所以人籁和地籁都需要借助外力发声，它们发出的声音都并非自己生成，也并不是自己的声音。只有天籁，"夫吹万不同，而使其自己也，咸其自取，怒者其谁邪"，没有借助任何外力的鼓动，完全是自己发动之下发出的声音，是最为真实、真正意义上的自己的声音。"夫吹万不同"，其形态上也是多样性的。由此可见，庄子所崇尚的自然境界就是要像天籁一样自然生成，产生真正意义上的自己的东西。苏轼追求的自然境界亦是如此，其以水喻文的文字当中，所谓"不择地而出""滔滔汩汩""一日千里无难""与山石曲折""常行于所当行，常止于不可不止""行云流水"等，都是水自己发出的行为，自己产生的结果，是"杂然有所触于中"，内心真正有了感受从而形之于文的结果，这样的文章就是真正意义上的自然，我们看不到任何造作勉强的成分，这就是苏轼追求的创作境界。

## 二、灵丹一粒，点铁成金，夺胎换骨，张力无限：黄庭坚的文艺观

苏轼和黄庭坚都是宋代扭转诗歌风气、促进宋型诗歌特质形成的关键人物。严羽《沧浪诗话》曰："国初之诗，尚沿袭唐人……至东坡、山谷始自出己意以为诗，唐人之风变矣。"杨寿枏《云莲诗话》曰："宋初诗人，尚治中晚唐格律，欧梅出，唐音渐变，苏黄出，而宋体始成。"苏、黄的重要意义可见一斑。黄庭坚作为苏门四学士之一，虽是苏轼的弟子，但二人的诗学路径有很大不同。刘克庄《后村诗话》曰："元祐以后，诗人迭起，一种则波澜富而句律疏，一种则锻炼精而性情远，要之不出苏黄二体而已。"苏轼自由随

性，崇尚行云流水般的创作境界，黄庭坚则句斟字酌，日益锤炼，提倡读书学古，二人有截然不同的诗学观念。最典型地反映黄庭坚诗学观念的正是其"点铁成金""夺胎换骨"理论：

> 　　自作语最难，老杜作诗，退之作文，无一字无来处；盖后人读书少，故谓韩、杜自作此语耳。古之能为文章者，真能陶冶万物，虽取古人之陈言入于翰墨，如灵丹一粒，点铁成金也。（黄庭坚《答洪驹父书》）①

> 　　山谷云："诗意无穷而人才有限，以有限之才追无穷之意，虽渊明、少陵不得工也。然不易其意而造其语，谓之换骨法；窥入其意而形容之，谓之夺胎法。"（惠洪《冷斋夜话》）②

很多研究者都注意到了这两段话，但对其研究存在简单化、片面化甚至误解的普遍现象。

首先体现在对点铁成金说的来源及思想基础的认识上。1983 年第 2 版的《现代汉语词典》载"点铁成金"条，释曰："神仙故事中说仙人用手指一点使铁变成金子，比喻把不好的文字改好。"2005 年第 5 版《现代汉语词典》加上"点石成金"条，释曰："神话故事中说仙人用手指头一点，石头变成金子，多比喻把不好的或平凡的事物改变成很好的事物，也说点铁成金。"这两条释义均指出"点铁成金"的中国道教神仙传说背景，这种看法的依据是《佩文韵府》引述《列仙传》的说法："许逊，南昌人，晋初为旌阳令，点石成金，以足逋赋。"但事实上，《列仙传》是存疑的，正如于怀瑾《"点石成金"典故源流考——中印古代文化融合的例证》一文中所说："《列仙传》作者不

---

　　①　李春青：《中华古文论释林·北宋卷》，北京大学出版社 2011 年版，第 375 页。

　　②　陈望衡、成立、樊维纲：《中国历代美学文库·宋辽金卷》（下），高等教育出版社 2003 年版，第 121 页。

详,旧书目向来题彭城人刘向撰,西汉人的书里怎么可能记载晋代人的故事呢?这显然风马牛不相及。"①如此,把依据来源寄托于存疑的文献是不可靠的。事实上,许逊与"金"发生联系,始见于王安石《重建许旌阳祠记》中(许逊)"藏金于圃"的说法。其实,"点铁成金"的真正原始出处应是唐代贯休《禅月集》卷四《拟君子有所思》之二:"安得龙猛笔,点石为黄金。"佛经《释迦方志·遗迹篇》早有记载:"龙猛密以神药,滴诸大石并变为金。"这里很清楚地提到了龙猛菩萨以神秘药水将石头点化为金,由此可见点铁成金的说法实则源于佛典,有着非常深厚的佛禅思想文化背景。

其次体现在对"点铁成金""夺胎换骨"理论的评价上。有人将这两种理论"奉为圭臬",高度推崇,如吕本中《童蒙诗训》曰:"渊明、退之诗,句法分明,卓然异众,惟鲁直为能深识之。"胡穉《简斋诗笺序》云:"特其用意深隐,不露麟角,凡采撷诸史百子以资笔端者,莫不如自其己出。"曾几作诗"以杜甫、黄庭坚为宗",胡仔《苕溪渔隐丛话》云"近时学诗者率宗江西",当时影响广泛的江西诗派正是在黄庭坚的领导下、以其诗学观念为核心建立的。有人则严厉批评,满含不屑。如张戒《岁寒堂诗话》云:"自汉、魏以来,诗妙于子建,成于李杜,而坏于苏黄……鲁直又专以补缀奇字。学者未得其所长而先得其所短,诗人之意扫地矣。"②严羽《沧浪诗话》曰:"近代诸公乃作奇特解会,遂以文字为诗,以才学为诗,以议论为诗。夫岂不工,终非古人之诗也。"从而指责黄庭坚"专以补缀奇字""以才学为诗","终非古人之诗",丧失"诗"的本质特性,故而诗"坏于苏黄",其批评可谓严厉之至了。金代王若虚《滹南诗话》(卷三)甚至挖苦讥讽,满含不屑:"鲁直论诗,有夺胎换骨、点铁成金之喻,世以为名言以予观之,特剽窃之黠耳。"③产生这两

---

① 于怀瑾:《"点石成金"典故源流考——中印古代文化融合的例证》,《北京大学学报》,2018年第1期,第83—90页。

② 陈望衡、成立、樊维纲:《中国历代美学文库·宋辽金卷》(下),高等教育出版社2003年版,第154—155页。

③ 陈望衡、成立、樊维纲:《中国历代美学文库·宋辽金卷》(下),高等教育出版社2003年版,第474页。

种截然相反评价的根本原因在于对点铁成金、夺胎换骨的理论理解得不够全面。

我们认为，黄庭坚的"点铁成金""夺胎换骨"理论至少包含三个阶段的内容，这三个阶段的内容是层层递进、步步加深、环环相扣、缺一不可的。

第一阶段：取用陈言、旧意。山谷直言要"取古人之陈言入于翰墨"，可"不易其意而造其语"或"窥入其意而形容之"，总之，取用古人的陈言、旧意作为自己诗歌的内容与材料。其《论作诗文》又曰："作文字须摹古人，百工之技，亦无有不法而成者也。"①其名篇《题竹石牧牛》中"石吾甚爱之，勿遣牛砺角。牛砺角尚可，牛斗残我竹"实仿自李白《独漉篇》"独漉水中泥，水浊不见月。不见月尚可，水深行人没"。《王直方诗话》曾引黄庭坚的话说："凡作赋要须以宋玉、贾谊、相如、子云为师格，略依仿其步骤，乃有古风。"②可见，这种取用还包括篇章、结构、手法的借鉴。总之，黄庭坚的"点铁成金""夺胎换骨"理论覆盖字句、句法、篇法、结构、法度、格律、意蕴等全方位的内容，这非常容易示人以学径，具有高度的可操作性，自然会赢得很多人的喜欢。尤其是宋代处于唐代诗歌高峰之后这样一个大的诗学背景下，"宋人生唐后，开辟真难为"（蒋士铨《辨诗》），"世间好语言被杜子美道尽，世间俗语言被白乐天道尽"（王安石语），那么，黄庭坚的"点铁成金""夺胎换骨"理论终究为宋人由宗唐转向变唐直至形成宋调指示出一条路径，故而受到很多人的追捧。但也正是这种堂而皇之地向古人讨生活的做法，容易导致机械模拟、泥古袭用，忽视诗歌情感与生活来源，故而又最易遭人诟病。总之，对黄庭坚的"点铁成金""夺胎换骨"理论的批评或是称扬，很多人其实都停留于该理论的第一阶段而做出判定，势必走向简单化与极端化，对黄庭坚的诗学观念的认识也必定是不全面的。

第二阶段：点化、贯穿与活用。黄庭坚提倡学古，在其书信赠答、题跋铭序中劝士子读书的言论随处可见。如其《答洪驹父书》评价谢无量诗：

① 傅璇琮编：《黄庭坚和江西诗派资料汇编》，中华书局1978年版，第23页。
② 转引自钱志熙：《黄庭坚诗学体系研究》，北京大学出版社2003年版，第153页。

"少加意读书,古人不难到也。诸文亦好,但少古人绳墨尔,可更熟读司马子长、韩退之文章。"①《与徐师川书四首》也说:"诗政欲如此作,其未至者,探经术未深,读老杜、李白、韩退之诗不熟耳。"②但是黄庭坚虽然提倡学古却并非泥古,推崇取用古人陈言旧意却非照搬照用,而是注重点化、熔铸,就像灵丹入药,有一个化学变化、变质的过程。为此,黄庭坚强调读书要有"贯穿"工夫。王正德《余师录》卷二载:

> 黄鲁直《与洪驹父书》云:"学诗工夫,以多读书贯穿,自当造平淡。可勤读董、贾、刘向诸文字。学作论议文字,更取苏明允文字读之。"③

"贯穿"一词在黄庭坚文集中多次出现,如《庞安常伤寒论后序》"百家之言,无不贯穿"、《毕宪父诗集序》"贯穿六艺百家"、《书刘壮与漫浪图》"读书数千卷,无不贯穿"。"贯穿"实则体现出一种活用精神,它需要对古人典籍大量研读、修习之后精心萃取。黄庭坚《答曹荀龙》之四中说:"作赋要读左氏、前汉精密,其佳句善字皆当经心,略知某处可用,则下笔时源源而来矣。"其强调对字句的取用要经心思考,不可轻率。刘克庄《江西诗派序》也指出:"豫章稍后出,荟萃百家句律之长,究极历代体制之变,搜猎奇书,穿穴异闻,作为古、律,自成一家;虽只言半字不轻出,遂为本朝诗家宗祖。"④"百家""历代"可见"贯穿"之博,"穿穴""半字不轻出"可见"贯穿"之精。黄庭坚甚至还说:"要当于古人不到处留意,乃能声出众上。"从而指明最后要能够自成一家,超越古人。"文章最忌随人后"(《赠谢敞王博喻》)、"自成一家始逼真"(《以右军书数种赠丘十四》),又可见"贯穿"之活,所以黄庭坚的

---

① 李春青:《中华古文论释林·北宋卷》,北京大学出版社 2011 年版,第 375 页。
② 黄庭坚:《豫章先生文集》卷一九,《四部丛刊》本。
③ 王水照编:《历代文话》(第一册),复旦大学出版社 2007 年版,第 393 页。
④ 刘方喜:《中华古文论释林·南宋金元卷》,北京大学出版社 2011 年版,第 113 页。

"点铁成金""夺胎换骨"理论名为学古、模古、仿古,实则超越,在学古之中
超越,超越之后自名一家。如其《次韵刘景文登郑王台见思五首》(其一)开
篇曰:"君诗如美色,未嫁已倾城。""倾城""倾国"这类词前人一般用于形容
绝色女子,如白居易《长恨歌》"汉皇重色思倾国";黄庭坚则一改传统做法,
用来形容男子,并且是形容男子的诗歌,这种以人喻物的做法令人生奇。
莫砺锋《论黄庭坚诗歌创作的三个阶段》一文中也指出了这一点:"作于元
丰六年(1083)的《观王主簿家酴醾》云:'露湿何郎试汤饼,日烘荀令炷炉
香。'作于元符二年(1099)的《寄题荣州祖元大师此君轩》云:'程婴杵臼立
孤难,伯夷叔齐采薇瘦。'前者以美男子喻花,后者则以志士仁人喻竹,两者
都是用典故作比喻,且都是以人喻物,而不像通常那样以物喻人,手法极为
生新。"①其实也有很多文论家对黄庭坚学古超古、自名一家的创作精神表
示认可,给予高度评价。如胡仔《苕溪渔隐丛话》云:"元和至今,骚翁墨客,
代不乏人,观其(指黄庭坚,笔者注)英词杰句,真能发明古人不到处,卓然
成立者甚众,若言'多依效旧文,未尽所趣',又非也。"陈岩肖《庚溪诗话》卷
下指出:"至山谷之诗,清新奇峭,颇道前人未尝道处,自为一家,此其妙
也。"②诚然如此。

　　第三阶段:异质同构,张力无限。异质同构是西方格式塔心理学的理
论核心,其代表人物是美国现代心理学家阿恩海姆。所谓异质同构是指在
外部事物的存在形式、人的视觉组织活动和人的情感以及视觉艺术形式之
间,有一种对应关系,一旦这几种不同领域的审美"力场"模式达到结构上
的一致,就会激起审美经验的认同,产生巨大的审美张力。如马致远《天净
沙·秋思》开头一句"枯藤、老树、昏鸦",三个事物的性质各有不同,属于异
质,但都有着表现思乡游子心情的内在联系因子——藤的枯败、老树的破
落、寒鸦的无枝可栖,从而形成内在的同构性,刻画出游子漂泊在外的悲切
与凄凉。我们认为,黄庭坚的"点铁成金""夺胎换骨"理论也具有异质同构

---

　　①　莫砺锋:《论黄庭坚诗歌创作的三个阶段》,《文学遗产》,1995 年第 3 期。

　　②　丁福保辑:《历代诗话续编》(上),中华书局 1983 年版,第 182 页。

的特点,试从其用典情况入手。黄庭坚用典,和很多文人不太一样,大多数文人用典一般是遵循或稍微改变原典之义,黄庭坚则是大量改变甚至颠覆原典义;很多文人会尽量少用典,在一首诗中最多用二至四个典实;黄庭坚则频繁用典,有时一首诗里通篇用典;而且文人用典尽量不重复,黄庭坚却经常是在很多诗中不断地使用一个典故,这使得其诗中的异质同构现象特别复杂。试以其《和答钱穆父咏猩猩毛笔》为例进行分析:

> 爱酒醉魂在,能言机事疏。平生几两屐,身后五车书。
> 物色看王会,勋劳在石渠。拔毛能济世,端为谢杨朱。①

这是一首和诗,钱穆父时任中书舍人,出使高丽,得到了当地名贵的猩猩毛笔,因而作诗以记。黄庭坚和答彼诗,是为作。黄庭坚这首五言律诗,总共八句,通篇用典,句句有引用,典型地体现了他"无一字无来处"的说法。第一句用《华阳国志》所载猩猩爱喝酒、喜着屐,蜀人设酒设屐,擒捉猩猩刺血的故事;第二句用《曲礼》中猩猩能说人话的传说;第三句用《晋书·阮孚传》所引阮孚"一生能着几两屐"的叹息;第四句用《庄子》称赞"惠施多方、其书五车"语,又"平生"出于《论语》,"身后"见于《晋书》张翰语;第五句用《汲冢周书·王会篇》载周王城建成后,大会诸侯及四夷事;第六句用班固《西都赋》记石渠(指汉代皇帝的图书馆)为"典籍之府"事;第七、八句用《孟子》评论杨朱氏不愿拔一毛而利天下事。此诗以"猩猩毛笔"为题,这八个典故中真正和猩猩有关系的只有第一、二个,其余的似乎了无干涉,正如方回评此诗云:"'平生'二句,'自有四个出处,于猩猩毛何干涉?"而且第一、二句中的典故黄庭坚在运用时也没有完全遵循原典之义,所以典故与原典之间、八个典故之间、八个典故与新诗之间都存在异质性,却被黄庭坚剪裁到一首诗里,熔于一炉。经过镕铸、点化的工夫,这些典故生发出新的含义:借猩猩毛笔咏叹人事,说明为人处世应该有利于社会(身后五车书、

---

勋劳在石渠、济世),不应像杨朱一样一毛不拔(拔毛、谢杨朱),委婉地流露出自己希望为国家、为社会奉献的精神。在黄庭坚的妙笔生花下,这些异质性的典故互相冲撞最后又走向和谐,其间产生的审美张力是巨大的。方回对此赞曰:"乃善能融化斡排至此。"纪昀称曰:"点化甚妙,笔有化工,可为咏物用事之法。"

显然,黄庭坚对典故包括字句、句法、法度的化用汲取了禅宗的活法精神,前已指出,"点铁成金""夺胎换骨"的理论渊源实则出自禅宗典籍,加之黄庭坚本人深受禅宗影响,他精通释老禅学,对禅宗典籍、禅林故实非常熟悉,与禅林交游甚多,是临济祖心禅师的入室弟子,《五灯会元》还为其立了传,所以黄庭坚的理论总会带有较为深刻的佛禅烙印。他在《戏赠惠南禅师》中说:"佛子禅心若苇林,此门无古亦无今。庭前柏树祖师意,竿上风幡仁者心。草木同沾甘露味,人天倾听海潮音。胡床默坐不须说,拨尽寒灰劫数深。""风幡仁者心"出自《六祖坛经》:"正值印宗法师在讲《涅槃经》,时有微风吹动经幡,一僧曰风动,一僧曰幡动,惠能即说:'不是风动,不是幡动,仁者心动。'"提倡"众生佛性,直指人心,见性成佛",黄庭坚深受影响,认为触类是道,众生万物都有佛性,草木、苇林、柏树、甘露、海潮、寒灰等都富有禅心,都能见性成佛。其《赠清隐持正禅师》正体现出这种思想:"清隐开山有胜缘,南山松竹上参天。擘开华岳三峰手,参得浮山九带禅。水鸟风林成佛事,粥鱼斋鼓到江船。异时折脚铛安稳,更种平湖十顷莲。"南山松竹、华岳三峰、水鸟风林、粥鱼江船、平湖十顷莲虽然各有不同,互相异质却又皆成佛事,皆有禅心。正是黄庭坚所说的"离离春草,分明泄露天机;历历杜鹃,尽是普门境界","若以法眼观,无俗不真;若以世眼观,无真不俗"。如此,在诗歌典故的运用上,尽管这些典故、古语出自不同典籍,互相异质,但在禅宗圆融观的活法精神照射下,通过点化熔铸之功,这些异质性的典故就能进入了无差别、圆融无碍的境界。而且在具体运用上,所取用的典故既能与诗题相关,又能超越诗题,借诗题引申诗意。例如前引《和答钱穆父咏猩猩毛笔》,众多典故之中,有的和猩猩有关,却不黏着原典之义;有的和猩猩无关,却在超越的基础上借猩猩毛笔咏叹人事,真正体现出禅宗不粘不滞的活法精神，这样就使得典故是真正为我所用，进入"不烦绳削而自合"的自由境地，从而创作出诗意无穷、张力无限的诗歌境界。

黄庭坚对"点铁成金""夺胎换骨"理论的宣扬还与其对古雅风格的崇尚有关。他认为诗人如能多引用古人古语、借鉴古人用意法度等，就能"以俗为雅，以故为新"。其《与王立之帖》云："若欲作楚词，追配古人，直须熟读楚词，观古人用意曲折处，讲学之，然后下笔。"①《论作诗文》曰："词意高胜，要从学问中来……作文字须摹古人，百工之技，亦无有不法成法者。"《王直方诗话》引录他的话说："凡作赋要须以宋玉、贾谊、相如、子云为师格，略依仿其步骤，乃有古风。"除了能够化俗为雅之外，通过读书化用又能够修身养性，提高创作主体的人格修养。如其《书缯卷后》云："学书要须胸中有道义，又广之以圣哲之学，书乃可贵；若其灵府无程政，使笔墨不减元常、逸少，只是俗人耳。"《书赠韩琼秀才》云："治经之法，不独玩其文章，谈说义理而已，一言一句，皆以养心治性。事亲处兄弟之间，接物在朋友之际，得失忧乐，一考之于书，然后尝古人之糟粕而知味矣。"《题宗室大年画》亦曰："大年学东坡先生作小山丛竹，殊有思致，但竹石皆觉笔意柔嫩，盖年少喜奇故耳。使大年耆老，自当十倍于此。若更屏声色裘马，使胸中有数百卷书，便当不愧文与可矣。"这样的言论在黄庭坚的文集中数不胜数。总之，读书贯穿、点铁成金能够高效提高创作主体的道德修养，所以黄庭坚说苏轼在黄州时的作品"语意高妙，似非吃烟火食人语。非胸中有万卷书，笔下无一点尘俗气，孰能至此！"

要之，黄庭坚的"点铁成金""夺胎换骨"理论从其内涵而言，包含了层层逻辑演进的三个阶段的内容，即取用、点化与异质同构产生的张力，不能片面待之。从其思想渊源来看，其理论受到禅宗活法精神的深刻影响，但也体现出黄庭坚对儒家伦理道德的主体修养和古雅的美学风尚的推崇，实则寄寓了他很高的写作要求和写作理想。

---

① 黄庭坚：《豫章先生文集》卷一九，《四部丛刊》本。

### 三、道者，文之根本，文者，道之枝叶：朱熹的文艺观

南宋朱熹，才高学精，是宋代理学的集大成者。所谓理学，亦称道学，"是儒学发展到宋代而兴起的一种新的哲学形态，是在儒、道、佛三教合一的基础上孕育和发展起来的一种新儒学。其主要代表人物为程颐、程颢、朱熹，故宋代理学又名"程朱理学"。①朱熹酷爱山水自然，登山临水之际，每每流连题咏，佳作不断，如《春日》《春日偶作》等，脍炙人口、蕴意深刻。在朱熹看来，山水自然即为道体的流行发见，他说："鸢飞鱼跃，道体随处发见，谓道体发见者，犹是人见得如此。若鸢鱼初不自知察，只是天地明察，亦是察也。"又说："恰似禅家云'青青绿竹，莫非真如；灿灿黄花，无非般若'之语……'活泼泼地'，所谓活者，只是不滞于一隅。"②他在阐释孔子的"智者乐水，仁者乐山。知者动，仁者静。知者乐，仁者寿"（《论语·雍也》）时说："知者达于事理而周流无滞，有似于水，故乐水；仁者安于义理而厚重不迁，有似于山，故乐山。"可见，山水尤其是山（包括山之草木）早被他赋予浓厚的道德伦理色彩，成为道体的表征物，所以他重要的文学批评观念也借用了草木象喻来阐发，并将其作为重要的诗学纲领。其草木象喻批评也由此蕴有儒家伦理道德深厚的思想基础：

> 道者，文之根本；文者，道之枝叶。惟其根本乎道，所以发之于文，皆道也。（《朱子语类》卷三九）

朱熹思想主要继承北宋理学家周敦颐和二程的思想，但也有变革的一面，尤其是在文道关系上表现出很大的不同。周敦颐在《通书·文辞》中说：

---

① 蔡镇楚：《中国文学批评史》，中华书局 2005 年版，第 202 页。

② 黎靖德编，王星贤点校：《朱子语类》，中华书局 2004 年版。本书关于《朱子语类》所引内容均来自这一版本，后不再注明。

> 文所以载道也,轮辕饰而人弗庸,徒饰也。况虚车乎？文辞,
> 艺也；道德,实也……不知务道德而单以文饰为能者,艺焉而已。
> 噫！弊也久矣。①

　　周敦颐把"道"称作"实",与朱熹把"道"称作"本",虽然都是在强调道、理的重要地位,但其实并非完全一样,对文道关系的认识也是不一样的。在周敦颐看来,文道关系就像车子与车上的货物一样,文只是用来载货物的车子,只是工具性、装饰性的,是末；道犹如车上的货物,是最重要的,是实,是本。这不仅割裂了文与道的密切联系,也体现出功利色彩浓厚的工具论思想。

　　相比于周敦颐的车子比喻,朱熹的草木之喻不仅更为辩证,而且草木之于车子又更具生命力和活力。在朱熹看来,文与道是构成生命整体的两大要素,二者是有机的,不能随意割裂。一方面,文道相分。这是对立统一的辩证法的应有之义,在辩证法看来,矛盾双方的关系既对立又不均等,事物的性质正是由占主导地位的矛盾一方决定的。"道者,文之根本,文者,道之枝叶",在这个生命统一体中,显然,文与道的地位是不均衡的,道是本,文是末。道是主要矛盾或矛盾主要方面,起主导作用；文是次要矛盾或矛盾次要方面,起辅助作用。道与文之间的这种本末关系是绝对不容混淆的,所以他对他的学生陈才卿赞同李汉"文以贯道"说的做法坚决予以批评：

> 才卿问："韩文李汉《序》头一句甚好。"曰："公道好,某看来有病。"陈曰："'文者,贯道之器。'且如六经是文,其中所道皆是这道理,如何有病？"曰："不然。这文皆是从道中流出,岂有文反能贯

---

　　①　陈望衡、成立、樊维纲：《中国历代美学文库·宋辽金卷》(上),高等教育出版社2003年版,第184页。

道之理？ 文是文，道是道，文只如喫饭时下饭耳。若以文贯道，却
是把本为末，以末为本，可乎？"（《朱子语类》卷一三九）

朱熹认为李汉"文者，贯道之器"这个说法是"有病"的，因为它完全颠
倒了道与文的本末关系，把本为末的文看作本，把本为本的道看作末，甚至
认为"道"不过是吃饭时下饭的菜而已，严重颠倒了道与文的本末关系，这
是绝对不允许的。他对江西诗派及一些诗家末流提出严厉批评、一棍子打
倒也都是出于这个原因：

今人不去讲义理，只去学诗文，已落第二义，况不去学好底，
却只学去做那不好底。作诗不学六朝，又不学李、杜，只学那峣崎
底，今便学得十分好后，把作甚么用，莫道更不好。如近时人学山
谷诗，然又不学山谷好底，只学得那山谷不好处。（《朱子语类》卷
一四〇）

今人作文，皆不足为文。大抵专务节字，更易新好生而辞语。
至说义理处，又不肯分晓。（《朱子语类》卷一三九）

"不去讲义理，只去学诗文"，或者"至说义理处，又不肯分晓"，不在见
理明道上下功夫，却将道与文割裂开来，专学诗文，完全背离了"惟其根本
乎道，所以发之为文"的做法，不仅颠倒了道与文的本末关系，甚至还忽视
了道与文的辩证关系。总之，由文道相分体现出朱熹重道的文学批评观。

以重道的文学批评观为根本原则，朱熹甚至对苏轼也大持否定态度：

三代圣贤文章，皆从此心写出，文便是道。今东坡之言曰：
"吾所谓文，必与道俱。则文自文，道自道，待作文时，旋去讨个道
来入放里面，此是它大病处。只是他每常为文字华妙，包笼将去，
到此不觉漏逗。说出他本根病痛所以然处，缘他都是因作文，却

　　渐渐说上道理来；不是先理会得道理了方作文，所以大本却
差……如《唐礼乐志》云：'三代而上，治出于一；三代而下，治出于
二。此等议论极好，盖犹如得只是一本。如东坡之说，则是二本，
非一本矣。"(《朱子语类》卷一三九)

　　朱熹认为，苏轼说的"吾所谓文，必与道俱"，显然是将文看成外在于道
的东西，割裂了二者的联系，以至于"待作文时，旋去讨个道来入放里面"。
事实上，"惟其根本乎道，所以发之于文，皆道也"，文源于道，道显之为文，
文与道是二而一的东西，他甚至指出苏轼的这种说法是"大病处""本根病
痛""大本却差"，措辞严厉激烈。

　　另一方面，文道相合。道虽是根本，起主导作用，但道与文又互为前
提，相互依存，"道者，文之根本，文者，道之枝叶"，二者对立统一，这也是对
立统一的辩证法的应有之义。文与道作为对立统一体的有机构成要素，有
其自身的独特性、独立性与客观发展规律性，因而既重道又不轻文，重视文
的自身规律。这是朱熹和北宋理学家最大的不同。北宋理学家对文与道
的关系大多持目的论、工具论，一味地强调道的根本地位，忽视文的重要
性，这样发展下去，就会出现程颐"为文亦玩物丧志""作文害道"的极端
说法：

　　　　问："作文害道否？"
　　　　曰："害也。凡为文不专意则不工，若专意则志局于此，又安
能与天地同其大也？《书》云：'玩物丧志。'为文亦玩物丧志……
古之学者，惟务养性情，其他则不学。今之为文者，专务章句，悦
人耳目，既务悦人，非俳优而何。"[1]

　　程颐这段作文害道的言论传递出三层意思：第一，文工不工是无所谓

---

① 　程颢、程颐：《二程集》，中华书局 1981 年版，第 239 页。

的。他指出"凡为文不专意则不工"，认为要使文工，需要专意，花费一定的精力；但"专意"为文，则"志局于此"，所以不能专意为文，而文工不工也无所谓了。第二，为文与学道是相对立的。"若专意（为文，笔者注）则志局于此"，"安能与天地同其大"，"为文亦玩物丧志"，二者处于极端对立的紧张状态中，与朱熹对二者有机联系的辩证认识根本不同。第三，治道就能学文，学文的唯一充要条件便是治道。"古之学者，惟务养性情，其他则不学"，古圣贤们专养性情，专门在明理见道上下功夫，其他则一无所学，故而能够写出好文，完全忽视了文的独立性和独特性。潘立勇《北宋理学家的伦理美学思想》一文也指出了这一点，并认为这与古文家是有着重大区别的："古文家也重道、重德，但他们只是将'道'或'德'作为文的表现的必要条件，而不是充分条件；他们还肯定了'文'的自身规律，无道之文，必不是好文，然而有道无文之文，也不是好文。因此，古文家的宗旨是为了文章之好，还需在文上下功夫。二程的偏颇在于将'德'或'道'作为文的充分条件，认为有道必有文，无须在文上专门下功夫，甚至更极端地将文道对立，认为学文是'倒学'，'学者先学文，鲜有能至道。'"[1]朱熹在文道合一的草木象喻批评的映照下，能够重道不轻文，注意到在道的基础上，文学自身是具有一定的规律的。所以，他说：

作文自有稳字……文字奇而稳方好，不奇而稳，只是阔鞔。
（《朱子语类》卷一三九）

文字自有一个天生成腔子。（《朱子语类》卷一三九）

每论著述文章，皆要有纲领。（《朱子语类》卷一三九）

余尝以为天下万事，皆有一定之法。学之者须循序而渐进。

---

[1]　潘立勇：《北宋理学家的伦理美学思想》，《美育学刊》，2013 年第 2 期，第 47 页。

如学诗,则当以此等为法。庶几不失古人本分体制。(《跋病翁先生诗》,《晦庵先生朱文公文集》卷八四)

正因为把文与道都看成对立统一体中的有机构成,所以朱熹对它们的独特性与独立性都能够给予关注。正如莫砺锋所说:"他把'文'与'道'比喻为树木的'枝叶'和'根本','根本'使得树木坚固挺拔,'枝叶'则使树木华滋青葱,对于树木来说,二者都是不可缺少的。同样,对于文章(狭义的文学)而言,思想内容和艺术形式也是不可缺一的。"[①]从语言、文字、结构纲领到法度技巧,朱熹都有着许多精妙的艺术见解。他甚至和很多文论家一样,主张创作的自然境界:

李太白诗,非无法度,乃从容于法度之中,盖圣于诗者也。(《朱子语类》卷一四○)

放翁之诗,读之爽然,近代唯见此人为有诗人风致。如此篇者,初不见其著意用力处,而语意超然,自是不凡;令人三叹不能自已。盖爱之者无罪,而害之者自为病耳。(《晦庵先生朱文公文集》卷五十六,四部丛刊本)

针对当时以文字为诗、以材料为诗的创作习气,他还以《诗经》为武器,提出尖锐批评:"或言今人作诗,多要有出处。曰:'关关雎鸠,出在何处?'"这体现出不盲目从流、独立思考的可贵精神。

更为可贵的是,作为理学家的朱熹,并不是一味地把文学当作道德说教的工具,而是从文学本身出发,重视其审美意蕴。他说:

《诗》,如今恁地注解了,自是分晓,易理会。但须是深潜讽

---

① 莫砺锋:《朱熹文学研究》,南京大学出版社 2000 年版,第 112 页。

诵，玩味义理，咀嚼滋味，方有所益。(《朱子语类》卷八〇)

看《诗》，义理外更好看他文章。(《朱子语类》卷八〇)

看《诗》，不要死杀看了，见得无所不包。今人看《诗》，无兴底意思然兴起人意处，正在兴。(《朱子语类》卷八一)

问学者："诵《诗》，每篇诵得几遍?"曰："也不曾记，只觉得熟便止。"曰："便是不得。须是读熟了，文义都晓得了，涵泳读取百来遍，方见得那好处，那好处方出，方见得精怪。"(《朱子语类》卷八一)

陈文蔚说诗，先生(指朱熹，笔者注)曰："须要自得他言外之意，须是看得他物事有精神好。若看得有精神，自是活动有意思，跳掷叫唤，自然不知手之舞之，足之蹈之。这个有两重：晓得文义是一重，识得意思好处是一重。"(魏庆之《诗人玉屑》(上)卷六)

如前所言，朱熹认为文是枝叶，"惟其根本乎道，所以发之为文，皆是道"，诗歌文学自然充满了天道性理的内涵。但他又明确指出，诗歌文学除了天道性理之外，还要有"意思"，有"好处"，有"精怪"，有"兴底意思"，若一味只注意其天道性理之说，便是"死杀看了"，而应重视文本身的审美意蕴，可以见出朱熹通脱的文学批评观念。

总之，朱熹的草木象喻批评借草木的生命特性有机地看待文与道的关系，宣扬其重道不轻文的观念，体现出较为辩证的精神。

前已指出宋代理学的性质是涵融儒道释思想的，那么，作为理学集大成者的朱熹，其所说的"道""理"的根本内涵是什么? 它汲取了儒道释怎样的思想资源呢? 朱熹指出：

　　盖自上古圣神继天立极，而道统之传有自来矣。其见于经，则"允执厥中"者，尧之所以授舜也；"人心惟危，道心惟微，惟精惟一，允执厥中"者，舜之所以授禹也。尧之一言，至矣，尽矣！而舜复益之以三言者，则所以明夫尧之一言，必如是而后可庶几也。①

　　"尧之一言，至矣，尽矣！"在朱熹看来，道统自尧、舜、禹而来，所传之道即在于"心"。这个"心"，说穿了，其实就是仁爱之道，朱熹说："道心是本来禀受得仁义礼智之心。"（《朱子语类》卷七八）道心的最高境界便是尧、舜、禹、孔子、颜回等表现出来的圣人气象：

　　仲尼无所不包，颜子示不违如愚之学于后世，有自然之和气，不言而化者也。孟子则露其材，盖亦时然而已。仲尼，天地也；颜子，和风庆云也；孟子，泰山岩岩之气象也，观其言皆可以见之矣。仲尼无迹，颜子微有迹，孟子其迹著。孔子尽是明快人，颜子尽恺弟，孟子尽雄辩。②

　　圣人只是做到极至处，自然安行，不待勉强，故谓之圣。（《朱子语类》卷五八）

　　学者与圣人争，只是这些个自然与勉强耳……程子说：孟子为孔子事业尽得，只是难得似圣。如剪彩为花固相似，只是无造化功。（《朱子语类》卷二四）

　　颜子底较恬静，无许多事。曾点是自恁说，却也好；若不已，便

---

　　① 朱熹：《四书章句集注》，中华书局 2012 年版，第 14 页。
　　② 朱熹引程颐语，见朱熹编、张伯行集解：《近思录》"圣贤"卷，台湾商务印书馆1986 年版。

成释老去，所以孟子谓之狂。颜子是孔子称他乐，他不曾自说道我乐。大凡人自说乐时，便已不再是乐了。（《朱子语类》卷四〇）

　　曾点见处极高，只是工夫疏略。（《朱子语类》卷四〇）

　　圣人气象的最大特点就是浑然天成、元气充盈、自然散发，就像颜回一样，不言不语，乐在其中，没有一丝丝刻意和勉强，任何些微的着意做作都会有损圣人气象。所以，朱熹指责孟子的汲汲雄辩、着力使才，是"剪彩为花"，失于自然造化之功；批评曾子的喋喋不休、缺少涵养，将其批为狂人。说到底，这种圣人气象也就是一种自然境界，正如他说的："天地只是自然，圣人法天。"（《朱子语类》卷七三）这与《老子》第二十五章所说的"人法地，地法天，天法道，道法自然"极为相似，显然可以见出道家自然无为的深刻影响。这样，朱熹所说的道的伦理境界和天地境界在圣人气象这里得到了统一。由此，他又提出"心与理一"的观点，"仁者心与理一，心纯是这道理"（《朱子语类》卷三七），"心与理一，不是理在前面为一物，理便在心中"（《朱子语类》卷第五），"其心与理一，安而行之，非有利勉之意也"（《孟子或问》上卷三）。他说：

　　心之全体湛然虚明，万理具足，无一毫私欲之间；其流行该遍，贯乎动静，而妙用又无不在焉。（《朱子语类》卷五）

　　所谓天地之常，以其心普万物而无心；圣人之常，以其情顺万事而无情。所谓普万物、顺万事者，即廓然大公之谓；无心无情，即物来顺应之谓。自私则不能廓然而大公，所以不能有为为名迹；用智则不能物来顺应，所以不能以明觉为自然。（《朱子语类》卷九五）

　　不虚不静故不明，不明故不识。（《朱子语类》卷一三九）

"无心""湛然虚明"显然又可见佛禅宣扬的空心寂明的影子。总之,宋代理学涵融儒释道思想,更为深切地宣扬主体心性的平心易气、涵养有素,这样自然就能与天地万物同体,与道为一了。为此朱熹提出平淡自摄的创作心态:

> 作诗间以数句适怀亦不妨。但不用多作,盖便是陷溺尔。当其不应事时,平淡自摄,岂不胜如思量诗句? 至如真味发溢,又却与寻常好吟者不同。(《朱子语类》卷一四〇)

内心不受干扰、虚静而明的平淡心态就能创作出真味发溢的诗歌,若涵养不够者只会令诗歌浅薄乏味:

> 圣俞诗不好底多。如《河豚诗》,当时诸公说道恁地好,据某看来,只似个上门骂人底诗,只似脱了衣裳,上人门骂人父一般,初无深远底意思。(《朱子语类》卷一四〇)

> 乐天,人多说其清高,其实爱官职。诗中凡及富贵处,皆说得口津津地涎出。(《朱子语类》卷一四〇)

由此出发,自然也会追求自然无意的创作境界,反对取巧、费尽心力的作诗态度,这与前所述也是一致的:

> 江西欧阳永叔、王介甫、曾子固文章如此好,至黄鲁直一向求巧,反累正气。(《朱子语类》卷一三九)

> 古人文章,大率只是平说而意自长。后人文章务意多而酸涩。如《离骚》初无奇字,只恁说将去,自是好。后来如鲁直恁地

著力做，却自是不好。(《朱子语类》卷一三九)

蜚卿问山谷诗，曰："精绝，知他是用多少工夫。今人卒乍，如
何及得，可谓巧好无余，自成一家矣。只是古诗较自在，山谷则刻
意为之。"(《朱子语类》卷一四〇)

诗须是平易不费力，句法浑成。如唐人玉川子辈句语虽险
怪，意思自有浑成气象。因举陆务观诗"春寒催唤客尝酒，夜静卧
听儿读书"，不费力，好。(《朱子语类》卷一四〇)

"求巧""著力做""刻意为之"等都不是自然的作诗态度，都是为朱熹所
贬斥的，这样的文字在他的论说当中不胜枚举。

总之，从"道者，文之根本；文者，道之枝叶"的草木象喻来看，朱熹对文
与道的关系有着较为辩证的看法，从而建立起较为通脱辩证、有机统一的
文艺观。一方面，他重道，宣扬创作主体平心易气、涵养有素、与物同一的
心性修养；另一方面，他不轻文，注重文本身的独立性与客观发展规律，提
倡文学创作的自然境界，强调文学作品除了性理本体之外，还要有有意思、
有味道的审美意蕴。

### 四、羚羊挂角，无迹可求，镜像水月，透彻玲珑：严羽的文艺观

严羽，确切生卒年不详。据学者推断，当生于南宋绍熙三年(1192 年)
左右，卒于 1246 年前后，正是南宋内外交困、动荡不安的晚期。其一生未
曾应举入仕，长年隐居乡里，自号沧浪逋客，性格清高自诩，不喜随俗，他的
诗学批评理论著作《沧浪诗话》改变了自《六一诗话》以来诗话专供消遣的
随笔形式，体系完整，内容丰富，是宋代最具代表性、最负盛名、最有影响的
一部诗话著作。

任何作品都是时代的产物，理论著作的产生亦有其特定的思想背景。
在笔者看来，《沧浪诗话》的产生有两大思想文化背景：一是苏、黄诗风主宰

诗坛的诗学背景,二是日渐浓厚的诗禅化的思想背景。一些诗学末流包括江西后学们顶着苏、黄大名,片面学习,不善于吸取他们的优点,支离破碎,或专以议论为诗,或专以文字为诗,偏离诗歌艺术自身的发展规律,使得诗歌之路越走越歪,正如张戒《岁寒堂诗话》中所指出的:"子瞻以议论为诗,鲁直又专以补缀奇字,学者未得其所长,而先得其所短,诗人之意扫地矣。"①明代李东阳《麓堂诗话》也批评道:"唐人不言诗法,诗法多出于宋。而宋人于诗无所得。所谓法者,不过一字一句对偶雕琢之工,而天真兴致,则未可与道。"②身处其时的严羽对这种弊端体会得更为深切:"近代诸公乃作奇特解会,遂以文字为诗,以才学为诗,以议论为诗。夫岂不工,终非古人之诗也。盖于一唱三叹之音,有所歉焉。且其作多务使事,不问兴致;用字必有来历,押韵必有出处,读之反复终篇,不知着到何在。其末流甚者,叫噪怒张,殊乖忠厚之风,殆以骂詈为诗。诗而至此,可谓一厄也。"在严羽看来,不管是以文字为诗,以才学为诗,还是以议论为诗,都是在作"奇特解会",背离了诗歌自身的艺术发展规律,诗不成诗,特别是一些末流学者更是把诗当成了叫嚣怒骂之工具,简直成了一大灾害,故其《沧浪诗话》很多观点都是针对并批评此种弊病的。他在《答出继叔临安吴景仙书》中说:"仆之《诗辨》,乃断千百年公案,诚惊世绝俗之谈,至当归一之论。其间说江西诗病,真取心肝刽子手。"③正是因为看到了当时诗坛对诗歌过多地作"奇特解会",没有正视诗歌自身的艺术发展规律,严羽越来越意识到学诗作文应是一种特殊思维,而参禅学佛恰巧也具有这种特殊思维的特质,因而他"以禅喻诗,莫此亲切",希望以此把诗歌之理说得更透彻些。所以当吴景仙向他提出"说禅非文人儒者之言"时,他回答说:"本意但欲说得诗透彻,初无意于为文,其合文人儒者之言与否,不问也。"相较于时人,严羽对诗禅的相通性着力更深，体会更强，正如钱锺书先生所指出的："他人不过是较禅于诗，沧浪遂欲通禅于诗。胡元瑞《诗薮·杂编》卷五比为达摩西来者，端在乎此。"[①]严羽力图打破诗禅界限，不仅以禅语入诗，更是以禅理说诗理，并且多运用富含佛禅色彩的象喻批评阐释诗歌。

### 1. 艺术本质：别材别趣，吟咏情性

严羽论诗，每每脱胎于禅理，关于艺术本质的认识亦是如此。《沧浪诗话·诗辨》中说："夫诗有别材，非关书也；诗有别趣，非关理也。然非多读书，多穷理，则不能极其至所谓不涉理路，不落言筌者，上也。"诗有"别材""别趣""非关书也""非关理也"，在话语模式上与《六祖坛经》中"诸佛妙理，非关文字"极其相似，"别材别趣"说显然源于禅宗的"教外别传"的意旨。所谓教外别传，是指在如来言教以外的特别传授："吾有正法眼藏，涅槃妙心，实相无相，微妙法门，不立文字，教外别传，付嘱摩诃迦叶。"[②]其传授之特别即在于不立文字，直指人心。"教外别传，不立文字，直指人心，见性成佛。"要破除语言带来的障碍，不施设文字，不妄立言句，直指人心，直传佛祖心印。在严羽看来，艺术本质上也是一种特殊、特别的题材（别材），一种特殊、特别的旨趣（别趣），前者在于艺术不以知识学问为具体内容和表现对象，后者在于艺术不以议论说理为艺术归向和艺术旨趣。"诗者，吟咏情性也"，艺术的本质应当是符合艺术自身的发展规律的，故而直指人心的情性，而不是关乎书理，作"奇特解会"，破除知识学问、议论说理带来的障碍，直面情性，真正正视艺术自身的发展规律。故其《沧浪诗话·诗评》中称"唐人好诗，多是征戍、迁谪、行旅、离别之作，往往能感动激发人意，正是围绕"诗者，吟咏情性"的艺术本质而言。

### 2. 艺术创作主体：须自家凿破田地，熟参妙悟

修禅习佛要靠自己去领悟，佛经常讲如人喝水，冷暖自知，学诗作文亦

---

① 钱锺书：《谈艺录》，中华书局 1998 年版，第 745 页。
② 普济著，苏渊雷点校：《五灯会元》（上），中华书局 1984 年版，第 10 页。

是如此。严羽《答出继叔临安吴景仙书》中说："以禅喻诗,莫此亲切,是自家实证实悟者,是自家闭门凿破此片田地,即非傍人篱壁、拾人涕唾得来者。"①这强调学诗作文要靠自己去领悟。综合来看,我们认为严羽要求艺术创作主体应当建立起以下三种素质或能力,这三种素质或能力依次递进,环环相扣。

第一是"识"。《沧浪诗话·诗辨》曰:"夫学诗者以识为主,入门须正,立志须高。""识"为佛禅术语,《唯识论》云:"识为了别。""识以了境为自性。"唯识论立论,认为世界一切现象都是心识所变现,心外无独立的客观存在,即"唯识无境",可见"识"之重要性,故严羽郑重指出,学诗者首要的是以识为主,这是入门正、立志高的关键一步。学诗者要知道凿破的"此片田地"到底在哪里,是需要"识"的眼界和辨力的。严羽为学诗者指示了门径:"以汉、魏、晋、盛唐为师","开元、天宝以下人物"都不行,若"有下劣诗魔入其肺腑",则是"立志不高""入门不正",那么,"路头一差,愈骛愈远","斯为下矣"。可见严羽对"识"的强调。他所说的"识"其实就是要求艺术创作主体具备高度的艺术鉴赏力。若识力不高,不具备一定的艺术鉴赏力,那么,"此片天地"凿不凿得破,凿的成效如何,就要打上大大的问号了。

第二是熟参。严羽《答出继叔临安吴景仙书》云:"妙喜自谓参禅精子,仆亦自谓参禅精子。"参禅是顿悟的前行,参诗是妙悟的必要阶段,要凿破"此片田地",必须熟读、熟参。所以他指出:"试取汉魏之诗而熟参之,次取晋、宋之诗而熟参之,次取南北朝之诗而熟参之,次取沈、宋、王、杨、卢、骆、陈拾遗之诗而熟参之,次取开元天宝诸家之诗而熟参之,次独取李杜二公之诗而熟参之,又尽取晚唐诸家之诗而熟参之,又取本朝苏黄以下诸家之诗而熟参之。"熟参不是思考、分析与研究的理性阶段,而是熟读、讽咏以至朝夕把玩,去领略其独特韵味,故严羽说:"先须熟读《楚辞》,朝夕讽咏以为之本;及读《古诗十九首》,乐府四篇,李陵、苏武、汉魏五言皆须熟读,即以李、杜二集枕藉观之,如今人之治经,然后博取盛唐名家,酝酿胸中,久之自

---

① 　严羽著,郭绍虞校释:《沧浪诗话校释》,人民文学出版社 1983 年版,第 251 页。

然悟入。"可见，严羽正是基于艺术自身发展规律的独特艺术思维而提出的。

第三是妙悟。严羽说："大抵禅道惟在妙悟，诗道亦在妙悟。""妙悟"最早见于东晋僧肇《涅槃无名论》："玄道在于妙悟，妙悟在于即真。"禅宗妙悟是一种不依托语言文字、理性思维、超越寻常的特别玄妙的觉悟。在严羽看来，诗道的妙悟亦是如此。"且孟襄阳学力下韩退之远甚，而其诗独出退之之上者，一味妙悟而已。惟悟乃为当行，乃为本色。"孟浩然知识学问比韩愈差很多，但诗歌创作高于韩愈，就在于"妙悟"，对诗歌之道能有领悟。严羽所说的"妙悟"其实就是一种直觉跃迁式的艺术思维方式，它不以知识学问的积累和议论道理的阐说为指归。所以他重视"活参"："须参活句，勿参死句。"对"此片田地"要自家去"凿破"。与禅宗理论一样，严羽也意识到悟的境界其实是有高低差别的，《六祖坛经》指出："法无顿渐，人有利钝，迷即渐劝，悟人顿修。"悟的境界有差异，其根源在于人的智慧有利钝之分。严羽也指出："然悟有浅深，有分限、有透彻之悟，有但得一知半解之悟。汉魏尚矣，不假悟也。谢灵运至盛唐诸公透彻之悟也。他虽有悟者，皆非第一义也。"艺术的妙悟也是有不同层次的。"倘犹于此而无见焉，则是野狐外道蒙蔽其真识，不可救药，终不悟也。"倘若通过识力、熟读工夫还未能对诗歌有所领悟，那就无可救药了，因为诗歌妙悟是外人教会不得，也强加不得的，从而再次强调了艺术创作主体的自家体悟性。

### 3. 艺术表现手法：羚羊挂角，无迹可求

严羽论诗，以盛唐诗歌为宗："盛唐诸人，惟在兴趣，羚羊挂角，无迹可求。"据说羚羊入夜睡眠时会把角挂在树枝上，连猎豹都难以寻找到它们的踪迹。"羚羊挂角，无迹可求"其实也源自禅宗话头，在禅宗典籍中较为常见。如《景德传灯录》卷十六云："我若东道西道，汝则寻言逐句；我若羚羊挂角，你向什么处扪摸？"又卷十七曰："如好猎狗，只解寻得有踪迹底。忽遇羚羊挂角，莫道迹，气亦不识。"提倡无念无相、不粘不滞的通脱活络的思维方式。严羽借用过来喻指不粘不滞、通脱活络的艺术表现手法。必须指

出,这种艺术表现手法不仅表现在语言文字上,对语言文字不即不离,而重视言外之意,即严羽所说的"不落言筌",而且体现在对"理"的态度上,"然非多读书、多穷理,则不能极其至。所谓不涉理路,不落言筌者,上也"。诗歌艺术虽然不以议论说理为指归,但也不能完全无"理",而应是涵"理"于其中,不即不离,这才是最高明的,所以他说:"诗有词理意兴。南朝人尚词而病于理;本朝人尚理而病于意兴。唐人尚意兴而理在其中。"(《沧浪诗话·诗评》)"尚意兴而理在其中"正是一种不粘不滞、通脱活络的艺术表现方式。此外,这种艺术表现手法还体现在法度技巧、用事典故甚至声韵格律的运用上。其《沧浪诗话·诗法》曰:

> 对句好可得,结句好难得,发句好尤难得。发端忌作举止,收拾贵在出场,不必太著题,不必多使事;押韵不必有出处;用事不必拘来历;下字贵响,造语贵圆;意贵透彻,不可隔靴搔痒;语贵脱洒,不可拖泥带水,最忌骨董,最忌趁贴,语忌直意、忌浅脉、忌露味、忌短;音韵忌散缓,亦忌迫促。

这是从句法、押韵、用事甚至行文脉络等方面提出"羚羊挂角、无迹可求"的艺术表现方式了。

### 4.艺术审美境界:镜像水月,透彻玲珑

严羽所追求的艺术审美境界是怎样的?《沧浪诗话·诗辨》中说:"故其妙处透彻玲珑,不可凑泊,如空中之音,相中之色,水中之月,镜中之象,言有尽而意无穷。"从而提出了"镜像水月,透彻玲珑"的审美理想。严羽依然还是以佛禅术语进行比拟,如《摩诃般若波罗蜜经》云:"解了诸法,如幻、如焰、如水中月、如虚空、如响、如揵闼婆城、如梦、如影、如镜中像、如化。"空音、幻相、水月、镜像等意象都是无实性的,这一系列同性质的意象频繁迭出意在强调诸法虚幻不实的强烈观念。又如《说无垢称经·声闻品》:"一切法性皆虚妄见,如梦如焰,如揵达婆城;一切法性皆分别心,所起影像

如水中月，如镜中像。"《观有情品》："云何菩萨观诸有情，无垢称言，譬如幻师观所幻事。如是菩萨，应正观察一切有情，又妙吉祥，如有智人，观水中月，观镜中像，观阳焰水，观呼声响，观虚空中云城台阁，观水聚沫所有前际、观水浮泡或起或灭，观芭蕉心所有坚实。"这都是表达虚幻不实的观念。严羽援引佛禅中的空音、相色、水月、镜像等象喻来指称艺术审美境界，主要有两点。

第一，虚实结合、浑然一体的整体美。空音、相色、水月、镜像等虽是无实性的，但也"若明一切法如镜中像，见不可见，见是亦有，不可见是亦无，虽无而有，虽有而无"（《摩诃止观》卷六），故其艺术境界是虚虚实实、虚实结合的，而且，"一月普现一切水，一切水月一月摄"，（《永嘉证道歌》）所追求的还是无迹可求、浑融一体的整体美的艺术境界。故严羽特别重视诗歌的气象美，他评古诗"气象混沌，不可句摘"，称建安诗"全在气象，不可寻枝摘叶"，称赞"李杜数公，如金翅擘海，香象过河"的雄壮浑厚，批评贾岛"诚有警句，视其全篇，意思殊馁，大抵附于寒涩，方可致才，亦为体之不备也"的破碎生涩（《沧浪诗话·诗评》）；在《沧浪诗话·考证》中还认为把谢朓《新亭渚别范零陵云》一诗中"广平听方籍，茂陵交见求"一联删去，"只用八句，方为浑然"。这都可以见出他对诗歌浑融一体的整体美感的强调。

第二，韵味深长、含蓄蕴藉的朦胧美。严羽说：诗歌的妙处在于"言有尽而意无穷"，"透彻玲珑"，就像镜中之像、水中之月一样，诗中境象既空灵虚幻，又富有无穷的情致韵味，含蓄、蕴藉、朦胧。所以他高度推崇盛唐诗歌"尚意兴而理在其中"的含蓄蕴藉，极其痛恨江西末学"叫噪怒张，殊乖忠厚之风，殆以骂詈为诗"的刻薄直露，并且明确提出诗歌"语忌直，意忌浅，脉忌露，味忌短"，提倡韵味深长、含蓄朦胧的审美理想。

### 五、橄榄茶茶，苦味回甘，梅格梅韵，山高水深：宋人的文艺观

"平淡"是整整一代宋人所崇尚的共同诗歌审美理想。两宋一代，不同时期、不同艺术风格、不同思想的文人，在审美理想上，却都表现出惊人的一致，那就是崇尚平淡美。比如苏轼和黄庭坚诗学路径不同，却对平淡美

情有独钟,前者推崇陶渊明,称其诗"质而实绮,癯而实腴",内蕴平淡美,后者以杜甫夔州以后诗为楷模,赞为"平淡而山高水深"。宋代理学家们也追求平淡美,如朱熹说:"(作诗)只如今人弹琴,亦自可见。如诚实底人弹,便雍容平淡,自是好听。"(《朱子语类》卷三九)对平淡美的追求在宋代文人中不仅具有普遍性,还具有至高性,如梅尧臣《读邵不疑学士诗卷杜挺之忽来因出示之且伏高致辄书一时之语以奉呈》诗曰:"作诗无古今,唯造平淡难。"包恢《答傅当可论诗》曰:"以为诗家者流,以汪洋淡泊为高。"①刘克庄《宝谟寺丞诗境方公行状》曰:"平淡,诗之极至。"他们都把平淡美视为最高审美理想。那么,宋人一心追求的平淡美究竟具有什么样的本质内涵及特质呢? 我们从宋人相关的象喻批评入手进行探讨。

1. 创作主体人格的完满自足:深山道人,草衣葛履,不觉屈膝

"深山道人"的象喻出自宋人张芸叟对平淡美的首倡者梅尧臣的评价:"梅圣俞之诗,如深山道人,草衣葛履,王公见之,不觉屈膝。"②草衣葛履者居然能令"王公见之,不觉屈膝",其原因在于人格有"道",这是说,梅圣俞的诗虽然世俗化,题材通俗,语言平常,但意蕴深厚,富有力量,能够化俗为雅,富有平淡美,其根本原因在于诗人主体的内在人格力量。可见,诗歌要内蕴平淡美,对创作主体的首要要求便是要具备"道"的心性修养,体现出人格的完满自足。《李希声诗话》曰:"有道之士胸中过人,落笔便造妙处。彼浅陋之人,雕琢肺肝,不过仅然嘲风弄月而已。"葛胜仲《书陶渊明集后三首》中说:

　　　　五六月北窗下凉风,何处无之? 何人不遇? 至心与景会,遂能背伪合真,自致于羲皇上者,独渊明而已。其诗云:"蕤宾五月

---

　　① 陈望衡、成立、樊维纲:《中国历代美学文库·宋辽金卷》(下),高等教育出版社2003 年版,第 491 页。
　　② 胡仔纂辑,廖德明点校:《苕溪渔隐丛话(后集)》,人民文学出版社 1962 年版,第 257 页。

中,清朝起南飔,不驶亦不迟,飘飘吹我衣。"《归来引》亦云:"风飘飘而吹衣。"意渊明进御寇乘风之理,因以睹道也。至若"树木交荫,时鸟变声,辄欣然有喜",岂在物耶? 声尘种种,皆道所寓,惟渊明领此。

　　陶诗是宋代平淡美的诗学典范,他写的不过是"何处无之、何人不遇"的"声尘种种",然而因为具备超然的人格精神,领悟到其中"道",故而能够"背伪合真",化俗为雅。质言之,在宋人看来,有了高超的人格修养,就能够超然地看待世间万物,进入"法眼即真"的自由境界。总之,宋人崇尚的"道"是一种冲和淡然、处变不惊的人格品性和精神境界,它涵有儒家的高雅脱俗、道家的超然淡泊和释家的空寂澄澈。它源自长期的修身养性和涵养有素,并非知识学问所致,如刘克庄《戊子答真侍郎论选诗》云:"陶公是天地冲和之气所钟,非学力可摹拟。"(《文集》卷一百二十八)所以,即便强调读书学问,认为"词意高胜,自学问中来"的黄庭坚也说:"学书要须胸中有道义,又广之以圣哲之学,书乃可贵;若其灵府无程政,使笔墨不减元常、逸少,只是俗人耳。"创作主体若不具备"道"的修养境界,其诗作的平淡也不是真正的平淡。正如晁补之《书鲁直题高求父扬清亭诗后》中所说:

　　　　陶渊明泊然物外,故其语言多物外意,而世之学渊明者,处喧为淡,例作一种不工无味之辞,曰吾似渊明,其质非也。[①]

由此可见创作主体"道"之人格境界的建立与平淡美生成的重要性。
2. 平淡美的本质内涵:落其华芬,外枯中膏,对立双方的辩证统一
沉潜内敛的宋人看人看物、对诗对文皆充满了哲思。在他们看来,平

---

① 陈望衡、成立、樊维纲:《中国历代美学文库·宋辽金卷》(上),高等教育出版社2003年版,第558页。

淡并非单纯的朴素、清疏、平易、味不浓、情不热等枯燥乏味的意思,而是一种内蕴深厚的美。宋人诗话中说:

> 大抵欲造平淡,当自组丽中来,落其华芬,然后可造平淡之境。(葛立方《韵语阳秋》)①

> 凡文章先华丽后平淡,犹四时之序,方春则华丽,夏则茂实,秋冬则收敛,若外枯中膏是也。盖华丽茂实已在其中矣。(吴可《藏海诗话》)②

> 所贵乎是枯淡者,谓外枯而中膏,似淡而实美,渊明、子厚之流是也。(苏轼《评韩柳诗》)

宋人诗学中的平淡就像一棵树一样,风华正茂之后,"落其华芬"之时,"组丽"已涵纳其中;又像四季的次序运行一样,春天华丽,夏天茂盛,至秋冬则收敛、收藏,此时"华丽茂实"已在其中矣,这正是"外枯中膏",外表枯淡,内里膏腴,它是枯与膏、淡与腴、华丽茂实与平易枯淡等矛盾因素对立统一产生的审美张力。类似的表述在宋人文论中比比皆是:

> 永禅师书,骨气深稳,体兼众妙,精能之至,反造疏淡。(苏轼《书唐氏六家书后》)

> 世徒见子美诗多粗俗,不知粗俗语在诗句中最难,非粗俗,乃

———————

① 丁福保辑:《历代诗话续编》(上),中华书局1983年版,第483页。
② 丁福保辑:《历代诗话续编》(上),中华书局1983年版,第331页。

高古之极也。（张戒《岁寒堂诗话》卷上）①

　　故观之虽若天下之至质，而实天下之至华；虽若天下之至枯，而实天下之至腴。（包恢《答傅当可论诗》）②

　　迂则不俗，不俗则奇；非极天下之迂，不能极天下之奇。（刘克庄《跋傅自得文卷》）

　　然惟极天下之清，乃能极天下之工。（刘克庄《跋毛震龙诗稿》）

　　作诗必与巧进，以拙成。故作字惟拙笔最难，作诗惟拙句最难。至于拙，则浑然天全，工巧不足言矣。（罗大经《鹤林玉露》丙编卷之三）

　　以余所见，诗当由丰而入约，先约则不能丰矣；自广而狭，先狭则不能广矣。（刘克庄《野谷集序》）

看似疏淡，实则"精能之至"；看似"粗俗"，实则"高古之极"。至质即至华，但又包融了至华；至迂即至奇，但又包融了至奇；至清即至工，但又包融了至工。约中含丰，狭中见广，拙里显巧，宋人的平淡充满了矛盾对立双方的辩证统一，使得他们的平淡观包孕丰富，韵味十足。很明显，宋人的这种平淡观念源于道家对立统一的辩证思想，"天下之至质""实天下之至华"等话语模式脱胎于老子"天下之至柔，驰骋天下之至坚"（《老子》第四十三

---

　　①　陈望衡、成立、樊维纲：《中国历代美学文库·宋辽金卷》（下），高等教育出版社2003年版，第152页。

　　②　刘方喜：《中华古文论释林·南宋金元卷》，北京大学出版社2011年版，第107页。

章),"由丰而入约,先约则不能丰矣""必与巧进,以拙成"等又与老子"将欲弱之,必欲强之"(《老子》第三十六章)的思维模式极其类似。但是,我们对道家对立统一的辩证思想亦须辩证对待。我们认为,道家的辩证思想与唯物主义的辩证法精神其实相契合,包含三方面内容。第一,对立性。矛盾双方相互排斥、相互斗争。《老子》说:"故有无相生,难易相成,长短相形,高下相倾,音声相和,前后相随。""天下皆知美之为美,斯恶矣;皆知善之为善,斯不善矣。"(第二章)"祸兮,福之所倚,福兮,祸之所伏。"(第五十八章)"柔弱胜刚强。"(第三十六章)"天下莫柔弱于水,而攻坚强者莫之能胜⋯⋯弱之胜强,柔之胜刚,天下莫不知,莫能行。"(第七十八章)事物总是充满了有与无、福与祸、善与恶、高与下、刚强与柔弱等的对立与对抗。第二,统一性。天下人都知道什么是美,那就表明已经有了丑,这说明对立双方互为前提;"相生""相成""相形""相倾""相和""相随"等表明对立双方在一定条件下相互转化。第三,主导性。对立双方之间的关系并非均衡,而是有主次之分的,即一方为主要矛盾或矛盾的主要方面,另一方为次要矛盾或矛盾的次要方面,而该事物的性质是由主要矛盾或矛盾的主要方面所决定的。老子指出柔弱胜刚强,其第十一章又说:"三十辐共一毂,当其无,有车之用。埏埴以为器,当其无,有器之用。户牖以为室,当其无,有室之用。故有之以为利,无之以为用。""弱者,道之用。"表明老子充分意识到对立双方关系的不均衡,事物的性质是取决于柔、弱、下、无等对立一方的。

宋人的平淡观又与老子的辩证精神内在契合。首先,在宋人看来,平淡内涵的构成要素之间充满了对立性,如粗俗与高古、疏淡与精能、苦与甘、质与华、拙与奇、约与丰、枯与腴、清与工、平与妙、枯与膏等;其次,平淡内涵的构成要素之间又具有相反相成的统一性,"天下之至质"实"天下之至华","天下之至枯"实"天下之至腴","非极天下之迂,不能极天下之奇","非极天下之清,乃能极天下之工",显见矛盾对立双方可相互转化;最后,平淡内涵的构成要素之间的关系是不均衡的。至质包融至华,而非至华包融至质;至枯包融至腴,而非至腴包融至枯;至迂而极至奇,至清乃能至工;疏淡体现高古,粗俗隐含高古。在这个对立统一体中,质、迂、清、淡、枯、俗等是主导性的。又如：

> 戏题五字诗，平淡出奇伟。（惠崇《金陵吴思道居都城面开轩名曰横翠作此赠之》）

> 挈敛之中有开拓，简淡之内出奇伟，藏大功于朴，寄大辩于讷。（刘克庄《赵寺丞和陶诗序》）

> 今观东莱诗，多浑厚平夷，时出雄伟，不见斧凿痕。社中如谢无逸之徒亦然。（陈岩肖《庚溪诗话》卷下）①

平淡还涵纳奇伟、大功、雄伟等。质言之，平淡的构成要素涵纳对立双方的辩证统一。

3. 平淡美的创作境界：梅格风范，遗貌取神，自然化工

"梅格"一词源自苏轼《红梅三首》（其一）：

> 怕愁贪睡独开迟，自恐冰容不入时。
> 故作小红桃杏色，尚余孤瘦雪霜姿。
> 寒心未肯随春态，酒晕无端上玉肌。
> 诗老不知梅格在，更看绿叶与青枝。

"诗老"是指宋仁宗朝著名诗人石延年，其《红梅》诗中有"认桃无绿叶，辨杏有青枝"句，意思是说，与桃花相比，红梅无绿叶映衬；与红杏相比，红梅又多了份青枝条秀之美。苏轼认为，这种只从外表有无绿叶与青枝来分辨梅花和桃杏的做法是在形色上做文章，是失于浅薄的，应当由形似上升

---

① 丁福保辑：《历代诗话续编》（上），中华书局 1983 年版，第 182 页。

到神似,看到梅花所内蕴的清高而不孤介、傲岸而不怪异的品性,并将其概括提升为"梅格"一词,以此隐喻和提倡遗貌取神的文学创作理念。那么,遗貌取神的创作理念和平淡美的追求有何联系呢?且看苏轼的另一首诗《书鄢陵王主簿所画折枝二首》(其一):

> 论画以形似,见与儿童邻。
>
> 赋诗必此诗,定非知诗人。
>
> 诗画本一律,天工与清新。
>
> 边鸾雀写生,赵昌花传神。
>
> 何如此两幅,疏淡含精匀。
>
> 谁言一点红,解寄无边春。

这首诗主要赞赏王主簿的绘画艺术,诗歌开头"论画以形似,见与儿童邻。赋诗必此诗,定非知诗人",指出绘画作品若只以形似论画,几同于儿童之见识,浅乏鄙陋,"诗画本一律",赋诗写作亦是如此。若拘泥于形似,绝非真诗人,这显然是对石延年之类诗人拘泥于形似的做法提出的批评,同时也暗含了王主簿持有遗貌取神的绘画理念,从题名"折枝"二字亦可见出画家并不着意于物形的完整与否。接着苏轼进一步指出,在遗貌取神的绘画观念下,王主簿的这两幅折枝画"疏淡含精匀""一点红",能"解寄无边春",即外在疏淡,内里却精匀美妙,仅仅一点红色春花却寄托着无边春色,这正是宋人疏淡乃精能之至、至质实至华的平淡美的本质内涵及其特质。在苏轼看来,王主簿这两幅折枝画内蕴的平淡美甚而超过花鸟画名家边鸾和赵昌的名作,因为他们都仅注重对客观物象的摹写,在形上可谓精妙绝伦,却失于神的内蕴。由此可以感受到,宋人平淡美的创作境界乃是要如梅格风范,遗貌取神。而且"诗画本一律,天工与清新",遗貌取神的创作境界同时还体现出自然生成、天然化工的创作观念。姚勉《黄端可诗序》云:"'吟诗必工诗,定知非诗人',坡仙语也。诗固主于咏物,然在于自然之工,而不在于工于求似。'疏野横斜水清浅,暗香浮动月黄昏',此真梅矣,亦真梅诗矣。'认桃无绿叶，辨杏有青枝'，梅乎哉？诗乎哉？"以梅为喻，进一步申述了苏轼由形而神、自然化工的创作理念。

4. 平淡美的审美特征：橄榄茶苨，苦味回甘，韵味悠长

由前述可知，宋人的平淡美具有特殊的本质内涵，由此呈现出特殊的美，宋人用了很多的象喻批评进行阐释比拟。梅尧臣《依韵和晏相公》诗曰："因吟适情性，稍欲到平淡。苦辞未圆熟，刺口剧菱苨。"菱和苨都是生在池沼里的草本植物，菱的果实外壳大都有角，苨全株有刺，它们的果肉可以吃，但味道开始会有些苦涩。梅尧臣用菱和苨比喻平淡美的审美特征：平淡美并非圆熟率滑，它的外在审美特征甚至刺口、苦涩、拙、平，但是内里却无比深厚，就像"食菱苨一样，表面苦涩刺口，而内里白厚丰腴，耐人咀嚼"[①]，具有苦味回甘的特点，这正是宋代诗学平淡美的总体审美特征。欧阳修《水谷夜行寄子美圣俞》云："文词愈清新，心意虽老大，譬如妖韶女，老自有余态。近诗尤古淡，咀嚼苦难嗫，初如食橄榄，真味久愈在。"[②]将梅诗的平淡比作老妖韶女，初看老瘦枯干，仔细体味却余韵悠长；又比作食橄榄，初尝苦涩无比，咀嚼久了，却是"真味久愈在"，美味缠绕无边，与"食菱苨"具有同质的美感。

南宋杨万里也有类似的象喻批评，其《颐庵诗稿序》中说：

> 夫诗何为者也？尚其词而已矣。曰："善诗者去词。"然则尚其意而已矣。曰："善诗者去意。"然则去词去意，则诗安在乎？曰："去词去意，而诗有在矣。"然则诗果焉在？曰："尝食夫饴与茶乎？人孰不饴之嗜也？初而甘，卒而酸。至于茶也，人病其苦也，然苦未既，而不胜其甘。诗亦如是而已矣。昔者暴公谮苏公，而苏公刺之。今求其诗，无刺之之词，亦不见刺之之意也。乃曰：

---

① 张福勋：《"看似寻常最奇崛，成如容易却艰辛"——梅尧臣诗"平淡"发微》，《内蒙古师大学报》，1990 年第 3 期，第 85 页。

② 刘扬忠编选：《欧阳修集》，凤凰出版社 2006 年版，第 27 页。

'二人从行,谁为此祸。'使暴公闻之,未尝指我也,然非我其谁哉?外不敢怒,而其中愧死矣。《三百篇》之后,此味绝矣,唯晚唐诸子差近之。"①

笔者《宋代诗学平淡理论研究》一书对此有着较为详细的分析,兹引如下:

> 此序作于嘉泰元年(1201年),此时杨万里已达75岁高龄,因而这一段话可以视为他最终的论诗宗旨。他指出善诗者应当去词去意,才会有真正的诗味存在。所谓"去词去意"是指不要拘泥于词和意,而要重在创造具有含蓄不尽的深远意境。正如苏公对暴公的讥刺,在诗中"无刺之之词,亦不见刺之之意",却能令人洞若晓然,而"愧死矣!"《庸言》也说:"古人之言,言愈切者辞愈缓。孟子告齐宣王,当其责王臣之友,不知其责士师;当其责士师,不知其责王。"并且批评汉儒句读之学是"说字无字外之句,说句无句外之意,说意无意外之味。故说经弥亲,去经弥疏"。杨万里认为,这种曲折道之的写法好比苦茶给人的感觉,"苦未既,而不胜其甘",初尝时虽然很苦,但很快就能体会到阵阵甘甜的回味,而且越品越有味,越读越有劲,"看似枯槁实腴,看似平淡实绮丽",正体现出平淡美的特点。在他看来,这种特点只有《诗经》、晚唐诸子以及王安石的诗歌才具备,这也表明上文所说的"遗味"即指味外之味。他在《施少才蓬户甲稿后序》中说:"吾读其文,槁乎其无文也,又取读之,则腴乎其有文矣。读其诗,杳乎其无诗也,又取读之,则琅乎其有诗矣。"《习斋论语讲义序》也指出:"读书必知味外之味,不知味外之味而曰'我能读书'者,否也。《国风》之诗

---

① 刘方喜:《中华古文论释林·南宋金元卷》,北京大学出版社2011年版,第53—54页。

曰：'谁谓荼苦，其甘如荠。'吾取以为读书之法焉。夫食天下之至苦，而得天下之至甘，其食者同乎人，其得者不同乎人类。"只有食尽"天下之至苦"，才能得到"天下之至甘"，体会到无穷的"味外之味"，这正是杨万里心目中的平淡美。①

南宋末年包恢以梅花为喻，形容平淡的审美特征。其《书徐致远无弦稿后》云：

> 诗有表里浅深，人直见其表而浅者，孰为能见其里而深者哉？犹之花焉，凡其华彩光焰，漏泄呈露，晔然尽发于表，而其里索然，绝无余蕴者，浅也。若其意味风韵，含蓄蕴藉，隐然潜寓于里，而其表淡然若无外饰者，深也。然浅者歆美常多，而深者玩嗜反少，何也？知花斯知诗矣。……夫以四时之花，其华彩光焰漏泄呈露者，名品固非一，若春兰夏莲，秋菊冬梅，则皆意味风韵、含蓄蕴藉而与众花异者。惟其似之，是以爱之。……其视桃李辈，华彩光焰，徒有余于表，意味风韵实不足于里，而反人人爱之至，以俗花为俗诗者，其相去又不亦远乎！②

将兰梅和桃李做对比，桃李外表灿然，"华彩光焰，漏泄呈露"，而内里索然，枯燥乏味，失于浅乏，而兰梅则外表淡然，若无外饰，内里含蓄蕴藉，充满了意味风韵，这正是宋人平淡美的美感特征。这里，包恢借兰梅之喻，两次提出的"意味风韵"中的"韵"其实是宋人一个重要的审美范畴。黄庭坚《题摹燕郭尚父图》谓"凡书画当观韵"，道潜《赠潜照月师》说贾岛、无可的诗"自然韵胜"，但"韵"到底是指什么？很多宋人都语焉不详，无所确指，只有范温对此做出了明确的规定，其《潜溪诗眼》中有这样一段话：

---

①　王顺娣：《宋代诗学平淡理论研究》，巴蜀书社 2009 年版，第 231—232 页。

②　刘方喜：《中华古文论释林·南宋金元卷》，北京大学出版社 2011 年版，第 110 页。

　　王偶定观好论书画,常诵山谷之言曰:"书画以韵为主。"予谓
之曰:"夫书画文章,盖一理也。然而巧,吾知其为巧,奇,吾知其
为奇;布置开阖,皆有法度;高妙古澹,亦可指称。独韵者,果何形
貌耶?"定观曰:"不俗之谓韵。"余曰:"夫俗者,恶之先;韵者,美之
极。书画之不俗,譬如人之不为恶。自不为恶至于圣贤,其间等
级固多,而不俗之去韵也远矣。"定观曰:"潇洒之谓韵。"余曰:"夫
潇洒者,清也。清乃一长,安得为尽美之韵乎?"定观曰:"古人谓
气韵生动,若吴生笔势飞动,可以为韵乎?"予曰:"夫生动者,是得
其神;曰神则尽之,不必谓之韵也。"定观曰:"如探陆微数笔作狻
猊,可以为韵乎?"余曰:"夫数笔作狻猊,是简而穷其理。曰理则
尽之,亦不必谓之韵也。"①

　　"韵""果何形貌"? 王定观解释了很多种,不俗、潇洒、生动,盖这些当
是解释"韵"之本质的种种流行说法,范温却在此一一予以否定,并且振振
有词地加以辩解。那么,"韵"究竟为何? 范温接着说:

　　定观请余发其端,乃告之曰:"有余意之谓韵。"……且以文章
言之,有巧丽,有雄伟,有奇,有巧,有典,有富,有深,有稳,有清,
有古。有此一者,则可以立于世而成名矣;然而一不备焉,不足以
为韵,众善皆备而露才用长,亦不足为韵,必也备众善而自蹈晦,
行于简易闲澹之中,而有深远无穷之味,观于世俗,若出寻常……
故巧丽者发之于平淡,奇伟有余者行之于简易,如此之类是也。②

　　"韵"就是"有余意",众妙皆备却含而不露,外表简易闲淡,内里风味蕴藉,

　　①　郭绍虞辑:《宋诗话辑佚》(上),中华书局 1980 年版,第 372 页。
　　②　郭绍虞辑:《宋诗话辑佚》(上),中华书局 1980 年版,第 372—373 页。

从而产生深远无穷之味。这其实正是宋人审美风尚——平淡美的审美特征。

宋人对平淡美的追求以有余意、韵味悠长的滋味为审美倾向,由此演化出宋人一种新的鉴赏方式——涵泳。宋人说:

> 看《诗》不须着意去里面分解,但是平平地涵泳自好。(《朱子语类》)

> 遗味正宜涵泳处,尧夫非是爱吟诗。(邵雍《首尾吟》)

> 三百篇之诗,虽云难晓,今诸老先生发明其义,了然可知,故能反复涵泳,直可以感发其性情,则所谓兴于诗者,亦未尝不存也。(真德秀《问、兴、立、成》)[1]

> (宋人张栻,笔者注)曰:"学者诗,读着似质,却有无限滋味,涵泳愈久,愈觉深长。"(盛如梓《庶斋老学丛谈》卷中下)

> 读《古诗十九首》及曹子建诗,如"明月入我牖,流光正徘徊"之类,诗皆思深远而有余意,言有尽而意无穷也。学者当以此等诗常自涵养,自然下笔不同。(吕本中《吕氏童蒙训》)

> 张子韶云:"文字有眼目处当涵泳之,使书味存于胸中,则益矣。"韩子曰:"沉浸浓郁,含英咀华。"正谓此也。(张镃《仕学规范》卷三十五)

李春青《宋学与宋代文学观念》一书中指出:"涵泳一词,本义是指鱼鳖

---

[1]　陈望衡、成立、樊维纲:《中国历代美学文库·宋辽金卷》(下),高等教育出版社2003年版,第484页。

之属深潜于水中流动;诗学意义上的'涵泳'即指鉴赏者欣赏诗歌作品时沉潜于其中仔细地长久地玩味的行为活动。"①作为一种特殊的鉴赏方式,涵泳主要突出以下三点:一是接受主体的全身心投入;二是品味行为之长久、细致与反复;三是品味效果之浓郁,越品越有味。这正是由平淡美的审美特征所形成的,由此也显现出宋代诗学鲜明的独特性。

---

① 李春青:《宋学与宋代文学观念》,北京师范大学出版社 2001 年版,第 120 页。

# 第七章　个性解放，自然真趣：明代象喻批评

## 第一节　明代社会思想文化概论

明代是中国封建社会时期最后一个汉人王朝，从 1368 年立国，至 1644 年覆灭，朱明王朝统治中国近三百年。在这三百年的历史时空中，政治环境、社会经济、文化成就等各方面都产生了新变，呈现出不一样的特质。

### 一、高压的政治环境

明太祖朱元璋为了对付阶级矛盾和统治阶级的内部矛盾，加强中央集权统治，采取了一系列措施。首先，暴力征官，谋害功臣。建国之初，百废待举，急需文士从政，朱元璋虽然强调尊重儒学，主张以仁义之道治国，反对严刑峻法，但农民造反出身的他对文人采取的实际政策是暴力征官，以猛治国，实践法家的政治主张。朱元璋专门设置新的罪行"寰中士夫不为君用之科"，其处罚是"被征不至，皆诛而籍其家"①，若征用不就，连同全家都被处死！可见当时的酷政。这和宋代"刑不上士大夫"的宽松、开明、优厚的政治环境相比，简直冰火两重天。至于那些被暴力征用做官的文人，大多也没有什么好下场。清人赵翼《廿二史札记》卷三二载："武臣被戮者

---

① 嵇璜:《续通典》卷一二〇,清文渊阁四库全书本。

国不具论,即文人学士,一授官耳,亦罕有善终。"①其实,在嗜杀成性的"屠夫皇帝"朱元璋的统治下,那些当初为明王朝的建立和发展出生入死、立下汗马功劳的功臣又有几个得以善终的? 据统计,明朝开国功臣八十一位,能得到善终的竟只有三人,真可谓"罕有善终者"。比如开国名将傅友德元末参加刘福通义军,后率部归朱元璋,从偏裨升为大将,七次北征伐战,七战七胜,后以主帅之职攻取贵州,平定云南,以功卦颍国公,被朱元璋称为"论将之功,傅友德第一"。可是,这样一员战功赫赫的大将却遭朱元璋无端猜忌并且被无罪赐死,死前还被迫杀掉自己的两个儿子,令人不胜唏嘘。明初诗文三大家之一、开国元勋刘基是辅佐朱元璋灭元建明的主要谋士,他运筹帷幄,谋略有方,民间有称:"三分天下诸葛亮,一统江山刘伯温。前节军事诸葛亮,后世军事刘伯温。"朱元璋授其"开国翊运守政臣"之称号,可是这样一位慷慨陈略、经邦纲目的智囊也遭到朱元璋的毒手,死于非命。明代程敏政《明文衡》对刘基之死记载得较为详细:

> 洪武八年正月,胡丞相以医来视疾,饮其药二服,有物积腹中如卷石。公遂白于上(朱元璋),上亦未之省也。自是疾遂笃,三月上以,公久不出,遣使问之知,其不能起也。特御制为文一通,遣使驰驿送公还乡里,居家一月而薨。②

刘基死后,朱元璋又将毒害刘基之罪推到胡惟庸头上,将其处死,借刀杀人,一石二鸟,其杀人手段之高明令人不寒而栗。

其次,机构改革,加强集权。明代伊始就进行机构改革,最大的改革就是废除丞相,并先后设立东厂、西厂等机构,专门搜集情报,监视大臣,他们直接听命于皇帝,可以逮捕任何人,包括皇亲国戚,并进行不公开的审讯,甚至还有先斩后奏的权力。

---

①　赵翼:《廿二史札记》卷三二,清嘉庆五年湛贻堂刻本。
②　张廷玉:《明史》卷一二八列传第一六,清乾隆武英殿刻本。

最后，大兴文字狱。农民出身、和尚经历、流寇起家的朱元璋忌讳一切与之相关、相近的字眼，赵翼《廿二史札记》卷三二有载：

> 杭州教授徐一夔《贺表》有"光天之下天生圣人，为世作则"等语。帝览之大怒，曰："生者，僧也，以我尝为僧也。光则剃发也。则字音近贼也。"遂斩之。礼臣大惧，因请降表式。帝乃自为文播天下。
>
> 又僧来复谢恩诗，有"殊域"及"自惭无德颂陶唐"之句。帝曰："汝用殊字，是谓我歹朱也。"又言"无德颂陶唐，是谓我无德，虽欲以陶唐颂我，而不能也。"遂斩之。[①]

"光"即剃发和尚，"生"与"僧"音近，"则"与"贼"音似，杭州教授徐一夔一纸溢美贺词却成了葬送自己性命的墓穴。若说此种文字狱还算得上"推理成立"的话，那么，后面一则中将"殊"解成"歹朱"，是在污蔑谩骂朱氏王朝而被斩首，这种推理方式真是强词夺理至匪夷所思的地步了。明初诗文三大家中的另一位大家高启也死于文字狱。高启曾为抗元起义领袖张士诚作《郡治上梁文》，有"龙蟠虎踞"四字，因此触发龙颜，被腰斩八段。据说行刑时，朱元璋亲自监斩，高启被腰斩后，并没有立即死去，他伏在地上用尽全身力气，用手蘸着自己的鲜血，一连写了三个"惨"字，其惨烈程度实在不忍想象。

总之，在统治者的高压政策下，明代的政治气氛高度紧张，人人提心吊胆，如履薄冰，处于极端的白色恐怖之中。

## 二、繁荣的社会经济

心胸狭隘奸疑、性格暴烈凶残的朱元璋上位伊始，对社会经济却高度重视，他说："农为国本，百需皆其所出。"为了鼓励战后流散的农民回到土

---

① 赵翼：《廿二史札记》卷三二，清嘉庆五年湛贻堂刻本。

地上耕种,他采取一系列优惠措施,如允许百姓垦荒田地为己业,对有些地方免徭役、免赋税三年,休养生息,极大地促进了农业生产的恢复和发展。万历年间,明朝耕地总面积已达七百万顷,这个数字即便后来的康乾盛世也无法企及。为了更好地开展农业经济,明人发明了新式农具——代耕,利用机械原理进行耕田,既省时省力,又效率高,后来又发明了更为科学的农业灌溉方法——徐光启仿制的"龙尾车取水","用力少而得水多",并且积极引进番薯、南瓜、土豆、棉花等美洲高产作物,既提高和丰富了人民的物质需求,又促进了农作物产量的增长。此外,手工业、商业等也蓬勃发展,经济上一片欣欣向荣,人口也随之剧增。朱元璋立国之初,全国曾发生多次大规模的灾荒饥馑、疾病和瘟疫,加之战乱,人口急遽减少,经过二十多年的休养生息、积极恢复,明太祖洪武二十六年(1393年),全国人口上升至六千五百万人,而到了明朝后期,人口峰值已近两个亿,大大高于前代。值得一提的是,随着商品经济的发展,一些地方出现了资本主义生产关系的萌芽,比如苏州的丝织业很发达,出现了很多以织绸为业的机户。富裕的机户们拥有大量资金,购置织机台,开设手工工场,雇用机工,从事生产。机工与机户的关系不再是封建社会中农民对地主的依附关系,而是较为自由的雇佣关系,机工有一定的人身自由,这极大地刺激了明朝中后期的个性解放思潮。

### 三、宣扬个体心、意的阳明心学

心学由南宋陆九渊开创,明代陈献章接续,集大成者是王阳明。阳明心学主张心即理,"心外无物"。其《传习录》曰:

> 先生游南镇,一友指岩中花树问曰:"天下无心外之物,如此花树在深山中自开自落,于我心亦何相关?"先生曰:"你未看此花时,此花与汝心同归于寂。你来看此花时,则此花颜色一时明白

起来,便知此花不在你心外。"①

你在花便开,你不在花便不开;意在物在,意不在物不在。万物产生的根本依据在于心,这种说法很容易被人们等同于唯心主义,其实不然。杨祖汉《儒家的心学传统》一书中对此的解释较为精到:

> 从王阳明的答语,知道他也认为一般说的存在物之物,亦不在我的心外。所以在这段话中,所说的心外无物,并不是心外无事,而是一切物与心不相离。王阳明在答语中用来说明外物(花)不在心外的说法甚为简单。王阳明的答语,是表示花的存在,依于人心的觉,但这存在依于心觉,应并不是依于经验的认知心,而是依于超越的、普遍的良知。良知心觉对于花的知,并不是横摄的认知之,而是创造性的实现之。②

心对物的认知,"不是横摄的认知之",而是"创造性的实现之",这表明王阳明不是在经验的认知上而是在意义的创造上认知心物关系的,正如肖鹰在《中国美学通史·明代卷》一书中指出的:"王阳明说,'你未看此花时,此花与汝同归于寂',不是就花存在的实在(实然)状态而言,而是就花存在的本真(本然)状态而言。"③质言之,心即理,心外无物的哲学内涵,不是说心产生了万物,而是说心认识了万物,万物于我才产生了意义和价值。由此可见,王阳明对"心"的强调可以说是登峰造极。他又说:

> 先生曰:"你看这个天地中间什么是天地的心?"对曰:"曾闻人是天地的心。"曰:"人又什么叫做心?"对曰:"只是一个灵明。"

---

① 王守仁:《王阳明全集》,上海古籍出版社1999年版,第107—108页。
② 杨祖汉:《儒家的心学传统》,文津出版社1991年版,第256页。
③ 肖鹰:《中国美学通史·明代卷》,江苏人民出版社2014年版,第93页。

可知充天塞地中间,只有这个灵明,人只为形体自间隔了。我的
灵明,便是天地鬼神的主宰,天没有我的灵明,谁去仰他高?地没
有我的灵明,谁去俯他深?鬼神没有我的灵明,谁去辩他吉凶灾
祥?天地鬼神万物离去我的灵明,便没有天地鬼神万物了。我的
灵明离去天地鬼神万物,亦没有我的灵明。如此,便是一气流通
的,如何与他间隔得!"①

而这个心、天地万物那一点灵明正是阳明心学中的"良知",王阳明明
确指出:

人的良知,就是草木瓦石的良知。若草木瓦石无人的良知,
不可以为草木瓦石矣。岂惟草木瓦石为然,天地无人的良知,亦
不可以为天地矣。盖天地万物与人原是一体,其发窍最精处,是
人心一点灵明。②

"致良知"是阳明心学的核心思想,所谓"致良知"正是立足人的内心,
强调主体心灵在创化天地境界中的巨大感发作用,充分肯定个体生命作为
本体现实化的必要性和意义。王阳明认为,人人都有良知,不需要外求,它
是我们的本性。致良知就是要把人的良知推广到万事万物,这一思想直接
促成了明代的个性解放思潮。终生为争取个性解放和思想自由而斗争的
李贽便是王阳明的再传弟子,一生信奉并倡导阳明心学。

## 四、崇尚个性、真情的晚明士人心态

鲜明的明代士子心态的建立主要是从明代中后期尤其是晚明开始的。
晚明时期很多文人任诞不羁,疏旷放浪,使酒佯狂,行为怪异,如文徵明总

---

① 王守仁:《王阳明全集》,上海古籍出版社 1999 年版,第 124 页。
② 王守仁:《王阳明全集》,上海古籍出版社 1999 年版,第 108 页。

爱穿一件大红袍子，张灵总把自己打扮成乞丐的样子，桑悦却喜欢穿短衣学楚人的样子。江南才子唐伯虎更是风流癫狂，快意人生，他笑称自己"笑舞狂歌五十年，花中行乐月中眠"（《五十言怀诗》），其狂放张扬程度与魏晋风度相比，有过之而无不及。实际上晚明文人对阮籍、嵇康等人是极其推崇的，如袁中道《李温陵传》说："若夫骨坚金石，气薄云天，言有触而必吐，意无往而不伸，排揭胜己，跌宕王公。孔文举调魏武若稚子，嵇叔夜视锺会如奴隶。鸟巢可复，不改其风味，鸾翮可铩，不驯其龙性，斯所由焚芝锄蕙，衔刀若卢者也。"他将自己的人生理想楷模——高俊奇放的李贽和义存千古的孔融、俊朗慷慨的嵇康相提并论，足见明人的情感心理。但是晚明的个性解放思潮与魏晋风度还是有着较大的不同。魏晋士子崇尚的是玄学，玄学以道家《易》《老》《庄》为思想主体，尚清谈，反对儒家的名教思想，他们的任酒意气行为很大程度上是对外在伦理束缚的对抗与摆脱，他们的最终理想是要消泯人的主体性，实现由我向物的齐化，走向天人合一、物我合一。比如陶渊明《饮酒》（其五）中"采菊东篱下，悠然见南山"，这个采菊的我与山中的飞鸟、黄昏落日和谐同一，融为一体。但是晚明文人不然，他们受阳明心学影响很深，如前所述，阳明心学的核心思想是致良知，良知即人心，完全以人为本位，突出人的独立性与价值。王阳明说："圣人为人，人人可得。"晚明时期，社会腐朽，礼制衰弱，文人所受束缚减弱，加之商品经济极大发展，物质生产极为丰富，资本主义萌芽也进一步刺激人的个性解放，因而这一时期，人的主体性和个性的觉醒与张扬被推崇到无以复加的地步。王阳明说："盖是日用之间，见闻酬酢，虽千头万绪，莫非良知之发用流行，除却见闻酬酢，亦无良知可致也。"①重视内心的感发，重视日常物质生活，重视生命本能的欲望，晚明士子身上凸显的是毫不掩饰、毫不做作的对感官刺激的极致享受，对物质生活的狂热追求，比如他们看戏、听曲、划船，生活既丰富多彩，花样百出，又全情投入，专心致志。钱谦益《列朝诗集小传·卓吾先生李贽》引袁中道语曰："平生痛恶伪学。每入书院讲堂，峨冠

---

① 　王守仁：《王阳明全集》，上海古籍出版社 1999 年版，第 71 页。

大带,执经请问辄奋袖曰:'此时正不如携歌姬舞女,浅斟低唱。'诸生有挟妓女者见之,或破颜微笑曰:'也强似占道学。'"

# 第二节　明代文论中典型的象喻批评

在高强度的政治高压下,明代经济却走向了高速的繁荣发展,明代社会总是呈现出这样鲜明而又极端的特点,在思想文化、文论思想上亦是如此。明初思想家们、文论家们推崇古人、圣人,将复古思想强调到极致,如前七子李梦阳高喊"文必秦汉、诗必盛唐",两个"必"字流露出对古人无以复加的推崇、模古与泥古。这种绝对的口气在同样推崇盛唐诗歌的宋代严羽身上是很少见的。严羽虽然标榜以盛唐为诗,但也强调要"以汉、魏、晋、盛唐为师",他虽说"不作开元、天宝以下人物",但对他们的作品还是要熟读的:"又尽取晚唐诸家之诗而熟参之,又取本朝苏黄以下诸家之诗而熟参之。"复古有多强烈,反抗就有多强烈,物极必反,正是明初至中叶对复古思想的过于强调,才有了此后对个性解放思想的过于推崇。王阳明主张:"不以孔子是非为是非。""圣人为人,人人可得。"李贽说:"尧舜与途人一,圣人与凡人一。"这些正是对传统思想塑造的古圣贤神像的反抗。江盈科说:"诗何必唐,又何必初与盛,要以出自性灵者为真诗尔。"袁宏道则直接对七子派标榜的汉魏盛唐诗文格调予以批评和讽刺,其《叙小修诗》说:"盖诗文至近代而卑极矣,文则必欲准于秦汉,诗则必欲准于盛唐,剿袭模拟,影响步趋,见人有一语不相肖者则共指为野狐外道。"①明代富有特征的文论思想在象喻批评中也多有体现,以下一一论述。

---

① 皮朝纲:《中国历代美学文库·明代卷》(中),高等教育出版社 2003 年版,第 471 页。

## 一、辩证统一的文学发展论：鞓红鹤翎，不能不改观于左紫

在明代，运用象喻批评建构客观辩证的文学思想的文论家始于公安派袁宏道，其《〈雪涛阁集〉序》中针对近代文人"始为复古之说帮凑成诗"的诗学泥古弊端，提出了他的观点：

> 文之不能不古而今也，时使之也。妍媸之质，不逐目而逐时。是故草木之无情也，而鞓红鹤翎，不能不改观于左紫溪绯。唯识时之士为能堤其隤而通其所必变。夫古有古之时，今有今之时，袭古人语言之迹而冒以为古，是处严冬而袭夏之葛者也。①

首先指出文学由古向今的发展是时代造就的，接着以草木象喻进行比拟说明，鞓红、鹤翎、左紫、溪绯等都是牡丹的品种名。欧阳修《洛阳牡丹图诗》载："传闻千叶昔未有，只从左紫名初驰。"又《洛阳牡丹记》曰："潜溪绯者，千叶绯花，出于潜溪寺。"②左紫、溪绯其实都是改良后牡丹的变种。牡丹变种的出现，是自然变化形成的结果，是自然之势；同样，文学由古而今亦是遵循自然变化的结果。袁宏道认为，认识到这一点很重要，这是像防止河堤溃毁那样防止文章衰败、扭转诗弊的关键。最后袁宏道指出那些拘泥于模古、拟古的极端复古派的做法就像严寒冬天里却穿着夏天的葛布衣裳一样荒唐可笑，予以辛辣的讽刺。

在袁宏道看来，客观辩证的文学发展观的建立能够有力地打击复古之流弊，因之对它的论证也不会限于以草木象喻做简单的类比，他还从文学作品内部探索文学发展规律，提出"夫法因于敝而成者过者也"。也就是说，文学的发展其实是个新陈代谢的过程，比如六朝文学重骈俪，讲究对偶

---

① 皮朝纲：《中国历代美学文库·明代卷》（中），高等教育出版社 2003 年版，第473 页。

② 李壮鹰：《中国古代文论读本》，高等教育出版社 2008 年版，第 321 页。

和句式整齐,对骈俪的过分追求就像堆积食品一样机械拼凑,令人生厌,因而促成其反面——生动清新流丽之文学风格的出现,但随着发展,流丽也渐渐显露出其弊端——轻纤;因而盛唐诸人又以"阔大"来矫正,文学风格又变为壮阔雄大,壮阔雄大又生出"莽"的弊端,又会出现新的文学风格来矫正它。总之,新风格与旧风格对立却又孕育于旧风格之中,新文学与旧文学对立却也孕育于旧文学之中,新文学、新风格正是从旧文学、旧风格的内部发展起来的,就像牡丹花的变种依然是从牡丹花内部孕育发展出来的一样。总之,袁宏道通过草木之喻的建构,从文学内部发展的角度高度肯定了文学发展的合理性。

明代戏剧创作和理论的旗帜性人物汤显祖,则从宇宙万物的丰富性、灵妙性角度为戏曲正名,为戏曲存在的合理性与必要性进行论辩。他说:

世间惟拘儒老生不可与言文。耳多未闻,目多未见。而出其鄙委牵拘之识,相天下文章,宁复有文章乎? 予谓文章之妙,不在步趋形似之间,自然灵气,恍惚而来,不思自至,怪怪奇奇,莫可名状,非物寻常得以合之。苏子瞻画枯枝竹石,绝异古今画格,乃愈奇妙;若以画格程之,几不入格。米家山水人物,不多用意,略施数笔,形象宛然,正使有意为之,亦复不佳。故夫笔墨小技,可以入神而证圣,自非通人,谁与解此? 吾乡丘毛伯选海内合奇文止百余篇,奇无所不合。或片纸短幅,寸人豆马;或长河巨波,洶洶崩屋;或流水孤村,寒鸦古木;或岚烟草树,苍狗白衣;或彝鼎商周,丘索蚊典。凡天地世间奇伟灵异、高朗古宕之气,犹及见于斯编,神矣化矣! 夫使笔墨不灵,圣贤减色,皆浮沉习气为之魔。士有志于千秋,宁为狂狷,毋为乡愿。试取毛伯是编读之。①

尝闻宇宙之大,何所不有? 宣尼不语怪,非无怪之可语也。乃龌龊老儒辄云,目不睹非圣之书。抑何坐井观天耶? 泥丸封口

---

① 汤显祖著,徐朔方笺校:《汤显祖全集》,北京古籍出版社 1999 年版,第 1138 页。

中当在斯辈。而独不观乎天之岁月，地之花鸟，人之歌舞，非此不
成其乎三材？

　　文章之奇妙、灵异之处，不在步趋形似之间，不是靠模仿学习、拘泥古
人就能得到的。相反，它需要超越机械模古、迂腐习气之见，是自我内在的
心意和世界更深刻的真实的化合。那么，这种奇妙显现何处？汤显祖认为
宇宙万物既是丰富的，又是奇妙的。"宇宙之大，何所不有？宣尼不语怪，
非无怪之可语也"，整个宇宙皆生气活跃，灵机创化，所以龌龊老儒们仍然
"目不睹非圣之书"[1]，那就无异于坐井观天了。这就将为儒学正统所不屑
并排斥的戏曲、小说等俗文学纳入文学系统中，为其存在的合理性进行了
充分辩护。所谓"天之岁月、地之花鸟、人之歌舞，非此不成其乎三材"。人
之歌舞显然包括戏曲。再进一步，戏曲、小说等俗文学的存在不仅有其合
理性，更有着必要性。他指出：

　　　　吾尝浮沉八股道中，无不生趣。月之夕，花之晨，嘟脑赋诗之
　　余，登山临水之际，稗官野史，时一展玩。诸凡神仙妖怪，国士名
　　姝，风流得意，慷慨情深等语，千转万变，靡不错陈于前，亦足以送
　　居诸而破岑寂。……是集也，奇而法，正而葩，纤合度，修短中程，
　　才情妙敏，踪迹幽玄。其为物也多姿，其为态也屡迁。斯亦小言
　　中之白眉者矣。昔人云："我能转法华，不为法华转。"得其说而并
　　得其所以说，则乐而不淫，哀而不伤，纵横流漫而不纳于邪，诡谲
　　浮夸而不离于正。不然，始而惑，既而溺，终而荡。[2]

　　稗官野史和奇花异草、日月山川一样，富有重要的审美意义，与浮沉于
八股道中的了无生趣完全相反，它"风流得意，慷慨情深"，"得其说而并得

---

　　① 肖鹰：《中国美学通史·明代卷》，江苏人民出版社 2014 年版，第 232 页。
　　② 汤显祖著，徐朔方笺校：《汤显祖全集》，北京古籍出版社 1999 年版，第 1503 页。

其所以说"，既丰富生动、情致深厚，又直击本质，深刻精微，这也正是汤显祖所崇尚的文章之奇妙。

## 二、极致互动的文学创作论：雪益之色，动色则雪，梅与物遇，情动则会

如前所述，袁宏道认为新文学、新风格孕育于旧文学、旧风格之中，明代文论的个性解放思潮亦是如此。它的生成并非一蹴而就或凭空产生，而恰恰孕育于明初至中叶的复古、拟古思潮中。比如与南宋理学家朱熹"存天理、灭人欲"的说教不同，明初理学家、馆阁重臣薛瑄《读书录》曰："凡诗文出于真情则工，昔人所谓出肺腑者是也。故凡作诗文，皆以真情为主。"他指出诗文以真情为主的观念，关注人的自然性情的合理性。揭竿复古大旗的李梦阳也强调情在诗歌中的主导作用："故圣以时动，物以情征，窍遇则声，情遇则吟，吟以和宣，宣以乱畅，畅而咏之，而诗生焉。故诗者，吟之章而情之自鸣者也。有使之而无使之者也，遇之则发之耳，犹鸟之春也，故曰以鸟鸣春。夫霜崖子一命而廿十年困穷，固凝惨殒零之侯也。然吟而喧，喧而畅，畅而永之何也。所谓不春之春，天籁自鸣者耶。抑情以类，应时发之耶。"他认为情亡则诗亡："后世于诗焉，疑诗者亦人自疑，雕刻玩弄焉毕矣，于是情迷调失，思伤气离，违心而言，声异律乖，而诗不亡矣。"为此，他提出了"夫诗者，天地自然之音也""真诗乃在民间"的观点，主张厚重蕴蓄的天地自然、现实生活与现实情感才是真诗的来源，并为自己诗歌呈现的弊端展开自我批评："予之诗，非真也。王子所谓文人学子韵言耳，出之情寡而出之词多者也。"不仅如此，李梦阳还以梅为喻，借具体生动的象喻批评来阐释文学创作之观念，提出新的文论命题，颇富新意：

> 情者动乎遇者也。幽岩寂滨，深野旷林，百卉既痱，乃有缟焉之英，媚枯缀疏，横斜钦崎清浅之区，则何遇之不动矣。是故雪益之色，动色则雪；风阐之香，动香则风；日助之颜，动颜则日；云增之韵，动韵则云；月与之神，动神则月；故遇者物也，动者情也。情

动则会，心会则契，神契则音，所谓随遇而发者也。"梅月"者，遇乎月者也。遇乎月，则见之目怡，聆之耳悦，嗅之鼻安。口之为吟，手之为诗。诗不言月，月为之色；诗不言梅，梅为之馨。何也？契者，会乎心者也。会由乎动，动由乎遇，然未有不情者也，故曰：情者动乎遇者也。（《梅月先生诗序》）①

　　笔者在《古代文论中的草木象喻批评研究》一书中指出，李梦阳这里借梅花之喻深化了创作主客体之间双向运动的理论。刘勰《文心雕龙·物色》曰："写气图貌，既随物以宛转；属采附声，亦与心而徘徊。"一方面，主体受到客体方面的规定和制约，这是主体的客体化；另一方面，主体对客体又具有一定的能动性、主导性和创造性，这是客体的主体化。主客双方双向运动，相伴相生。而李梦阳进一步强调了主客体之间双向运动的复杂样态，首先，他突出创作主体情感的主导作用，所谓"快乐潜之中，而后感触应于外"，有了内心的情感，才会生出外在的感触，主体情感是更为根本的；其次，更为重要的是，他并非仅仅看到主客体之间单纯的双向运动，更认识到这种双向运动的复杂样态。从创作客体来说，梅本身媚枯缀疏、横斜嵚崎、风姿不一、情态无二，加之在"雪、月、风、云等其他因素的干预、影响下所呈现出来的由色、香、颜、韵所组成的立体意象"②，更是昭晰互进，层出不穷；就创作主体而言，或有身修弗庸之怀才不遇，或有独立端行的高尚人格，或有耀而当夜之闲适旷达；如此，物与物相遇，情与情相动，物与情又交相共感、交融契合，"当时所怀的特定心态，适与眼前的立体意象相遇合、相共鸣、相冥契"③，它们之间所生发的美感形态、情感内蕴便是立体交叠、生动丰富的。这比之单纯的物我互动来，其理论深度当是前进了一大步。④

---

①　蔡景康编选：《明代文论选》，人民文学出版社1991年版，第112页。

②　李壮鹰：《中国古代文论读本》，高等教育出版社2008年版，第301页。

③　李壮鹰：《中国古代文论读本》，高等教育出版社2008年版，第301页。

④　王顺娣：《古代文论中的草木象喻批评研究》，浙江工商大学出版社2019年版，第193—194页。

徐渭《牡丹赋》则借我与牡丹的双向互动说明主客体互动能够产生复杂多样的纷纭意象：

> 夫人之心，想由习生，景与想成。一牡丹耳，世人多谓花如美妇，则前所援引诸姬群小之所象是也使玄释之子观之。远嫌避讥则后所援引大众群仙之所象是也今此花长于学士之庭。在仲敬之宅。仲敬将谓此花申申夭夭。行行阊阖佩玉琼琚。鼓瑟鸣琴。其仲尼与七十子诸人乎。纵谓其妇人也。称烦则太姒始至宫人欣欣琴瑟钟鼓乐而不淫乎称简则二女湘君寻帝舜于苍梧之野宓妃盘姗解佩环于洛水之滨乎此皆不以物而以己。吐其丑而茹其美。畔援歆羡。与世人之想成者等耳。若渭则想亦不加。赏亦不鄙我之视花如花视我知曰牡丹而已忽移瞩于他园。都不记其婀娜。籍纷纷以纭纭。其何施而不可。①

同一牡丹，或赞其如美妇，或讥其如群小，或称其申申夭夭，或美其乐而不淫，其在不同性情的人心中映现出不同的意象，充分强调人的主体性原则。

基于此，在明代文论语境中，《文心雕龙》中的心物关系转换成更为具象的意象关系。茶陵派首领李东阳在《麓堂诗话》中评论名句"鸡声茅店月，人迹板桥霜"为"意、象俱足"，诗歌的意境正是丰富饱满的主观之"意"与客观之"象"的圆融和合，故前七子中的何景明强调："夫意、象应曰合，意、象乖曰离，是故乾坤之卦，体天地之德，意象尽矣。"②陆时雍《诗镜总论》也指出"意广象圆"的观点："《三百篇》赋物陈情，皆其然而不必然之词，所

---

① 徐渭：《徐渭集》，中华书局 1983 年版，第 38 页。

② 皮朝纲：《中国历代美学文库·明代卷》（下），高等教育出版社 2003 年版，第 185 页。

以意广象圆，机灵而感捷也。"①"意广"即李梦阳之"何遇之不动矣"，"遇者物也，动者情也"，指创作主体情感的丰富性、深厚性；"象圆"即李梦阳之"媚枯缀疏，横斜欹崎清浅"，指创作客体的立体性、多样性。当然，意之广和象之圆应是有机融合、自然生成的，即他说的"机灵而感捷也"。

### 三、以情为本的文学本质论：童心本色，如水东注，蛾伏而飞，无所不至

在我国古代的美学发展中，以情为本应是历代文论家重要的诗学观念和理想追求。从先秦《尚书·尧典》"诗言志"的萌芽，经汉代《诗大序》"抒情言志"的发轫，自西晋陆机《文赋》"诗缘情而绮靡"的提出，由萧梁刘勰《文心雕龙》"故情者，文之经；辞者，理之纬。经正而后纬成，理定而后辞畅：此立文之本源也"的强调，至唐代白居易《与元九书》"诗者，根情、苗言、华声、实义"的界定，以情为本的诗学观念在封建文论中得到确立与巩固。明代文论亦是如此。如前七子李梦阳《诗集自序》曰："真者，音之发而情之原也，非雅俗之辩也。"②唐宋派唐顺之《与洪方洲书》曰："诗文一事，只是直写胸臆。"③同样确立了情的诗歌本体地位。但在晚明个性解放和情感自由的极端思潮下，明代文论的以情为本闪现出不同于前朝的光彩，富有更为纯粹、灵动的美学意蕴，值得珍视。

首先是对情的规定性。历代文论家虽然注重以情为本，但他们的情是有所抑制和限定的，如《诗大序》中的"情"要"发乎情，止乎礼义"，白居易的"情"要符合儒家正统思想，才能"唯歌生民病，愿得天子知"，但晚明文论中的情却是极为纯粹的。第一，情是天生的。徐渭说："人生堕地，便为情使。聚沙作戏，拈叶止啼，情昉此已。"④汤显祖亦言："人生而有情。思欢怒愁，

① 丁福保辑：《历代诗话续编》（下），中华书局 1983 年版，第 1420 页。
② 皮朝纲：《中国历代美学文库·明代卷》（下），高等教育出版社 2003 年版，，第158 页。
③ 蔡景康编选：《明代文论选》，人民文学出版社 1991 年版，第 10 页。
④ 徐渭：《徐渭集》，中华书局 1983 年版，第 1296 页。

感于幽微,流于啸歌,形诸动摇,或一望而尽,或积日而不能自休。盖自凤凰鸟兽以至巴渝夷鬼,无不能舞能歌,以灵机自相转活,而况吾人。"①两者都指出情感是人与生俱来的禀性、天性,所以是自然的,也是可贵的。

第二,情以真为灵魂。真着眼于人的自然本性,立足日常生活,注重感官享乐等,如李贽说:"穿衣吃饭,既是人伦物理;除却穿衣吃饭,无伦物矣。世间种种皆衣与饭类耳。故举衣与饭而世间种种自然在其中,非衣饭之外更有所谓种种绝与百姓不相同者也。"②从情本身出发,肯定日常生活情欲,任情适性,极力贬斥弄虚作假,为此,李贽强烈抨击那些打着"以孔子是非为是非"旗号的人,实际上"阳为道学、阴为富贵,被服儒雅,行若狗彘"。从真性情出发,他对世俗的美丑观进行根本否定,指出"不敢掩世俗之所谓丑者",正是反伪道学的自然真道学,他说:"盖唯世间唯一等狂汉,乃能不掩于行。不掩者,不遮掩以自盖也,非行不掩其言之谓也。"③"不掩"就是任情适性之真,不受世俗礼教的拘缚,实现自在超越的精神自由。为此他还高度肯定了自私自利的人生态度:"所以然者,我以自私自利之心,为自私自利之学,直取自己快当,不顾他人非刺。故虽屡承诸公之爱,诲谕之勤,而卒不能改者,惧其有碍于晚年快乐故也。自私自利,则与一体万物者别矣;纵狂自恣,则与谨言慎行者殊矣。万千丑态,其原皆从此出。彼之责我是也。"④"直取自己快当""不顾他人"之"纵狂自恣""自私自利"之"万千丑态",就是任情适性之真,就是值得肯定的,这对于儒家正统思想而言几乎是颠覆性的。

其次,以情为本的多重美学意蕴。第一,富有鲜明的反叛性。李贽以

---

① 汤显祖著,徐朔方笺校:《汤显祖全集》,北京古籍出版社 1999 年版,第 1188 页。

② 李贽著,张建业、刘幼生编:《李贽文集》第一卷《焚书》,中国社会科学文献出版社 2000 年版,第 4 页。

③ 李贽著,张建业、刘幼生编:《李贽文集》第一卷《焚书》,中国社会科学文献出版社 2000 年版,第 70 页。

④ 李贽著,张建业、刘幼生编:《李贽文集》第一卷《续焚书》,中国社会科学文献出版社 2000 年版,第 256—257 页。

童心喻诗文，提出童心说：

> 童心者，心之初也。夫心之初，曷可失也！然童心胡然而遽失也？盖方其始也，有闻见从耳目而入，其长也，有道理从闻见而入，而皆以为主于其内而童心失。其久也，道理闻见日以益多，则所知所觉日以益广，于是焉又知美名之可好也，而务欲以扬之而童心失。知不美之名之可丑也，而务欲以掩之而童心失。夫道理闻见，皆自多读书识义理而来也。……天下之至文，未有不出于童心焉者也。苟童心常存，则道理不行，闻见不立，无时不文，无人不文，无一样创制体格文字而非文者。诗何必古《选》，文何必先秦。①

童心即真心，也就是"最初一念之本心"，是绝假纯真的真性情，它突破了理学、礼教的束缚，一任性情自由舒展，所以，"天下之至文，未有不出于童心焉者也"，"纵出自圣人，要亦有为而发，不过因病发药，随时处方，以救此一等懵懂弟子、迂阔门徒云耳。医药假病，方难定执，是岂可遽以为万世之至论乎？然则六经、《语》、《孟》，乃道学之口实，假人之渊薮也，断断乎其不可以语于童心之明矣"，②直接表明对儒家思想贬抑，崇尚"自我本真"的反叛立场。

徐渭则以天地之间的原色比喻戏曲，提出本色说：

> 语入要紧处，不可着一毫脂粉，越俗越家常，越警醒，此才是好水碓，不杂一毫糠衣，真本色。若于此一处缩打扮，便涉分该婆

---

① 李贽著，张建业、刘幼生编：《李贽文集》第一卷《焚书》，中国社会科学文献出版社 2000 年版，第 92—93 页。

② 李贽著，张建业、刘幼生编：《李贽文集》第一卷《焚书》，中国社会科学文献出版社 2000 年版，第 93 页。

婆,犹作新妇少年哄趋,所在正不入老眼也。至散白与整白不同,尤宜俗宜真,不可着一文字,与扭捏一典故事,及截多补少,促作整句。锦糊灯笼,玉镶刀口,非不好看,讨一毫明快,不知落在何处矣! 此皆本色不足,仗此小做作以媚人,而不知误人野狐,作娇冶也。①

"本色"原指物品没有经过染色的原来的颜色,这是天地万物之原色,是自然生成的。宋代陈师道《后山诗话》将其借用、移入诗学领域:"退之以文为诗,子瞻以诗为词……要之皆非本色。"②这里的"本色"借指诗歌本来面目,徐渭以本色论戏曲,就是主张戏曲要从心流出,发乎性情,并且张扬俚俗语言,"越俗越家常,越警醒",越是本色的、俚俗的,就越富有感染力,它与追求典雅的传统诗文精神完全背道而驰。

第二,以自然为美。李贽说:"盖声色之来,发于情性,由乎自然,是可以牵合矫强而致乎? 故自然发于情性,则自然止乎礼义,非情性之外复有礼义可止也。惟矫强乃失之,故以自然之为美耳,又非于情性之外复有所谓自然而然也……然则所谓自然者,非有意为自然而遂以为自然也。若有意为自然,则与矫强何异? 故自然之道,未易言也。"③他认为情性就是自然,创作以情为本,就是主张以自然为美,所以他说,为人"不必矫情,不必逆性,不必昧心,不必抑志","直心而动"即可,这就是他所提倡的"童心"。他进一步以琴乐作比,提出自然为美的观念:

> 吾又是以观之,同一琴也,以之弹于袁孝尼之前,声何夸也?以之弹于临绝之际,声何惨也? 琴自一耳,心固殊也。心殊则手

---

① 徐渭:《徐渭集》,中华书局 1983 年版,第 1093 页。

② 李春青:《中华古文论释林·北宋卷》,北京大学出版社 2011 年版,第 3404 页

③ 李贽著,张建业、刘幼生编:《李贽文集》第一卷《焚书》,中国社会科学文献出版社 2000 年版,第 123—124 页。

殊，手殊则声殊，何莫非自然者，而谓手不能二声可乎？而谓彼自然，此声不出自然可乎？故蔡邕闻弦而知杀心，钟子听弦而知流水，师旷听弦而识南风之不竞，盖自然之道，得手应心，其妙固若此也。①

这段话首先论证"琴自一耳，心固殊也"，音乐的差异性是由心决定的，再次强调情于文艺的根本性，其次重点论述"心—手—乐"这一过程"莫非自然""不出自然可乎"均是遵循自然之道，自然生成的。由此可见，在李贽看来，自然为美，不仅是指性情为天生、自然生成的本质特征，而且还用来规范艺术自然生成的创作过程。汤显祖也推崇自然为美，他说："太白故颓然自放，有而不取，此天授，不假人力。"所谓"天授""不假人力"正是自然之美。

第三，高度的自由创造性。汤显祖论文主情，同时也尚奇，二者密切相关，这在汤显祖的文论中可谓一体之两面的关系。他说：

天下文章所以有生气者，全在奇士。士奇则心灵，心灵则能飞动，能飞动则下上天地，来去古今，可以屈伸长短生灭如意，如意则可以无所不如。彼言天地古今之义而不能皆如者，不能自如其意者也。不能如意者，意有所滞，常人也。蛾，伏也。伏而飞焉，可以无所不至。当其蠕蠕时，不知其能至此极也。是故善画者观猛士剑舞，善书者观担夫争道，善琴者听淋雨崩山。彼其意诚欲愤积决裂，挈庱关接，尽其意势之所必极，以开发于一时。耳目上不可及而怪也。②

---

①　李贽著，张建业、刘幼生编：《李贽文集》第一卷《焚书》，中国社会科学文献出版社 2000 年版，第 192 页。

②　汤显祖著，徐朔方笺校：《汤显祖全集》，北京古籍出版社 1999 年版，第 1140—1141 页。

奇士之奇正在于心灵之奇,有生气,有灵气,故能屈伸飞动,天地古今,无所不如,精神高度自由,想象力无限活跃,能够激发起无限潜力,就像飞蛾一样,当它只是蠕虫的时候,根本不会飞,只是蜷伏在地面上,一旦成熟则可任意飞翔,无所不至了。落实到戏曲创作上,则显示出超越千古、天地鬼神的无限表现力:

> 奇哉清源师,演古先神圣八能千唱之节,而为此道。初止囊弄参鹘,后稍为末泥三姑旦等杂剧传奇。长者折至半百,短者折才四耳。生天生地生鬼生神,极人物之万途,攒古今之千变。一勾栏之上,几色目之中,无不纡徐焕眩,顿挫徘徊。恍然如见千秋之人,发梦中之事。①

袁宏道则用水之象喻形容以情为本的无限自由的创作情态。他说:

> 小修诗,散逸者多矣,存者仅此耳……大都独抒性灵,不拘格套,非从自己胸臆流出,不肯下笔。有时情与境会,顷刻千言,如水东注,令人夺魄。②

不拘格套即不受束缚之义。很多研究者指出,袁宏道所要摆脱的束缚有两个方面,一是指思想上传统性观念的束缚,故他特别强调其弟中道喜读老庄释道的书;另一则是指七子派所标榜的汉魏盛唐诗文格调的束缚。③故此,袁宏道所说的性灵便是不受儒家传统、礼教束缚的纯然、天然的真性情,文章若从此种真性情出发,就会像水向东流一样源源不断,进入自然任

---

① 汤显祖著,徐朔方笺校:《汤显祖全集》,北京古籍出版社 1999 年版,第 1188 页。

② 皮朝纲:《中国历代美学文库·明代卷》(中),高等教育出版社 2003 年版,第 471 页。

③ 蒋凡、郁源:《中国古代文论教程》,中华书局 2005 年版,第 203 页。

运、无拘无束、文思泉源、顷刻成篇的创作境界，令人惊叹。

## 四、自由超越的审美鉴赏论：镜花水月、烟霞变幻、冷水浇背、陡然一惊

《中郎先生行状》一文中提及袁宏道创作思想的巨变时说："先生既见龙湖（李贽），始知一向掇拾陈言，株守俗见，死于古人语下，一段精光不得披露。至是浩浩焉如鸿毛之遇顺风，巨鱼之踪大壑。能为心师，不师于心；能转古人，不为古转；发为语言，一一从胸襟流出，盖天盖地，如象截急流，雷开蛰户，浸浸乎其未有涯也。"①以长空之鸟任风翱翔、大海之鱼随心漫游、无拘无束、浩瀚无涯生动形容袁宏道在接触李贽思想之后，摆脱儒家名教、复古派等的重重束缚，获得极大的自由，此后，袁宏道写的诗文如《锦帆集》《瓶花斋集》等被其好友江盈科评为"情真而境实，揭肺肝示人"，是纯任心灵的自由体验。所谓"揭肺肝示人"，一是指性灵之真。明人论诗，重真情，如邓云霄《重刻空同先生集叙》云：

> 诗者，人籁也，而窍于天。天者，真也。王叔武之言曰：真诗在民间，而空同先生有味其言，至引之以自叙。……故真者，音之发，而情之原，从原而触情，从情而发音，故赴响应节，悠悠然光景屡新，与天同其气，徐而获之，畅然愀然，足以感耳入心。②

由真性情出发，明人论诗，重视诗歌的以情为主、情景融合，强调艺术造境的形象变幻、浑然生成，确立了反诗史、反意图、反实求的文本体认，如谢榛《四溟诗话》曰：

> 作诗本乎情景……景乃诗之媒，情乃诗之胚，合而为诗。以

---

① 蒋凡、郁源：《中国古代文论教程》，中华书局 2005 年版，第 201 页。
② 李壮鹰：《中国古代文论读本》，高等教育出版社 2008 年版，第 302 页。

数言而统万形,元气浑成,其浩无涯矣。①

明确提出诗歌要以情和景为主要构成要素,二者关系密切,又有不同。景是媒,即景是诗人借以抒情的媒介;而情是胚,即情是诗的胚胎、主体、灵魂,②二者有机融合,"以数言而统万形",具有无限自由的表现力。他还指出:

> 凡作诗不宜逼真,如朝行远望,青山佳色,隐然可爱,其烟霞变幻,难于名状;及登临非复奇观,惟片石数树而已。远近所见不同,妙在含糊,方见作手。③

所谓"作诗不宜逼真",是指创作者不要拘泥于生活的真实、现实的真实,只有对现实、生活真实的超越,才能极大地激发读者的想象力和创造力,哪怕片石数树,在艺术真实的观照下,也能烟霞变幻,难于名状,令人流连忘返。王廷相《与郭价夫学士论诗书》中也有类似的看法:

> 夫诗贵意象透莹,不喜事实粘着,古谓水中之月,镜中之影,可以目睹,难以实求是也。《三百篇》比兴杂出,意在辞表;《离骚》引喻借论,不露本情。……嗟乎!言实则寡余味也,情直致而难动物也,故示之以意象,使人思而咀之,感而契之,邈哉深矣。此诗之大致也。④

"不喜事实粘着",即谢榛"作诗不宜逼真"之意,同样体现出对艺术真

---

① 丁福保辑:《历代诗话续编》(下),中华书局1983年版,第1180页。
② 蒋凡、郁源:《中国古代文论教程》,中华书局2005年版,第198页。
③ 丁福保辑:《历代诗话续编》(下),中华书局1983年版,第1184页
④ 蒋凡、郁源:《中国古代文论教程》,中华书局2005年版,第192页。

实的追求。并以"水中之月，镜中之影"比喻在艺术真实的观照下，艺术造境进入形象直觉、变幻多端的自由境界。

胡应麟也以镜花为喻提出他的文论观点，其《诗薮·内编》卷五云：

> 作诗大要不过二端：体格声调，兴象风神而已。体格声调有则可循，兴象风神无方可执。故作者但求体正格高，声雄调爽，积习之久，矜持心化，形迹俱融，兴象风神，自尔超迈。譬则镜花水月，体格声调，水与镜也；兴象风神，风与花也。必水澄镜朗，然后花月宛然。讵容昏鉴浊流，求睹二者？故法所当先，而悟不容强也。[①]

水与镜即体格声调，也就是文章的体裁、声律、格调等，即胡氏所说的"法"；月与花即兴象风神，也就是文章的神韵、意兴、风味等，即胡氏所说的"悟"。"必水澄镜朗，然后花月宛然"，这是提倡体格声调与兴象风神的辩证统一。一方面，月花之神韵要以水镜之格调为基础；另一方面，月花之神韵又不能拘泥于水镜之格调，只有超越了它们才能真正进入形迹俱融、含蓄蕴藉、自由无限的创作境界。

总之，由真性情出发，明人论诗重情感蕴藉、意象浑融，如水月镜花、烟霞变幻般，朦胧韵致，万千变化。

二是性灵之深。肺是人的呼吸器官，也是人体重要的造血器官，位于胸腔；肝则是人体重要的消化器官，在腹腔内。肺肝不但位于人体内部，且地位重要，故古人常以肺肝比喻人的内心深处，如《新唐书·袁滋传》："性宽易，与之接者，皆谓可见肺肝。"《明史·隐逸传·杨恒》："恒性醇笃，人与语，出肺肝相示。"江盈科评袁宏道诗文"以肺肝示人"，意在表明袁氏诗文不仅出于真性情，而且直击人的内心底处、灵魂深处的东西，不得不发的极致状态的东西，故而才能够产生震撼人心的异乎寻常的效果。如李贽说：

---

① 　胡应麟著，王国安校点：《诗薮》，上海古籍出版社 1979 年版，第 100 页。

　　且夫世之真能文者，比其初皆非有意于为文也。其胸中有如许无状可怪之事，其喉间有如许欲吐而不敢吐之物，其口头又时时有许多欲语而莫可所以告语之处，蓄极积久，势不能遏。一旦见景生情，触目兴叹；夺他人之酒杯，浇自己之垒块；诉心中之不平，感数奇于千载。既已喷玉唾珠，昭回云汉，为章于天矣，遂亦自负，发狂大叫，流涕恸哭，不能自止。宁使见者闻者切齿咬牙，欲杀欲割，而终不忍藏于名山，投之水火。①

　　所谓"其胸中有如许无状可怪之事，其喉间有如许欲吐而不敢吐之物，其口头又时时有许多欲语而莫可所以告语之处"，表明这种性情的东西早已不是儒家"乐而不淫"、"哀而不伤、怨而不怒"、温柔敦厚、风雅比兴、委婉寄托所能限定的，它直击灵魂深处的叩问，超越一切束缚与规范的心灵自由，故其产生的文学效果是震撼式的，"发狂大叫，流涕恸哭"、"切齿咬牙，欲杀欲割"，简直处于狂热的状态了。

　　汤显祖论曲主情，他的情甚至能够令人起死回生，超越生死束缚、世俗常理以及封建正统观念，故而他的戏曲效果更能"惊天地，泣鬼神"了：

　　世总为情，情生诗歌，而行于神。天下之声音笑貌大小生死，不出乎是。因以驰荡人意，欢乐舞蹈，悲壮哀感鬼神风雨鸟兽，摇动草水，洞裂金石。其诗之传者，神情合至，或一至焉；一无所至，而必曰传者，亦世所不许也。②

---

　　①　李贽著，张建业、刘幼生编：《李贽文集》第一卷《焚书》，中国社会科学文献出版社 2000 年版，第 91 页。

　　②　汤显祖著，徐朔方笺校：《汤显祖全集》，北京古籍出版社 1999 年版，第 1110—1111 页。

徐渭更是以"冷水浇背"的象喻比拟这种震撼的审美效果：

　　试取所选者读之，果能如冷水浇背，陡然一惊，便是兴观群怨之品，如其不然，便不是矣。然有一种直展横铺，粗而似豪，质而似雅，可动俗眼，如顽块大脔，入嘉筵则斥，在屠手则取者，不可不慎之也。①

"冷水浇背，陡然一惊"重在审美鉴赏的震撼式的感性激发力量，这样的象喻在前朝是少有的。

## 五、自然纯真、自适任性的趣味论：酒肉声伎、自打自滚，率心而行，骨飞眉舞

在我国古代文论史上，"趣"是一个相对来说出现和成熟得较晚的审美范畴，"趣"一词虽然早在先秦典籍中就已出现，如《诗经·大雅·棫朴》"济济辟王，左右趣之"，这里的"趣"实同"趋"，趋向、奔向之义。"趣"被用来论诗谈艺，真正作为一个文论术语是在魏晋南北朝。《世说新语·言语》载："谢太傅语王右军曰：'中年伤于哀乐，与亲友别，辄作数日恶。'王曰：'年在桑榆，自然至此，正赖丝竹陶写，恒恐儿辈觉，损欣乐之趣。'"欣乐之趣即欣然、快意的生活情趣。又《世说新语》"自有濠濮间趣"、郦道元《水经注》"清荣峻茂，良多趣味"、嵇康《琴赋序》"览其旨趣"，可见，"趣"已得到较为广泛的运用。但总的来看，"趣"即趣味，其内涵比较浅层单薄，并没有过多的质的规定性。唐宋文论家不仅大量地将"趣"引入文论领域，而且赋予它新鲜的审美内涵。《晋书·嵇康传》评嵇康："善谈理，又能属文。其高情远趣，率然高远。"张怀瓘《六体书论》论书法："观彼遗迹……其趣之幽深，情之比兴，可以默识，不可言宣。"殷璠《河岳英灵集》评储光羲诗："格高调逸，趣远

_____

①　徐渭：《徐渭集》，中华书局 1983 年版，第 482 页。

情深。"司空图《与王驾评诗书》称王维、韦应物诗:"趣味澄复,若清风之出岫。"①秦观《韩愈论》论杜诗"包冲澹之趣"②,叶梦得《石林诗话》称王安石晚年诗富"深尽沉婉不迫之趣",可见,唐宋之趣重在冲然淡远、空灵生趣之韵味,已具有一定的质的规定性。严羽《沧浪诗话·诗辨》更是从理论高度对"趣"进行总结与升华,他说:"诗有别趣,非关理也。""盛唐诸人惟在兴趣,羚羊挂角,无迹可求。故其妙处透彻玲珑,不可凑泊,如空中之音,相中之色,水中之月,镜中之象,言有尽而意无穷。"这指出"趣"的审美特征是浑融无迹、言尽旨远,优游不迫,含蓄蕴藉,从而真正确立了"趣"作为审美范畴的地位。"趣"的地位在明代文论语境中得到进一步巩固。汤显祖《答吕姜山》云:"凡文以意趣神色为主。"钟惺《隐秀轩文昃集序》曰:"夫文之于趣,无之而无之者也。譬之人,趣其所以生也,趋死则死。"③叶昼在容与堂本《李卓吾先生批评忠义水浒传》第五十五回的回末总评中更是明确提出"天下文章当以趣为第一"的论点:

> 李和尚曰:有一村学究道:"李逵太凶狠,不该杀罗真人;罗真人亦无道气,不该磨难李逵。"此言真如放屁,不知《水浒传》文字,当以此回为第一,试看种种摹写处,那一事不趣,那一言不趣? 天下文章当以趣为第一。既是趣了,何必实有是事,并实有是人? 若一一推究如何如何,岂不令人笑杀? 又曰:罗真人处固妙绝千古,戴院长处亦令人绝倒。每读至此,喷饭满案。④

传统观念中,小说一直被称作"稗官野史","野史"一词既折射出对小说的鄙视,也暗含了以史为标准要求小说符合生活真实、历史真实的传统

---

① 张少康:《司空图及其诗论研究》,学苑出版社 2005 年版,第 43 页。

② 李春青:《中华古文论释林·北宋卷》,北京大学出版社 2011 年版,第 385 页。

③ 钟惺:《隐秀轩集》,明天启二年沈春泽刻本。

④ 皮朝纲:《中国历代美学文库·明代卷》(中),高等教育出版社 2003 年版,第441 页。

观念，但这里叶昼认为"趣"是天下文章的第一且最高的标准，只要有趣，"何必实有是事，并实有是人？"在"趣"的强烈追求下，小说理论家们开了小说艺术虚构论的先声。

但在晚明个性解放的思想文化思潮下，"趣"作为审美范畴的审美内涵发生了极大变化。袁宏道《叙陈正甫会心集》详细论述道：

> 世人所难得者唯趣。趣如山上之色，水中之味，花中之光，女中之态，虽善说者不能下一语，唯会心者知之。今之人慕趣之名，求趣之似，于是有辨说书画，涉猎古董以为清；寄意玄虚，脱迹尘纷以为远；又其下则有如苏州之烧香煮茶者。此等皆趣之皮毛，何关神情？
>
> 夫趣得之自然者深，得之学问者浅。当其为童子也，不知有趣，然无往而非趣也。面无端容，目无定睛，口呐呐而欲语，足跳跃而不定，人生之至乐，真无逾于此时者。孟子所谓不失赤子，老子所谓能婴儿，盖指此也。趣之正等正觉最上乘也。山林之人，无拘无缚，得自在度日，故虽不求趣而趣近之。愚不肖之近趣也，以无品也。品愈卑故所求愈下，或为酒肉，或为声伎，率心而行，无所忌惮，自以为隔绝于世，故举世非笑之不顾也，此又一趣也。迨夫年渐长，官渐高，品渐大，有身如梏，有心如棘，毛孔骨节俱为闻见知识所缚，入理愈深，然其去趣愈远矣。
>
> 余友陈正甫，深于趣者也，故所述《会心集》若干卷，趣居其多。不然虽介若伯夷，高若严光，不录也。噫，孰谓有品如君，官如君，年之壮如君，而能知趣如此者哉！①

所谓"趣如山上之色，水中之味，花中之光，女中之态"，看似脱胎于严

---

① 皮朝纲：《中国历代美学文库·明代卷》（中），高等教育出版社 2003 年版，第469 页。

羽《沧浪诗话》中的"空中之音,相中之色,水中之月,镜中之像",但袁宏道又指出,这种"趣"的精神实则是只可意会、不可道明的,而当今很多人的所说、所做其实不过是"趣之皮毛""趣之似",真正的趣更像是童子的"不知有趣",却又"口喃喃而欲语,足跳跃而不定"的"无往而非趣",是喝酒吃肉、表演技艺的率心而行、无所忌惮、无所顾忌。总之,不是为趣而趣,而是自然生成,浑然一体,故"趣得之自然者深,得之学问者浅"。如此,袁宏道所说的趣不再重在严羽借禅喻诗的神韵空灵、冲淡悠远,而是转向富有时代特色的自然纯真、自适任性。

由此出发,袁宏道甚至把自己的诗文称作信口而出的戏笔之作,并以此为标准认为秦汉大唐皆无诗无文:

> 至于诗,则不肖聊戏笔耳。信心而出,信口而谈。世人喜唐,仆则曰唐无诗;世人喜秦、汉,仆则曰秦、汉无文;世人卑宋黜元,仆则曰诗文在宋、元诸大家。昔老子欲死圣人,庄生讥毁孔子,然至今其书不废;荀卿言性恶,亦得也孟子同传。何者?见从己出,不曾依傍半个古人,所以他顶天立地。今人虽讥讪得,却是废他不得。不然,粪里嚼查,顺口接屁,倚势欺良,如今苏州投靠家人一般。记得几个烂熟故事,更曰博识;用得几个现成字眼,亦曰骚人。计骗杜工部,囤扎李空同,一个八寸三分帽子,人人戴得,以是言诗,安在而不诗哉?不肖恶之深,所以立言亦自有矫枉之过。(《与张幼于诗》)[①]

"戏笔"之戏表明"趣"之自适任性的特点,但戏笔并非胡乱言语,而是"见从己出""顶天立地"的"信心而出,信口而谈",体现出"趣"之自然纯真的另一面。李贽也表达了类似的观点,他说:"山农自得良知真趣,自打而

---

① 袁宏道著,任亮直选注:《袁中郎诗文选注》,河南大学出版社1993年版,第354页。

自滚之，何与诸人事，而又以为禅机也？"山农能够得到真趣，正在于他的打滚是"自打而自滚之""为己自得"的自然纯然、自适任性。

　　自然纯真、自适任性的审美趣味在明代俗文学理论中表现得尤为突出。叶昼在《西游记》第三十二回回批中说："描画孙行者顽处，猪八戒呆处，令人绝倒，化工笔也。""绝倒"可见"趣"之快感，"化工"则表明"趣"之自然。郑元勋《媚幽阁文娱》序中说："吾以为文不足供人爱玩，则六经之外俱可烧。六经者桑麻菽粟之可衣可食也，文者，奇葩，文翼之怡人耳目悦人性情也，若使不期美好，则天地产衣食生民之物足矣。彼怡悦人者则何益而并育之！"①所谓有趣就是要好玩，怡人耳目，悦人性情，给人快感，供人娱乐，突出晚明追求享受的审美趣味，郑氏这里从事物存在的合理性和必要性的高度强调对文章趣味的追求。袁宏道特别心仪《水浒传》，他说："予每检十三经或二十一史，一展卷，即忽忽欲睡去，未若《水浒》之明白晓畅，语语家常，使我捧玩不能释手者也。自朝至暮，自昏彻旦，几忘食忘寝，聚讼言之不倦。及举《汉书》《汉史》示人，毋论不能解，即解亦多不能竟，几使听者垂头，见者却步。"②"明白晓畅，语语家常"正指出"趣"之自然纯真，"捧玩不能释手"又可见"趣"之自适快感。李贽在小说的阅读与评点中同样也追求这样酣畅淋漓的享受，其《寄京友书》说："《水浒传》批点得甚快活人，《西厢》《琵琶》涂抹、篡改得更妙。""坡仙集我有披削旁注在内，每开看便自欢喜，是我一件快心却疾之书……大凡我书皆为求以快乐自己，非为人也。""施耐庵、罗贯中，真神手也！摹写鲁智深处，便是个烈丈夫模样，摹写洪教头处，便是忌妒小人底身份。至搓拨处，一怒一喜，倏忍转移。咄咄逼真，令人绝倒，异哉！"③在这些评点用语中，快活、欢喜、咄咄逼人、快乐自己。非为人等用词用句都可以鲜明地见出晚明小说理论家既追求自然情真，又

---

　　①　李旭：《论"趣"的文化根源》，《齐鲁学刊》，2000 年第 2 期。

　　②　袁宏道著，钱伯城笺校：《袁宏道集笺校》（上），上海古籍出版社 2008 年版，第284 页。

　　③　李贽著，张建业、刘幼生编：《李贽文集》第一卷《焚书》，中国社会科学文献出版社 2000 年版，第 65 页。

极其关注自身感受,追求愉悦和自适的审美情趣。五湖老人《忠义水浒全书序》曰:"此传一日留宇宙间,即公明辈一日不死宇宙间,披借而得其如虬如戟之须;似蛾似黛之眉;或青白,或慈或慧,或逃之眼;若儋若白,若瞩垣之耳;为隆准、为截筒之鼻。读半则而笑骂声宛然,读全则而怒痴状宛然,及读上下相关处,而细作者冠冕其胸,奴隶者英雄其胆,仆人渔老,贩子舆夫,每每潜天潜地,忽鬼忽蜮者,又狂豪情烈其肝膈,寓于编不少遗焉。嗟嗟!恨不亲炙公明辈,犹喜神遇公明辈也。"①细数读传之乐趣。明代戏曲家亦是如此。汤显祖说:

> 太白故颓然自放,有而不取,此天授,无假人力;若献吉(李梦阳)者,诚陋矣!《虞初》一书,罗唐人传记百十家,中略引梁沈约十数则,以奇僻荒诞,若灭若没,可喜可愕之事,读之使人心开神释,骨飞眉舞。虽雄高不如《史》、《汉》,简淡不如《世说》,而婉缛流丽,泂小说家之珍珠船也。其述飞仙盗贼,则曼倩之滑稽;志佳冶窈窕,则季长之下绛纱;一切花妖木魅,牛鬼蛇神,则曼卿之野饮。意有所荡激,语有所托归,律之风流之罪人,彼固歉然不辞矣。使咄咄读古,而不知此味,即日垂衣执笏,陈宝列俎,终是三馆画手,一堂木偶耳,何所讨真趣哉!②

"真趣"既有情真生趣,也有对当时八股习气的鄙弃,他曾说:"吾尝浮沉八股道中,无一生趣。"这样的真趣必定会产生"心开神释,骨飞眉舞"的动人快感。

总之,晚明时期,文论家们追求以趣为美,以自然纯真、自适任性为旨趣,正是对当时富有时代特色的个性解放思想潮流的响应与推动,呈现出极其鲜明的时代特征和美学精神。

---

① 黄卓越:《中华古文论释林·明代下卷》,北京大学出版社 2011 年版,第 170 页。
② 汤显祖著,徐朔方笺校:《汤显祖全集》,北京古籍出版社 1999 年版,第 1652 页。

# 第八章　圆融兼容，辩证系统：清代象喻批评

## 第一节　清代社会思想文化概论

清代，是继元代之后第二个由少数民族统治者建立起来的国家，也是中国历史上最后一个封建王朝。自 1644 年入关统一中国，至 1912 年宣统帝溥仪逊位，在这长达 268 年之久的统治中，政治格局、社会形态也屡生变化。顺治元年(1644 年)至雍正十三年(1735 年)为前期，此时经济复苏，并得到迅速发展，政治统治地位基本稳定，渐自走向强大。乾隆元年(1736 年)至嘉庆二十五年(1820 年)为中期，这一时期，清朝已进入全面鼎盛时期，创造了封建社会高度文明的"康乾盛世"，经济发达，国力强大。乾隆曾夸言："大清天朝富有四海，大清天朝统驭万邦。"可见其盛势。但乾隆晚年宠幸贪官和珅，政治日益腐败，民间怨声载道；嘉庆时期，各地已屡屡出现反清起义军，清朝的统治开始走向下坡路，其鼎盛时代宣告结束。道光元年(1821 年)至宣统三年(1911 年)为晚期，此时清朝的统治已完全衰败，帝国主义入侵，中国沦为半殖民地半封建社会。1912 年 1 月 1 日，中华民国于南京成立，孙文在南京就任临时大总统。2 月 12 日，袁世凯迫使宣统帝溥仪颁布退位诏书，将权力交给袁世凯政府，至此，清朝覆亡，持续两千多年的封建王朝正式结束。总体上看，无论前期、中期还是后期，清王朝统治下的中国都已经进入了一个大总结、大集成、大转换的时代。以下分两大点进行论述。

## 一、大一统的多民族国家

清朝统治中原后,采取一系列推进经济生产复苏与发展的措施,坚持以农业为国本的治国方略,多次改革,减免赋税,如康熙和乾隆两朝就共有五次蠲免全国钱粮,康熙五十年还取消了人头税,减轻百姓压力,又投巨资大规模地治理黄、淮,广兴水利,改进种植技术,改良新品种。除此之外,还大力鼓励垦荒,不断扩大耕种面积。至雍乾之际,全国耕地已达 10 亿亩,为历代垦荒之最。史称:"盖自康、乾以来,各省军屯民垦称极盛焉。"手工业方面如丝织业、棉织业、印染业、矿冶业、制瓷业、制糖业、制药业等都有很大发展,商业尤其发达,已形成由农村集市、城镇市场、区域性市场和全国性市场组成的商业圈。在经济繁荣增长的强烈刺激下,人口迅猛增长,清世祖顺治九年(1652 年),全国总人口约一千四百四十八万。康熙六十一年(1722 年),全国人口突破一亿五千万。乾隆五十五年(1790 年),全国人口突破三亿。至晚清时期,全国人口突破四亿大关,几占世界人口的一半。尤为可贵的是,在清朝统治者身上体现出极其浓厚的多元融合、民族共同体的民族观念。早在入关前,清朝就已建立起满、蒙、汉的政治联盟,实行联姻政策,将东北北部等广大地区纳入清朝统治之下,为日后国家的统一奠定了基础。入关后,统治者更是推行汉化政策,坚持"满汉一体""中外一视"的大一统政策,派驻军队,突破了历代大多数王朝在长城以内设治与直接行政管辖的限制,并且因地制宜,实行不尽相同的管辖机制,统一由清政府管辖。例如,在西藏设驻藏大臣,代表朝廷监管西藏军政与财务;在西南,废除千百年世袭土司制,改土归流,由中央派官管辖地方;在蒙古设盟旗制,管理蒙古族;在西北设伊犁将军管治新疆,充分强劲地扩大了疆域版图。极盛时期的清朝,西抵葱岭和巴尔喀什湖,西北包括唐努乌梁海,北至漠北和西伯利亚,东到太平清(包括库页岛),南达南沙群岛,几至极限,将新疆和西藏纳入版图,积极维护了国家领土主权的完整,并且有力地实现了多民族的统一。清朝所辖,共有五十五个民族接受统一的国家政权管理,多民族凝聚成一个坚固的中华民族共同体,形成真正意义上的"多民族国家"的概念,把大一统的政治理想发展到极限。

## 二、集大成的思想文化观念

立国伊始,满族统治者就积极推行汉化政策,注重满族文化与汉族文化的相互融通,体现出多元融合、兼容并包的集大成观念。例如,顺治帝发奋阅读汉文书籍,崇尚儒家的"文教治天下"的思想,深受汉文化熏陶。康熙帝也注重对汉文化的学习,他请人讲解四书五经,大力推行以儒学为代表的汉文化,编纂汉文书籍,汉文中那些传统的经典书籍成为包括皇帝在内的满族人的必修课。到乾隆中期,满人几乎全部以汉语为母语,乾隆帝本人更是酷爱汉文化,建树颇深,他开博学鸿词科,整理典籍,编纂图书,最突出的是《四库全书》的编成。《四库全书》是我国古代一部规模空前、浩瀚博深的大型古籍丛书,以纪昀为总编纂官,历时十载,集当时几乎全部精英的汗水和精力而成。它既卷帙浩繁,汇集历代文化古籍 3461 种,79309 卷,存目者 6793 种,93551 卷;又高屋建瓴,将繁杂如林的著作分为经、史、子、集四部分门别类,眉目清晰,结构谨严,体系清晰。另配合《四库全书》编纂而成的《四库全书总目提要》汇集了古今各类著作 10254 种,172860 卷(含存目),实集中国传统文化之大成,尽显清文化大总结、大集成、大概括之特色。

清代文学也多元发展,它承接各代文学成果,形成众多学派,并进一步将明末的小说、戏曲等俗文学发扬光大。郭绍虞《中国文学批评史》说:"清代学术有一特殊的现象⋯⋯周秦以子称,楚人以骚称,汉人以赋称,魏晋六朝以骈文称,唐人以诗称,宋人以词称,元人以曲称,明人以小说戏曲称,至于清代的文学则于上述各种中间,没有一种比较特殊的足以称为清代的文学,却也没有一种不成为清代的文学。盖由清代文学而言,也是包罗万象而兼有以前各代的特点的。"①

在文学批评方面,清代文人也善于反思历代文学,整体观照,形成了许

① 郭绍虞:《中国文学批评史》下卷,百花文艺出版社 2008 年版,第 11 页。

多富于总结性的观点。其文学批评的主要样式——清诗话更是体制完备，体系完整。每一个朝代均备有《诗话》或《纪事》，诗话有劳孝舆《春秋诗话》、费锡璜《汉诗说》、王棨《全唐诗话》、郑方坤《五代诗话》、孙涛《全宋诗话》、周春《辽诗话》、查羲《元人诗说》、程作舟《皇明诗话》、杨际昌《国朝诗话》等，纪事有厉鹗《宋诗纪事》、陈衍《辽诗纪事》《金诗纪事》《元诗经事》、陈田《明诗纪事》等，非常全面。从内容上看，很多诗话都对中国诗学和古典美学的普遍性规律做了深入探讨和全面总结。

# 第二节　清代文论中典型的象喻批评

前文指出，清代文学批评具有在总结中深化，集大成时又有创造性的重要特点，而这些特点在象喻批评中其实均有鲜明的体现。

## 一、木偶演戏，乞儿搬家，村婆絮谈，骨董开店：对模拟学步及门户之见的辛辣批判

与"满汉一体、中外一视"的大一统的政治思想观念相近，清代文学批评强烈批判门户之习，运用诸多象喻进行批评，如明末清初陈子龙《答胡学博》指出："至万历之季，士大夫偷安逸乐，百事堕坏。而文人墨客所为诗歌，非祖述《长庆》，以绳枢瓮牖之谈为清真，则学步香奁，以残膏剩粉之资为芳泽……是以士气日靡，士志日陋，而文武之业不显。"认为模拟学步者是以"残膏剩粉之资为芳泽"，何来的生趣？钱谦益则将其斥为诗病："近代诗病其征，凡三变：沿宋、元之窠臼，排章俪句，支缀蹈袭，此弱病也；剽唐、《选》之余沈，生吞活剥，叫号踔突，此狂病；搜郊、岛之旁门，蝇声蚓窍，晦昧结惛，此鬼病也。求弱病者，必之乎狂；救狂病者，必之乎鬼；传染日深，膏肓之病日甚。"（《题怀麓堂诗钞》）他认为事事拘门户之见已是膏肓之病了。其《答唐训导（汝谔）论文书》再次以蝇声蚓窍、病症等象喻进行批评和讽刺，他说：

仆尝论之,南宋以后之俗学,如尘羹涂饭,稍知滋味者,皆能唾而弃之。弘、正以后之缪学,如伪玉赝鼎,非博古识真者,未有不袭而宝之者也……若近年之谈诗者,苍蝇之鸣,作于蚯蚓之窍,遂欲以一隙之见,上下今古……嗟夫! 古学一变而为俗,俗学再变而为缪。缪之变也,不可胜穷。五方之音,变而为鸟语;五父之逵,变而为鼠穴。譬诸病症,愈变愈新。自良医视之,其所由传染,要不离于本病而已。①

将生硬模拟、偏狭浅陋之诗文或比作毫无滋味的尘羹涂饭,或拟为毫无光彩的伪玉赝鼎,或比作孤陋浅薄的蝇鸣蚓窍,如此下去,只会"五方之音,变而为鸟语。五父之逵,变而为鼠穴",文学道路愈来愈狭窄,最后沦为鸟语鼠穴,丧失文学的审美特征和生命力。

大诗论家王夫之《夕堂永日绪论内编》亦云:"诗文立门庭,使人学己,人一学即似者,自诩为'大家',为'才子',亦艺苑教师而已。高廷礼、李献吉、何大复、李于鳞、王元美、钟伯敬、谭友夏,所尚异科,其归一也。才一立门庭,则但有其局格,更无性情,更无兴会,更无思致;自缚缚人,谁为之解者? 昭代风雅,自不属此数公。""李文饶有云:'好驴马不逐队行。'立门庭与依傍门庭者,皆逐队者也。"②他指出立门庭者是作茧自缚,好的驴马是自由奔跑,不会受队行的限制的。清代中期的袁枚更是力主破除门庭之见,首先指出门户之习在当时的普遍性。他说:

前明门户之习,不止朝廷也,于诗亦然。当其盛时,高、杨、张、徐,各自成家,毫无门户。一传而为七子;再传而为钟、谭,为公安;又再传而为虞山;率皆攻排诋呵,自树一帜,殊可笑也。凡

---

① 党圣元:《中华古文论释林·清代上卷》,北京大学出版社 2011 年版,第 2—3 页。
② 党圣元:《中华古文论释林·清代上卷》,北京大学出版社 2011 年版,第 215 页。

人各有得力处,各有乖谬处,总要平心静气,存其是而去其非。试思七子、钟、谭,若无当日之盛名,则虞山选《列朝诗》时,方将搜索于荒树寂寞之乡,得半句片言以传其人矣。故必当王,射先中马:皆好名者之累也。(《随园诗话》卷一)①

他接着又说:

抱韩、杜以凌人,而粗脚笨手者,谓之权门托足;仿王、孟以矜高,而半吞半吐者,谓之贫贱骄人;开口言盛唐及好用古人韵者,谓之木偶演戏;故意走宋人冷径者,谓之乞儿搬家;好迭韵、次韵、刺刺不休者,谓之村婆絮谈;一字一句,自注来历者,谓之骨董开店。(《随园诗话》卷五)

“权门托足”“贫贱骄人”“木偶演戏”“乞儿搬家”“村婆絮谈”“古董开店”都是袁枚对倚傍门户的不良风气的批判,一连串的象喻足见袁氏的讽刺之辛辣。他还嘲笑晚明七子学唐,是“西施之影”,指出选家选近人诗歌也存在诸多不足,这就好比“管窥蠡测”,“以己履为式”“削他人之足以就之”,等等,都是门户之见所致的危害,这些批评都极富现实性和针对性。

清人对门户之见的批判主要基于对性灵、性情的强调,清代文论家把性灵、性情提到非常重要的地位,认为它们是文学的根本。钱谦益《范玺卿诗集序》云:“诗者,志之所之也,陶冶性灵,流各言其所欲言者而已。”其《题燕市酒人篇》曰:“诗言志,志足而情生焉,情萌而气动焉,如土膏之发,如候虫之鸣,欢欣噍杀,纡缓促数,穷于时,迫于境,旁薄曲折,而不知其使然者,古今之真诗也。”②认为由情生发的诗,如“土膏之发”“候虫之鸣”,表达出由

---

① 袁枚著,晓冰、永安点校:《随园诗话》,浙江古籍出版社 2000 年版,第 2 页。本书关于袁枚《随园诗话》所引内容均来自这一版本,后不再注明。

② 党圣元:《中华古文论释林·清代上卷》,北京大学出版社 2011 年版,第 7 页。

时与境生发出的真情实感,这才是真诗。黄宗羲还明确从"情之至真"论文
学之美,他说:

> 今古之情无尽,而一人之情有至有不至。凡情之至者,其文
> 未有不至于者也,则天地间街谈巷语、邪许呻吟,无一非文,而游
> 女田夫、波臣戍客,无一非文人也。(《明文案序》上)①

> 所谓"文"者,未有不写其心之所明者也。心苟未明,劬劳憔
> 悴于章句之间,不过枝叶耳,无所附之而生。故古今来,不必文人
> 始有至文,凡九流百家以其所明者,沛然随地涌出,便是至文。
> (《论文管见》)②

他认为"凡情之至者,其文未有不至于",生于情者、出于心者,这样的
文章才是至文。袁枚更是被人称为性灵派。钱泳《履园丛话》云:"太史(即
袁枚,笔者注)专取性灵。"袁枚在《随园诗话》中就已指出:"凡诗之传者,都
是性灵。"这进一步巩固了性灵说的根本地位。

> 夫诗无所谓"唐"、"宋"也。"唐"、"宋"者,一代之国号耳,与
> 诗无与也。诗者,各人之性情耳,与"唐"、"宋"无与也。若拘拘焉
> 持"唐"、"宋"以相敌,是子之胸中有已亡之国号,而无自得之性
> 情,于诗之本旨已失矣。(《答施兰垞论诗书》)

> 人有满腔书卷,无处张皇,当为考据之学,自成一家;其次则
> 骈体文,尽可铺排,何必借诗为卖弄? 自《三百篇》至今日,凡诗之

---

① 党圣元:《中华古文论释林·清代上卷》,北京大学出版社 2011 年版,第 113 页。
② 党圣元:《中华古文论释林·清代上卷》,北京大学出版社 2011 年版,第 100—
101 页。

传者,都是性灵,不关堆垛。惟李义山诗稍多典故,然皆才情驱使,不专砌填也。余续司空表圣《诗品》,第三首便曰"博习",言诗之必根于学,所谓"不从糟粕,安得精英"是也。近见作诗者,全仗糟粕,琐碎零星,如剃僧发,如拆袜线,句句加注,是将诗当考据作矣。虑吾说之害之也,故续元遗山《论诗》末一首:"天涯有客号冷痴,误把抄书当作诗。抄到钟嵘《诗品》日,该他知道性灵时。"(《随园诗话》卷五)

诗写性情,无关唐宋之门派,更非考据堆垛而来,唯有性情,诗才富有生命力,这样的言论在袁枚诗论中随处可见。其《与程蕺园书》曰:"且夫诗者,由情生者也。有必不可解之情,而后有必不可朽之诗。"①《随园诗话》卷一云:"诗者,人之性情也,近取诸身而足矣。其言动心,其色夺目,其味适口,其音悦耳,便是佳诗。"《陶怡云诗序》亦称:"性情者,源也,语藻者,流也。源之不清,流将焉附?"

值得一提的是,袁枚所提倡的性灵,并非泛泛之情,而是充实、鲜明、个性、自我之真情。《随园诗话》卷七曰:"有人无我,是傀儡也。"有人之情感,却无鲜明之个性,依然不过是傀儡。其《续诗品·著我》还提出"著我"的观点:

> 不学古人,法无一可。竟似古人,何处著我?
> 字字古有,言言古无。吐故吸新,其庶几乎?
> 孟学孔子,孔学周公。三人文章,颇不相同。②

在重视文学创作的独特个性方面,袁枚可谓不遗余力,有着相当充分的论述,其至比公安三袁还要突出。这与当时的社会经济转型带来的文化

---

① 杨扬:《中国历代美学文库·清代卷》(中),高等教育出版社 2003 年版,第 407 页。
② 刘衍文、刘永翔合注:《袁枚续诗品详注》,上海书店出版社 1993 年版,第 177 页。

思潮转变是有一定联系的,正如学者所指出的:"社会总是要向前发展的,新的思想也不可能长期被压制下去。到了乾隆中期,经济上的资本主义萌芽因素之发展,又有了新的回升,思想界也重新开始活跃起来了。"①

## 二、"遍入其门径,我从而管钥之":圆融兼容、辩证精微的诗学观念

通过对历代文学及文学批评理论的整体观照,身处封建社会末期的清代文人不再偏于一执,极端地固守己见,而是能够汲取吸收,兼容并包,同时又能辩证客观,注意文学理论各要素之间的相反相成关系,并有自己的积极深入的思考,故而既辩证又精微。龚自珍《与人笺一》曰:"遍入其门径,我从而管钥之。""遍入其门径"即圆融兼容之方法,"管钥之"则是辩证对待之思维,龚氏以生动形象的象喻来说明清代诗学理论的总体特征。细而分之,又可体现在以下几个方面。

### 1.如灯之有炷、有油、有火而焰发焉——钱谦益灵心、世运和学问的三结合

钱谦益《题杜苍略自评诗文》曰:"夫诗文之道,萌折于灵心,蛰启于世运,而苗长于学问,三者相值,如灯之有炷、有油、有火而焰发焉。今将欲剔其炷,拨其油,吹其火,而推寻其何者为光,岂理也哉?"②"灵心"即作家的性情,如前所述,清代文论家意识到性情于诗文的重要性,但并非极端片面,而是注意到诗歌性情(灵心)与社会现实(世运)、文化传统(学问)之间有着不可分割的关系,他运用生动的象喻进行比拟,灵心好比灯炷,灯炷必有油(世运)、有火(学问),才能发光发亮。文人若能面对客观外物的境遇际会,注重文化传统的学习与继承,表达出真情实感,所作的诗歌就能言之有物,滋养深厚,又具鲜明个性。

---

① 张少康、刘三富:《中国文学理论批评发展史》(下),北京大学出版社 1995 年版,第 421 页。

② 党圣元:《中华古文论释林·清代下卷》,北京大学出版社 2011 年版,第 10 页。

2.左手沉郁积力,右手才能运腕空灵——翁方纲神韵、格调、肌理、性灵的四融合

王士祯的神韵说、沈德潜的格调说、翁方纲的肌理说和袁枚的性灵说为清代诗论的四大学说,它们看似各执一面,偏激片面,实则力求全面系统地总结历代诗文的演变规律,立论注重各学说之间的熔铸萃取。兹以翁方纲的象喻批评为例进行论述。其《神韵论》(中)指出:

> 今以艺事言之,写字欲运腕空灵,即神韵之谓也。其不知古人之实得,而欲学其运腕空灵,必致手不能握笔矣。知其所以然,则吾两手写字,其沉郁积力,全用于不执笔之左手,然后其执笔之右手,自然轻灵运转如意矣。以为文之理喻之,则即据上游之谓也。①

翁氏标举肌理说,主要基于神韵说和格调说的空疏脱泛之流弊,其《延晖阁集序》曰:"诗必研诸肌理,而文必求其实际。夫非仅为空谈格(格调)、韵(神韵)者言也。持此足以定人品、学问矣。"②《言志集序》云:"士生今日,经籍之光,盈溢于宇宙,为学必以考证为准,为诗必以肌理为准。"③要之,以肌理之实矫神韵、格调之疏,当然又并非否定神韵、格调,而是吸收二者的合理之处,将义理、法度、考据合一的肌理说融合神韵和格调。对此,翁氏以书法作喻进行阐释。他说,右手写字时,运腕空灵,有人便以为十足的空灵。实则不然,右手之运笔之所以能够自然轻灵运转如意,实则得益于左手的沉郁积力,若左手无力,右手"必不能握笔",又何来的空灵?诗学亦是如此。诗歌空灵之神韵,实以考据、法度、义理之肌理为基础,故其《神韵论》(下)接着说:"神韵者,非风致情韵之谓也。吾谓神韵即格调者,特专就

---

① 党圣元:《中华古文论释林·清代下卷》,北京大学出版社 2011 年版,第 317 页。
② 党圣元:《中华古文论释林·清代下卷》,北京大学出版社 2011 年版,第 321 页。
③ 党圣元:《中华古文论释林·清代下卷》,北京大学出版社 2011 年版,第 321 页。

渔洋之承接李、何、王、李而言之耳。其实神韵无所不该，有于格调见神韵者，有于音节见神韵者，亦有于字句见神韵者，非可执一端以名之也。有于实处见神韵者，亦有于虚处见神韵者，有于高古浑朴见神韵者，亦有于情致见神韵者，非可执一端以名之也。"[1]总之，"'肌理'亦即'神韵'也"，"格调即神韵也"[《神韵论》(上)]，"'神韵'者，本极超诣之理"(《坳堂诗集序》)，[2]神韵、格调被改造成了义、法合一的肌理，三者融而为一。不仅如此，翁氏还强调作者之性情、个性，其《格调论》(下)云：

> 化"格调"之见则后词必己出也；化"格调"之见而后教人自为也，化"格调"之见而后可以言诗，化"格调"之见而后可以言"格调"也。[3]

所谓"词必己出""自为也"，以及《格调论》(下)中所说的"以意匠之独运者言之""以苦心孤诣、戛戛独造者言之""自为机杼""自为格判"等，皆是对作者之性情、个性的强调。要之，翁氏的肌理说实则融合了性灵说、神韵说和格调说，是多种诗法主张的交汇点，极其典型地体现了清代诗论集大成的特点。

3. 草木发生，天乔滋植，识以领之，方能中鹄——叶燮的艺术本原论

叶燮从主客体两方面探讨艺术的本原："曰理、曰事、曰情，此三言者，足以穷尽万有之变态。凡形形色色，音声状貌，举不能越乎此。此举在物者而为言，而无一物之或能去此者也。曰才、曰胆、曰识、曰力，此四言者所以穷尽此心之神明。凡形形色色，音声状貌，无不待于此而为之发宣昭著。此举在我者而为言，而无一不如此心以出之者也。以在我之四，衡在物之

---

① 党圣元：《中华古文论释林·清代下卷》，北京大学出版社 2011 年版，第 318 页。

② 党圣元：《中华古文论释林·清代下卷》，北京大学出版社 2011 年版，第 321 页。

③ 党圣元：《中华古文论释林·清代下卷》，北京大学出版社 2011 年版，第 316 页。

三,合而为作者之文章。大之经纬天地,细而一动一植,咏叹讴吟,俱不能离是而为言者矣。"

明清以来,受王阳明心学影响,文论家们都十分强调文艺创作主体在审美创造活动中的地位和作用。例如,李贽在《杂述》中指出创作主体应当具备"才""胆""识"三要素;袁中道《妙高山法寺碑》也提出"识""才""学""胆""趣"等几要素,叶燮的"才""胆""识""力"说;体现出对前人研究的兼容吸收,且更为客观辩证。他不仅强调四者之间的相互联系,"大约'才''胆''识''力'四者交相为济,苟一有所歉,则不可登作者之坛",四要素不可或缺,缺一不可;而且又辩证地意识到四者的不同作用与地位,"四者无缓急,而要在先之以识","惟有识则是非明,是非明则取舍定,不但不随世人脚跟,并亦不随古人脚跟","惟有'识'则能知所从,知所奋,知所决,则后'才'与'胆'、'力'皆确然有以自信。举世非之、举世誉之而不为其动摇,安有随人之是非以为是非哉?"对于"识"在创作主体素养中的核心地位,袁枚和章学诚都用了极其鲜明生动的象喻进行阐释。袁枚首先肯定了"识"的重要性,并指出作史与作诗对创作主体的要求是一样的:"作史三长,'才''学''识'缺一不可。余谓诗亦如之,而'识'为最先。非识,则'才'与'学'俱误用矣。"(《随园诗话》卷三)接着以弓箭为喻:

> 作史者,"才"、"学"、"识"缺一不可,而"识"为尤。其道如射然:弓矢,"学"也;运弓矢者,"才"也;有以领之,使至乎当中之鹄,而不病于旁穿侧出者,"识"也。作诗有识,则不徇人、不矜己、不受古欺,不为习囿。(《答兰垞第二书》)

> "学"如弓弩,"才"如箭镞,"识"以领之,方能中鹄。善学邯郸,莫失故步;善求仙方,不为药误。我有神灯,独照独知;不取亦取,虽师勿师。(《续诗品·尚识》)

作史和作诗一样,都要求创作主体具备"才""学"和"识"三要素,三者缺一不可，但"识"是最重要的，就像射箭一样，弓矢好比是学问，运拉弓矢的力量是才气，但是怎么运力、射向哪里则是"识"的工夫，只有具备高超敏锐的识见，才能射中猎物，刻画出生动鲜明的艺术形象。

章学诚既是文学家，又是史学家，与袁枚相比，他更是强调二者之间的密切关系："盈天地间凡著作之林，皆是史学"（《报孙渊如书》），"六经皆史……六经皆先王之政典（史）也"（《文史通义·易教上》）。[①] 他认为凡文即史，提出文史合一的命题，故其所说的才、学、识等史家主体素质亦为文学家主体素质："夫识，生于心也；才，出于气也；学也者，凝心以养气；炼识而成其才者也"（《文史通义·文德》），[②]"夫才须学也，学贵识也。才而不学，是为小慧；小慧无识，是为不才；不才、小慧之人，无所不至"（《文史通义·妇学》）。[③] 接着其"说林"篇又以一连串的象喻批评来强调"识"的重要性：

> 文辞，犹三军也，志识，其将帅也。李广入程不识军，而旌旗壁垒一新焉，固未尝物物而变，事事而更之也。知此意者，可以袭用成文而不必已出者矣。
>
> 文辞，犹舟车也，志识，其乘者也。轮欲其固，帆欲其捷，凡用舟车，莫不然也。
>
> 东西南北，存乎其乘者矣。知此义者，可以以我用文，而不致以文役我者矣。
>
> 文辞，犹品物也，志识，其工师也。橙橘樝梅，庖人得之，选甘脆以供笾实也；医师取之，备药毒以疗疾疢也。知此义者，可以同文异取、同取异用而不滞其迹者矣。[④]

① 章学诚撰，李春伶校点：《文史通义》，辽宁教育出版社1998年版，第1页。
② 章学诚撰，李春伶校点：《文史通义》，辽宁教育出版社1998年版，第56页。
③ 章学诚撰，李春伶校点：《文史通义》，辽宁教育出版社1998年版，第158页。
④ 章学诚撰，李春伶校点：《文史通义》，辽宁教育出版社1998年版，第109页。

文论家对"识"的强调，正体现了对创作主体自主性、能动性以及个性的重视。

对于审美客体，历代文论家们同样多有论及。早在汉代刘安《淮南子》就已指出，文艺创作客体具有形与神二要素："夫形者，生之舍也；神者，生之制也……以神为主者，形从而利；以形为制者，神从而害。""画西施之面，美而不可悦；规孟贲之目，大而不可畏，君形者亡矣。"形神不离，但以神为主，对文艺创作客体二要素进行辩证看待。苏轼《净因院画记》曰："余尝论画以为人禽、宫室、器用皆用常形，至于山石、竹木、水波、烟云，虽无常形，而有常理，常形之失，人皆知之，常理之不当，虽晓画者有不知，故可欺世而取名者，必托于无常形也，虽然，常形之失，止于所失，而不能病其全，若常理之不当，则举废之矣，以其形之无常，是以其理不可不谨也。世之工人或能曲尽其形，而至于其理，非高人逸才不能辨。"指出文艺创作客体不仅有事物的表象（常形），还有事物内在的规律和本质（常理），他反对只满足于对事物表象的描摹，而应当深入事物内在的规律和本质，这才是深刻的。

对此，清代叶燮在总结前人理论的同时又有深化，他运用草木象喻进行了生动阐释："譬之一木一草，其能发生者，理也。其既发生，则事也。既发生之后，夭乔滋植，情状万千，咸有自得之趣，则情也。"这里"理"即万物发生的原理，万物的产生或发展都有其内在的客观规律；事既万物发生后的形貌，会表现为具体的外在形貌；"情"即万物发生之后鲜活灵动的情状、神志，每一事物均有其特殊、独特的情状，以理、事、情三要素概括万物的内在构成，由此将这三要素推及为文章描写的客观物象的组成部分，应当说是既科学又全面的。没有理，万物不可能发生；没有事，万物无法呈现；没有情，万物的发生与存在是缺乏鲜活生命力的。所以，"曰理、曰事、曰情三语，大而乾坤以之定位、日月以之运行，以至一草一木一飞一走，三者缺一，则不成物"，而文学作品"所以表天地万物之情状也"。写文章就须"当乎理，确乎事，酌乎情"，"惟理、事、情三语，无处不然。三者得，则胸中通达无阻，出而敷为辞，则夫子所云'辞达'。'达'者，通也，通乎理、通乎事、通乎情之谓。而必泥乎法，则反有所不通矣"。"苟乖于理、事、情，是谓不通，不通则杜撰，杜撰则断然不可。苟不然者，自我作古，何不可之有！若腐儒区区之见，句束而字缚之，援引以附会古人，反失古人之真矣。"这充分论证了理、事、情为宇宙万物构成部分的三要素，由此确立了理、事、情为创作客体的本体地位，具有非常重要的意义。

值得一提的是，情历来是文艺创作的重要因素之一，为文论家所重视，尤以刘勰最为典型。其《文心雕龙·物色》曰："岁有其物，物有其容，情以物迁，辞以情发。""神色"篇亦曰："登山则情满于山，观海则意溢于海。"但这"情"和叶燮所说的"情"是不同的，刘勰的"情"是人之情，人受季节万物的变化有所触动而生成，而叶燮的"情"则是物本身的情，"既发生之后，夭乔滋植，情状万千"，物本身充满了鲜明而独特的各种情状、神志，重视的是物的独立性与个性，体现出鲜明的时代色彩。

### 三、碧瓦初寒外，飞蓬搔首望。诗酒同德，不与功同用：对文学特殊性的再认识

文学是什么？文学有何作用？这些根本性的文论命题在历代文论中都有探讨，有着我国散文始祖之誉的《尚书》"尧典"篇就指出"诗以言志"的观点，被朱自清先生称为"诗学纲领"，正式揭开探讨文学本质问题的序幕。此后，《毛诗序》总结并深化："诗者，志之所之也，在心为志，发言为诗。情动于中而形于言。"从而加入了情的因素，确立了中国古代抒情言志的文学传统。陆机《文赋》言："诗缘情而绮靡。"直接过滤"志"，只强调"情"，赋予情更为根本且更为重要的地位，并注意到文学的审美特性。后又经刘勰《文心雕龙》"情以物迁，辞以情发"，对情的本体地位再强调。至中唐白居易提炼出诗的定义："诗者，根情，苗言，华声，实义。"从内容、语言等方面界定诗歌，并重视情感的重要地位。关于文学的作用，早在先秦孔子就明确提出："诗可以兴，可以观，可以群，可以怨。"极力强调文学的社会功能。《毛诗序》则直接将文艺之美与政治教化紧密结合起来："故正得失，动天地，感鬼神，莫近于诗。先王以是经夫妇，成孝敬，厚人伦，美教化，移风俗。"以至白居易认为"歌诗合为时而作"，苏轼宣称"有为而作。精悍确苦，

言心中当时之过"(《凫绎先生诗集叙》),批评某些时文是"儒者之病,多空文而少实用"(《答王庠书》),均强调文学创作的社会意义。但也有注重文学创作的个人意义的,如司马迁《报任安书》"此人皆意有所郁结,不得通其道,故述往事,思来者",钟嵘《诗品》"使穷贱易安,幽居靡闷,莫尚于诗矣",强调诗歌可以抒发心中的郁愤,安抚激烈的情绪,使个人的生命意志得以延续。可以看出,关于文学的作用、本质等根本问题,历代文论家都有较为充分的探讨,理论意识较强。但总的来看,文论家对文学的社会功能强调得更多,以致出现"文以载道""文以贯道""文以明道"等较为片面的看法,对文学的特殊性重视不够,导致小说是"稗官野史"的片面观念。清代文论家群策群力,对文学的特殊性展开了充分的研讨,且多运用象喻批评深化理解,这主要体现在以下几个方面。

1.飞蓬何首可搔,碧瓦怎生初寒外:诗家之理与名言之理的区别

一般而言,理是逻辑的、概念的、思维的,与文学艺术的形象性、审美性相抵牾,故常为崇尚艺术审美的文论家所排斥。如宋代严羽极力追求"透彻玲珑,不可凑泊"的诗歌妙境,"如空中之音,相中之色,水中之月,镜中之像",故而极其排斥理路,坚决反对以理入诗。他说:"夫诗有别材,非关书也;诗有别趣,非管理也。"虽然也认可理的重要性,"然非多读书,多穷理,则不能极其至",但也仅限于创作前的读书阶段。

应当说,这种观念总体上是较为偏激的,对文学的特殊性的认识也是片面的。清代文论家对此进行了矫正,如王夫之《古诗评选》中说:"王敬美谓'诗有妙悟,非关理也',非理抑将何悟?"①明确肯定了诗歌是要讲理的。但是王夫之又特别强调了诗家之理的特殊性,它不同于一般的名言之理、经生之理。他在《古诗评选》中评鲍照《登黄鹤矶》一诗时说:"经生之理,不关诗理,犹浪子之情,无当诗情。"又评司马彪《杂诗》说:"非谓无理有诗,正

---

① 杨扬:《中国历代美学文库·清代卷》(上),高等教育出版社 2003 年版,第 351 页。

不得以名言之理相求耳。"对《杂诗》中末两句"搔首望故株，邈然无由返"，王夫之评道：

> 且如飞蓬何首可搔，而不妨云搔首，以理相求，讵不蹭蹬。

这里的"理"即名言之理或经生之理，飞蓬怎么会搔首，又怎么会望故株？若以名言之理或经生之理相求，自然是相抵牾的，但是诗歌讲究的是诗家之理，它不是逻辑的、概念的、理性的，而应是感性的、情感的、合乎审美特性的。从诗家之理而言，飞蓬搔首、故株凝望，正是符合艺术想象和审美特性的。

叶燮也注意到诗家之理和名言之理的区别，为此其《原诗》提出诗歌必有不可言之理的观点：

> 子所以称诗者，深有得乎诗之旨者也。然子但知可言可执之理为理，而抑知名言所绝之理之为至理乎？子但知有是事之为事，而抑知无是事之为凡事之所出乎？可言之理，人人能言之，又安在诗人之言之！可征之事，人人能述之，又安在诗人之述之！必有不可言之理，不可述之事，遇之于默会意象之表，而理与事无不灿然于前者也。

诗家之理并非那种可言可执之理、名言之理，而是"不可言之理""默会意象之表""无不灿然于前"，故而是微妙的、精微的、形象的、审美的，这与王夫之所区别的诗家之理与名言之理是完全一致的。"惟不可名言之理，不可施见之事，不可径达之情，则幽渺以为理，想象以为事，惝恍以为情，方为理至事至情至之语"，他真正意识到文学艺术的特殊性，为此，还专门举出具体例子来进一步佐证、阐释。今举一例参看：

> 如《玄元皇帝庙作》"碧瓦初寒外"句，逐字论之：言乎"外"，与

内为界也。"初寒"何物，可以内外界乎？将"碧瓦"之外，无"初寒"乎？"寒"者，天地之气也。是气也，尽宇宙之内，无处不充塞；而"碧瓦"独居其"外"，"寒"气独盘踞于"碧瓦"之内乎？"寒"而曰"初"，将严寒或不如是乎？"初寒"无象无形，"碧瓦"有物有质；合虚实而分内外，吾不其写"碧瓦"乎？写"初寒"乎？写近乎？写远乎？使必以理而实诸事以解之，虽稷下谈天之新，恐至此亦穷矣！然设身而处当时之境会，觉此五字之情景，恍如天造地设，呈于象，感于目，会于心。意中之言，而口不能言；口能言之，而意又不可解。划然示我以默会想象之表，竟若有内、有外，有寒、有初寒。特借"碧瓦"一实相发之，有中间，有边际，虚实相成，有无互立，取之当前而自得，其理昭然，其事的然也。昔人云："王维诗中有画。"凡诗可入画者，为诗家能事。如风云雨雪，景象之至虚者，画家无不可绘之笔；若初寒内外之景色，即董巨复生，恐亦束手搁笔矣！天下惟理事之入神境者，固非庸凡人可摹拟而得也。

初寒为何物，以何为界分内外？碧瓦初寒外，又何以呈现？这按经生之理或名言之理是说不通的，只有重于想象的诗家之理才说得通："设身而处当时之境"去想象，碧瓦为空间视觉，表时空变化，初寒是人体触觉，寓生命体验，外则属于非线性发散思维，表达无限的空间、时间感，该解码器通过触觉与视觉的异质相通，时间与空间的无限变化，形象地刻画出庙宇的寒肃庄严，给人喜忧交错、盛衰无常的苍凉沉郁感，这种精微奥妙的生命体验，正是"口不能言"，我们默会想象，却仿佛身临其境般"取之当前而自得"，其理其事都清晰昭然地呈现出来。

### 2.诗史不一，若口目不相为代：文学真实与生活真实

古人历来重视文学和历史的共同性，如孔子提出"诗可以观"，正是以诗为史，突出文学的历史性特征，注重的是诗、史的同一性。对此，王夫之在《古诗评说》中明确指出："夫诗之不可以史为，若口与目之不相为代也，

久矣。"诗、史有着本质不同，他举例来表明那种持诗、史同一观点的可笑性："此'上山采蘼芜'一诗……所以妙夺天工也。杜子美放之作《石壕吏》，亦将酷肖，而每于刻画处，犹以逼写见真，终觉于史有余，于诗不足。论者乃以诗史誉杜，见驼则恨马背之不肿，是则名为可怜悯者。"毫不留情地嘲笑以诗史誉杜甫者，是"见驼则恨马背之不肿，是则名为可怜悯者"，强调诗、史的本质区别，实则是注重文学真实与生活真实的本质差别。王夫之《古诗评选》中说："诗有叙事叙语者，较史尤不易，史才固以櫽括生色，而从实著笔自易。诗则即事生情，即语绘状，一用史法，则相感不在永言和声之中，诗道废矣。"诗歌虽然也要记叙事情，但历史著作须"从实著笔"，拘泥于现实生活，是生活真实；而诗歌则"即事生情，即语绘状"，以虚构的形象来表现生活，对生活的真实而言，它是假的，但"通首假胜真，真者益以孤尊矣"。从艺术效果而言，假却可以胜真，比生活真实具有更大的真实性，产生更形象感人的审美效果，这就是文学真实。诗歌若不注重文学真实，一味拘泥于生活真实，王夫之认为"诗道废矣"。

不仅诗歌提倡文学真实，注重叙事功能的小说更是如此。金圣叹在《读第五才子书法》中说：

> 　　某尝道《水浒》胜似《史记》，人都不肯信，殊不知某却不是乱说。其实《史记》是以文运事，《水浒》是因文生事。以文运事，先有事生成如此如此，却要算计出一篇文字来，虽是史公高才，也毕竟是吃苦事。因文生事即不然，只是顺着笔性去，削高补低都由我。[①]

他指出《史记》的写作是"以文运事"，"先有事生成如此如此"，即王夫之所说的"从实著笔"，是要如实记载的；而《水浒》的写作却是"因文生事"，

　　① 施耐庵著，金圣叹批评：《金圣叹批评本〈水浒传〉》，凤凰出版社 2010 年版，第10 页。本书关于金圣叹《读第五才子书法》所引内容均来自这一版本，后不再注明。

"生"即生发、推构与虚构,可以按照艺术创造的逻辑进行加工、提炼与概括。生的事就不是真实的历史,也就是王夫之所说的"即事生情,即语绘状"。金圣叹明确表明《水浒》胜似《史记》,为小说的虚构性正名,强调文学真实与生活真实的本质区别。

### 3. 诗之为理,与酒同德,而不与弓同用:文学的审美效果

与前人相比,清代文论家对文学的作用和效果的论述虽然继承了前人的诸多观点,但也有许多闪光之处,并且多运用象喻批评。比如王夫之虽然延续了孔子的兴观群怨说,却是有很大不同的。首先,他特别强调情的基础性、根本性地位。他在《古诗评选》中评袁豹《游仙》一诗时说:"读者可以其所感之端委为端委,而兴观群怨生焉。"兴观群怨生成的基础即读者之所感。其《四书训义》卷二十更是明确情的根本地位:"惟此宵宵摇摇中有一切真情在内,可兴、可观、可群、可怨,是以有取于诗。诗之泳游以体情,可以兴矣;褒刺以立义,可以观矣;出其情以相示,可以群矣;含其情而不尽于言,可以怨矣。"[1]其次,他极其注重兴观群怨的整体性。他在《夕堂永日绪论内编》开首就明确提出:"兴、观、群、怨,诗尽于是矣。经生家析《鹿鸣》、《嘉鱼》为群,《柏舟》、《小弁》为怨,小人一往之喜怒耳,何足以言诗?'可以'云者,随所以而皆'可'也。"又曰:"摄兴、观、群、怨于一炉。于所兴而可观,其兴也深;于所观而可兴,其观也审;以其群者而怨,怨愈不忘;以其怨者而群,群乃益挚。"[2]兴、观、群、怨四者互相参照,相得益彰,已是不可分割之整体。

正是由情出发,并注重文学效果的整体性、浑融性,王夫之在对应场《报赵淑丽诗》的评论中说:"诗云:'角弓其觩','旨酒斯柔'。弓,宜觩也。酒,宜柔也。诗之为理,与酒同德,而不与弓同用。""角弓其觩"出自《诗经

---

① 杨扬:《中国历代美学文库·清代卷》(上),高等教育出版社 2003 年版,第 349 页。

② 杨扬:《中国历代美学文库·清代卷》(上),高等教育出版社 2003 年版,第 334 页。

·泮水》，"角弓"是指两端饰有动物的角的弓，觓是角上方弯曲的样子，意思是说战士们把角弓挽得弯弯曲曲的，准备去打仗；"旨酒斯柔"源自《诗经·丝衣》中的"旨酒思柔"，"斯""思"皆为助词，无意义。旨酒即美酒，柔指酒的味道柔和醇美香润。将弯曲的角弓和醇柔的美酒对比，显然前者突出外形上的特征，后者强调内在的品性、品质。运用到文学批评上，"诗之为理，与酒同德，而不与弓同用"，表明王夫之对文学效果的关注并不着眼于像弓的弯曲那样外在形式上的特征，或者较为直接的物质功能，而是像酒那样看重内在的、潜移默化的精神的感染、审美情感的感化，等等，体现出清代文论家对文学审美效果的深刻认识。

### 四、同树异枝、同枝异叶、同叶异花，各成异彩：文学创作的犯避之妙

犯避论是金圣叹文论中的重要内容。我们知道，金圣叹从历代文学作品中遴选出六部书，即《离骚》《庄子》《史记》《杜诗》《水浒传》和《西厢记》，认为它们代表了文学作品的最高成就，称之为"六才子书"，而评判才子的一个重要标准就是要符合他的犯避之妙：

> 吾观今之文章之家，每云我有避之一诀，固也，然而吾知其必非才子之文也。
>
> 夫才子之文，则岂惟不避而已，又必于本不相犯之处，特特故自犯之，而后从而避之。此无他，亦以文章家之有避之一诀，非以教人避也，正以教人犯也。犯之而后避之，故避有所避也。若不能犯之而但欲避之，然则避何所避乎哉？是故行文非能避之难，实能犯之难也。

所谓"避"就是避免重复，"犯"则是有意重复。避而不犯应当是很多文人创作的常见做法，如李渔《闲情偶寄》曰："欲为此剧，先问古今院本中曾有此等情节与否。"李渔创作以新释奇，每每创作若发现与前人有雷同或类

似的情节则有意避开。但这种做法在金圣叹看来,绝对不是才子大手笔。当然也不是说有意重复之犯就是才子大手笔,真正的才子大手笔应是犯而又有所避,"必于本不相犯之处,特特故自犯之,而后从而避之"。金圣叹的这种犯避之论在毛纶、毛崇岗对《三国演义》的评论中得到生动的体现:"譬犹树同是树,枝同是枝,叶同是叶,花同是花,而其植根安蒂,吐芳结子,五色纷披,各成异彩。读者于此,可悟文章有避之一法,又有犯之一法也。"①正如植物的生长开花一样,同一棵树上生出不同的枝条,同一根枝条上长出不同的叶子,同一片叶子上开出不同的花朵,各色灿烂,各显光彩,这就是犯而又有所避,以犯求避,犯而不避,在相同、相近中求差异,更好把握对象的独特、新奇,这才是真正的才子大手笔。

清人犯避论的体现是多层面、多层次的。

首先,在情节设计上,金圣叹《读第五才子书法》中曰:"劫法场、偷汉、打虎,都是极难题目……直是没有下笔处……他偏不怕,定要写出两篇……江州城劫法场一篇,奇绝了,后面却有大名府劫法场一篇,一发奇绝;潘金莲偷汉一篇,奇绝了,后面却又有潘巧云偷汉一篇,一发奇绝;景阳冈打虎一篇,奇绝了,后面却又有沂水县杀虎一篇,一发奇绝。真正其才如海。"劫法场、偷汉、打虎这些情节其实都是极难写的,因为作者并没有亲身经历,没有实战经验,简直就是"没有下笔处",能写出来已经不错了,可是作者却"偏不怕,定要写出两篇来",且两篇又同中有异,真真是如海之才的才子大手笔才能驾驭的。比如两次打虎情节,都是个人与虎搏斗并将虎打死,在动机、过程和结果上却各个不同。比如在动因上,武松是酒壮气盛,李逵则是报仇心理:"李逵见了,就趁着那血迹寻去,寻到一处大洞口,只见两个小虎儿在那里啃一条人腿。却不是老娘的尸身是什么?李逵顿时须发竖起。"比如在过程上,武松心细,讲究方法,"武松见大虫扑来,只一闪,闪在大虫背后……武松却又闪在一边。原来那大虫拿人只是一扑,一掀,

---

① 杨扬:《中国历代美学文库·清代卷(中)》,高等教育出版社 2003 年版,第 103 页。

一剪；三般捉不着时，气性先自没了一半。……武松见那大虫复翻身回来，双手轮起哨棒，尽平生气力"；李逵心切，直截了当，"将手中朴刀一挺，一刀一个就结果两只小虫。……把刀朝母大虫尾底下，尽平生气力，舍命一戮，正中那母大虫粪门。……手起一刀，正中那大虫颔下。那大虫退不到五步，只听得'轰'的一声，倒在地上登时死了"。在结果上，武松尚存余悸，"武松再来青石上坐了半歇，寻思道：'天色看看黑了，傥或又跳出一只大虫来时，却怎地斗得他过？且挣扎下冈子去，明早却来理会。'就石头边寻了毡笠儿，转过乱树林边，一步步捱下冈子来。走不到半里多路，只见枯草中又钻出两只大虫来。武松道：'啊呀！我今番罢了！'"；李逵则心情释然，"李逵怕还有大虫又到虎窝边看了一遍，洞中的大虫却已被他杀得干干净净……走向泗州大圣庙里，睡到天明"。毛纶、毛崇岗《读三国志法》中也详细地谈到情节上的犯而有避："其他叙兄弟之事，则袁谭与袁尚不睦，刘琦与刘琮不睦，曹丕与曹植亦不睦，而谭与尚皆死，琦与琮一死一不死，丕与植皆不死，不大异乎！叙婚姻之事，则如董卓求婚于孙坚，袁术约婚于吕布，曹操约婚于袁谭，孙权结婚于刘备，又求婚于云长，而或绝而不许，或许而复绝，或伪约而反成，或真约而不就，不大异乎！至于王允用美人计，周瑜亦用美人计，而一效一不效则互异。卓、布相恶，催、汜亦相恶，而一靖一不靖则互异。献帝有两番密诏，则前隐而后彰；马腾亦有两番讨贼，则前彰而后隐，此其不同者矣。吕布有两番弑父，而前动于财，后动于色；前则以私灭公，后则假公济私，此又其不同者矣。赵云有两番救主，而前救于陆，后救于水；前则受之主母之手，后则夺之主母之怀，此又其不同者矣……甚者孟获之擒有七，祁山之出有六，中原之伐有九，求其一字之相犯而不可得。"从家庭内部关系到社会人际关系，人与人之间发生关系的各类情节均可见犯而有避的模式，可见其普遍性。

其次，在故事背景上，金圣叹《读第五才子书法》中云："夫才子之大才，则无所不可之。有前一回在丛林，后一回何妨又在丛林？不宁唯是而已，前后两回都在丛林，何妨中间再生一回复在丛林？""夫两回书不欲接连都在丛林者，才子教天下后世以避之之法也；若两回书接连都在丛林，而中间反又加倍写一丛林者,才子教天下后世以犯之之法也。虽然,避可能也,犯不可能也。夫以才子之名毕竟独归耐庵也。"毛纶、毛崇岗《读三国志法》中亦云:"若夫写水,不止一番,写火亦不止一番。曹操有下邳之水,又有冀州之水;关公有白河之水,又有罾口川之水。吕布有濮阳之火,曹操有乌巢之火,周郎有赤壁之火,陆逊有猇亭之火,徐盛有南徐之火,武侯有博望、新野之火,又有盘蛇谷、上方谷之火,前后曾有丝毫相犯否?""犯"已不限于两两相犯了,而是多次相犯,却又能各个不同,真是才气十足。

再次,在人物类型上,金圣叹《读第五才子书法》中表示,"《水浒传》只是写人粗卤处,便有许多写法。如鲁达粗卤是性急,史进粗卤是少年任气,李逵粗卤是蛮,武松粗卤是豪杰不受羁靮,阮小七粗卤是悲愤无说处,焦挺粗卤是气质不好",正因为这样,"别一部书,看过一遍即休。独有《水浒传》只是看不厌,无非为他把一百八个人性格都写出来","《水浒》所叙,叙一百八人,人有其性情,人有其气质,人有其形状,人有其声口",人物塑造个性鲜明,各具特色。不仅如此,金圣叹指出《水浒传》作者还特地在行文上有意将性格相同者放在一起,特特犯之,而后有所避:"此回方写过史进英雄,接手便写鲁达英雄;方写过史进粗糙,接手便写鲁达粗糙;方写过史进爽利,接手便写鲁达爽利;方写过史进剀直,接手便写鲁达剀直。作者盖特地走此险路,以显自家笔力。读者亦当处处看他所以定是两个人,不是一个人处,毋负良史苦心也。""前书写鲁达极大夫之致矣,不意又写出林冲又极丈夫之致也。写鲁达又写出林冲,斯已大奇矣,不意其又写出杨志又极丈夫之致也。是三丈夫也者,各自有其胸襟,各自有其心地,各自有其形状,各自有其装束……写鲁、林、杨三丈夫以来,技至此,技已止,观至此,观已止。乃忽然磬控,忽然纵送,便又腾笔涌墨,凭空撰出武都头一个人来。我得而读其文,想见其为人,其胸襟则又非如鲁、如林、如杨者之胸襟也,其心事则又非如鲁、如林、如杨者之心事也,其形状结束则又非如鲁、如林、如杨者之形状与如鲁、如林、如杨者之结束也……是真所谓云质龙章、日姿月彩、分外之绝笔矣。"一般而言,小说由于篇幅之长、人物之众,如果两类相同性格的人被安排在距离很远的篇幅里可能依然会激起读者的兴趣,可是

《水浒传》的作者偏要将他们安排在前后紧接处，"方写过史进英雄，接手便写鲁达英雄"，而且还能写得令读者看来"定是两个人，不是一个人"，更令人叫绝的是这种情况不止一处，"方写过史进粗糙，接手便写鲁达粗糙；方写过史进爽利，接手便写鲁达爽利；方写过史进凯直，接手便写鲁达凯直"，这种大手笔实在令人叹为观止。毛纶、毛崇岗《读三国志法》在人物类型的犯避论上亦有诸多论述："《三国》一书，有同树异枝、同枝异叶、同叶异花、同花异果之妙。作文者以善避为能，又以善犯为能。不犯之而求避之，无所见其避也；惟犯之而后避之，乃见其能避也。如纪宫掖，则写一何太后，又写一董太后；写一伏皇后，又写一曹皇后；写一唐贵妃，又写一董贵人；写甘、糜二夫人，又写一孙夫人，又写一北地王妃；写魏王甄后、毛后，又写一张后，而其间无一字相同。纪戚畹，则何进之后写一董承，董承之后又写一伏完；写一魏之张揖，又写一吴之钱尚，而其间亦无一字相同。写权臣，则董卓之后又写李傕、郭汜，傕、汜之后又写曹操，曹操之后又写一曹丕，曹丕之后又写一司马懿，司马懿之后又并写一师、昭兄弟，师昭之后又继写一司马炎，又旁写一吴之孙林，而其间亦无一字相同。"如此雷同的人物类型、人物关系模式，居然能写得"其间亦无一字相同"，实在非大手笔不可驾驭。

最后，在语言层面上，金圣叹还注意到语言字句上的犯而有避。在《水浒传》第三回"鲁提辖拳打镇关西"里，鲁达在酒店里遇到卖唱的金老父女，同情他们的遭遇，便凑钱给他们，让他们回东京去。小说中写道：

> 鲁达又道："老儿，你来！洒家与你些盘缠，明日便回东京去，何如？"父女两个告道："若能彀回乡去时，便是重生父母，再长爷娘。只是店主人家如何肯放？郑大官人须着落他要钱。"鲁提辖道："这个不妨事，俺自有道理。"便去身边摸出五两来银子，放在桌上。

对鲁达拿银子的动作用了一"摸"字。小说接着写鲁达看着一同吃酒的李忠，请他借些银子出来时说：

鲁达看着李忠道："你也借些出来与洒家。"李忠去身边摸出二两来银子。鲁提辖看了见少，便道："也是个不爽利的人！"

直直也用了一"摸"字，这真是"特特犯之"，但又能"从而避之"，这两个"摸"字实有不同，正如金圣叹所批：

虽与鲁达同是一摸字，而是一个摸得快，一个摸得慢。须知之。

同中显异，微中见著，善用犯避之妙极其精微细致刻画出二人不同性格，令人不断回味。

犯避论在《金瓶梅》的小说批评中也屡屡有所体现，如《读法》中说：

《金瓶梅》妙在善用犯笔而不犯也。如写一伯爵，更写一希大，然毕竟伯爵是伯爵，希大是希大。各人的身份，各人的谈吐，一丝不紊。写一金莲，更写一瓶儿，可谓犯矣；然又始终聚散，其言语举动，又各各不乱一丝。写一王六儿，偏又写一贲四嫂；写一李桂姐，又写一吴银姐、郑月儿；写一王婆，偏又写一薛婆婆、一冯妈妈、一文嫂儿、一陶媒婆；写一薛姑子，偏又写一王姑子、刘姑子。诸如此类，皆妙在特特犯乎，却又各各一款，绝不相同也。[①]

犯而有避，且能各各不同，丝丝见异，犯避论几乎成为清代小说批评理论的一个共识。

---

① 党圣元：《中华古文论释林·清代下卷》，北京大学出版社 2011 年版，第111 页。

## 五、活虎搏人,背面铺粉,绵针泥刺,草蛇灰线:小说创作技巧论

明清时期小说观念日益成熟,人们对小说的虚构性特征、人物塑造方法等都有较为自觉的理论探讨,早已超越古人将小说视为稗官野史、街谈巷语的片面认识。面对篇幅长、情节复杂、人物众多的小说,清代小说理论家不断地总结小说创作的各种经验与技巧,并有意识地运用象喻批评进行有效阐释,其中尤以金圣叹为代表。

### 1.活虎搏人,心手两忘:提倡物我合一的创作状态

金圣叹在《水浒传》序一中提出文章三境,概括创作主体不同的创作状态:

> 心之所至,手亦至焉者,文章之圣境也。心之所不至,手亦至焉者,文章之神境也。心之所不至,手亦不至焉者,文章之化境也。

文章三境即圣境、神境和化境,三境层层递进,逐步提升。张少康《中国文学理论批评发展史》(下)中对三境的内涵有详细而精到的阐释:

> 所谓"心之所至,手亦至焉者",指心能自由地指挥手,手能适应心的要求,这从"人工"的角度来说,已经是很高的水平了,并非一般人所能达到,故曰"圣境"。所谓"心之所不至,手亦至焉者",指心没有完全想到的,手也能神妙莫测地表达出来了。这种境界比"人工"要高出很多,已经有了某种非"人工"所能达到的水平,但还没有完全与自然相合,也就是庄子所说的还是"有待"的,故曰"神境"。所谓"心之所不至,手亦不至焉者",指已经达到了心、手两忘,完全没有"人工"的痕迹,而合乎化工造物的境界了。这也就是庄子所说的"天籁"境界,亦即是达到了"以天合天",进入

了"物化"状态的境界。①

显然,金圣叹最为崇尚的就是物我合一的化境。他在分析武松打虎这一段时还运用生动形象的象喻批评进行阐释:

> 我常思画虎有处看,真虎无处看;真虎死有处看,真虎活无处看;活虎正走,或犹得一看;活虎正搏人,是断断必无处得看者也。乃今耐庵忽然以笔墨游戏,画出全幅活虎搏人图来……传闻赵松雪好画马,晚更入妙,每欲构思,便于密室解衣踞地,先学为马,然后命笔。一日管夫人来,见赵宛然马也。今耐庵为此文,想亦复解衣踞地,作一扑、一掀、一剪势耶?东坡画雁诗云:"野雁见人时,未起意先改。君从何处看,得此无人态?"我真不知耐庵何处有此一副食人方法在胸中也。

"活虎正搏人""断断必无处得看",正是"心之所不至,手亦不至焉"之化境。创作主体已非观画虎、真虎的旁观者,而是自身化成了活虎,与活虎融为一体,故而活虎搏人,创作主体亦在搏人,正如赵松雪之"宛然马也",创作主体化为马来画马,无须心与手的外在构思与传达,而是忘手、忘心,故心手两忘之自然化境。这正是三境之"化境",创作主体与创作客体高度统一,既逼真、传神,又合乎造化自然。

### 2.背面铺粉:人物个性塑造的重要表现手法

"背面铺粉"本是绘画术语,是中国传统绘画的一种技法,也称作"飞",就是在画幅(宣纸或绢缯)的背面敷上一层铅粉,以此衬托正面的线条墨迹。金圣叹借用过来指代小说创作中人物塑造的衬托方法。如其《读第五才子书法》中说:"有背面铺粉法,如要衬宋江奸诈,不觉写作李逵真率;要

---

① 张少康:《中国文学理论批评发展史》(下册),北京大学出版社 1995 年版,337 页。

衬石秀尖利,不觉写作杨雄糊涂是也。"通过对李逵真率性格的描写反衬出宋江的虚伪奸诈,通过对杨雄糊涂性格的塑造反衬出石秀的尖钻锐利,使得各自的人物性格更加鲜明、立体,这是通过他人的性格反衬出人物的对立性格,属于他人衬托。金圣叹还注意到背面铺粉还有另一种形式:自我衬托,即用人物性格本身的另一面来衬托其性格中一般是最主要、最典型的那一面。我们知道,真正鲜活的人物,其性格不应是单一、片面的,而应是复杂、多面、立体的。自我衬托既能体现出人物性格的丰富性、立体性,又能从另外一个更深的层次上去了解、把握这个人物形象。比如,鲁智深,从其"拳打镇关西""大闹五台山""大闹桃花村""倒拔垂杨柳""大闹野猪林"等主要事迹可以看出,他生性豪放、不拘小节、真率敢为、富有正义感,但小说偏偏又说到他性格的另一面,在"拳打镇关西"这一回中,鲁智深将郑屠打得半死不活时,小说这样写道:

> 又只一拳,太阳上正着,却似做了一个全堂水陆的道场,磬儿、钹儿、铙儿一齐响。鲁达看时,只见郑屠挺在地上,口里只有出的气,没了入的气,动弹不得。鲁提辖假意道:"你这厮诈死,洒家再打!"只见面皮渐渐的变了。鲁达寻思道:"俺只指望痛打这厮一顿,不想三拳真个打死了他。洒家须吃官司,又没人送饭,不如及早撒开。"拔步便走,回头指着郑屠户道:"你诈死,洒家和你慢慢理会!"一头骂,一头大踏步去了。

看到郑屠只有出的气,没有进的气,死期已至,便故意说他是在诈死,赶紧脱身,一个极其粗犷豪放、真率野蛮的人居然也有如此小心机、小心思,愈发凸显出其人的可爱,故而金圣叹于此处连声点评赞叹:"鲁达亦有假意之口,写来偏妙。""写粗人偏细,妙绝。""鲁达亦有权诈之日,写来偏妙。"小说对李逵的个性塑造也运用了此种背面铺粉法,第五十三回写道,宋江要李逵下到枯井里去寻找柴进的下落,李逵却因为之前受到过戴宗的捉弄,就多了一点心思,担心再次上当。李逵说道:"我下去不怕,你们莫要割断了绳索。"此举招来了吴学究"你却也忒奸滑"的嘲笑，一向野蛮粗鲁、毫无心机的黑旋风此刻也学得奸滑起来，读者读至这里，定会忍俊不禁，会心一笑，愈发觉得他的真率朴实了。金圣叹就这样评论道：

> 李逵朴至人，虽极力写之，亦须写不出。乃此书但要写李逵朴至，便倒写其奸滑，便愈朴至。真奇事也。

着眼于反面、侧面的背面铺粉法有时反而会产生更具感染力的艺术效果。

### 3.绵针泥刺：寓褒贬于平实的艺术描写手法

绵针泥刺即绵里藏着针，泥中带着刺，看似柔和、软绵绵、毫无攻击性和威胁力的东西却藏着尖锐、富有杀伤力的针、刺，给人猛然一震、当头一棒的震撼效果。金圣叹借用过来比喻《水浒传》中寓褒贬于平实的艺术描写手法，比如小说第三十五回宋江杀了阎婆惜，被"脊杖二十"，"刺配江州牢城"，路经梁山泊下，被刘唐探知，山寨便派吴用、花荣带人迎接。小说这样写道：

> 只见吴用、花荣两骑马在前，后面数十骑马跟着，飞到面前。下马叙礼毕，花荣便道："如何不与兄长开了枷？"宋江道："贤弟，是什么话！此是国家法度，如何敢擅动！"

后来勉强上山后，梁山好汉"三回五次留得宋江就山寨里吃了一日酒。教去了枷也不肯除，只和两个公人同起同坐"。一个刚刚杀过人、犯过法的人此刻却不肯除枷，说是要坚守国家法度，实在令人觉得荒唐可笑，同时亦能见出宋江的虚伪。故金圣叹夹批道："花荣真""宋江假"。之后又点评道：

> 有绵针泥刺法。如花荣要宋江开枷，宋江不肯；又晁盖番番
> 要下山，宋江番番劝住，至最后一次便不劝不是也。笔墨外便有
> 利刃直戳进来。

"笔墨外便有利刃直戳进来"，正是形象地道出绵针泥刺所产生的强烈震撼的艺术效果。

### 4. 草蛇灰线：若隐若现、伏脉千里的结构布局技巧

金圣叹《读第五才子书法》中说："有草蛇灰线法。如景阳冈勤叙许多'哨棒'字；紫石街连写若干'帘子'字是也。骤看之，有如无物，乃至细寻，其中便有一条线索，拽之通体俱动。"草蛇灰线即埋伏在草里的蠕动的蛇，散在地上成线的灰，看似细微如无物，实则似断非断，有着千丝万缕、隐约可寻的内在联系。金圣叹以此隐喻小说结构线索上伏脉千里的隐性贯穿。比如小说第二十二回"横海郡柴进留宾景阳冈武松打虎"中"哨棒"总共出现十九次，自武松出柴进家始，至景阳冈打虎结束止，"哨棒"与武松可谓形影不离，须臾不分，"哨棒"既是武松的防身之物，也是他壮胆上山的重要法宝，同时还是他攻击老虎的有力武器。"哨棒"的出现、使用推动着打虎情节的发展，映衬着打虎场面的波澜壮阔、险境丛生，令读者心惊肉跳。最后，"哨棒"还引发并带来了打虎情节的高潮：

> 武松见大虫翻身回来，就双手抡起哨棒，使尽平生气力，从半空劈下来。只听见一声响，簌地把那树连枝带叶打下来。定睛一看，一棒劈不着大虫，原来打急了，却打在树上，把那条哨棒折做两截，只拿着一半在手里。
> 那只大虫咆哮着，发起性来，翻身又扑过来。武松又一跳，退了十步远。那只大虫恰好把两只前爪搭在武松面前。武松把半截哨棒丢在一边，两只手就势把大虫顶花皮揪住，往下按去。那只大虫想要挣扎，武松使尽气力按定，哪里肯放半点儿松！武松

把脚往大虫面门上眼睛里只顾乱踢。那只大虫咆哮起来,不住地扒身底下的泥,扒起了两堆黄泥,成了一个土坑。武松把那只大虫一直按下黄泥坑里去。那只大虫叫武松弄得没有一些气力了。武松用左手紧紧地揪住大虫的顶花皮,空出右手来,提起铁锤般大小的拳头,使尽平生气力只顾打。打了五六十拳,那只大虫眼里,口里,鼻子里,耳朵里,都迸出鲜血来,一点儿也不能动弹了,只剩下口里喘气。

情急之下,武松把哨棒打在了枯树上,哨棒居然被折成了两截,这可以想见武松力气之大,也可见当时场景的惊心动魄,同时也巧妙地揭示出武松是人而不是神的形象。最后武松将半截棒丢在一边,用尽平生力气按定大虎,拼命拳打,又怕大虎不死,捡起棒橛又打了一回,"眼见气都没了,方才丢了棒",往山下走去,打虎故事至此由高潮走向尾声。总之,看似毫不起眼、不经意的哨棒物什却起着连贯故事情节、建立有机联系的重要作用。

草蛇灰线的结构表现技巧在其他小说评点中也时有所见。如张竹坡在《金瓶梅》第三回回前评曰:

> 文内写西门庆来,必拿洒金川扇儿。前回云手里拿着洒金川扇儿,第一回云卜志道送我一把真川金扇儿,直至第八回内,又云妇人见他手中拿着一把红骨细洒金金钉铰川扇儿。吾不知其用笔之妙,何以草蛇灰线之如此也。何则?金、瓶、梅盖作者写西门庆精神注泻之人也。

这里"金扇"类似《水浒传》中的"哨棒",看似微不足道、漫不经心的细微之物,细细探究却意义非凡,串联着故事情节并推动其发展。杨志平《论"草蛇灰线"与中国古代小说评点》一文对此有着精彩的分析:

> 借鉴金圣叹对"哨棒"、"帘子"等固定物象的强调,张竹坡认

为《金瓶梅》作者通过对"扇"、"玉箫"这两个固定意象的叙写以达到贯串线索之目的。潘金莲与西门庆之事本取自《水浒传》，如若全然依照《水浒传》摹写，艺术效果势必损减不少。而采用以"金扇"作为有意无意描写二人勾搭之事的贯串线索，则不仅使得《金瓶梅》在构思安排上有别于《水浒传》，更重要的是令《金瓶梅》在艺术上增色不少。从第一回看似无意之中叙及"金扇"的出自，到第二回写潘金莲将叉竿碰巧跌落至摇着"金扇"的西门庆身上，再到第三回写为王婆做衣的潘金莲在屋内看见拿着"金扇"的西门庆，再到第八回写潘金莲埋怨西门庆长久不现身而将其随身所带之"金扇"撕烂，可以说在前八回中"金扇"的每一次出现即标志着此二人风月之事有着新的变化：就西门庆而言，此扇可谓其随身之物，说此扇即是西门庆身份象征亦无不可（因为此扇画面内容即与风月之事相关）；就潘金莲而言，此扇的出现即意味着其在悖逆伦理之途越行越远。当然，就作者而言，此扇的每一次描写即在暗中串联起前后情节进展，完全可以视为小说作者精湛的结构布局艺术的体现。①

清代小说评点家还注意到"草蛇灰线"在形式上的多样性。除了"哨棒""帘子""金扇"等具体细微之物件外，还有非物件形式的，比如《金瓶梅》第六、七回中说："西门庆道：'不瞒你说，像我晚夕身上常发酸起来，腰背疼痛，不着这般按捏，通了不得。'"张竹坡于此夹批曰："映死期，用笔总是草蛇灰线，由渐而入，切须学之。"指出此处西门庆的腰背疼痛映照、预示了他的死亡，这是以身体状况的非物件形式充当草蛇灰线，认为它在结构线索上有着伏脉千里之妙。因为在此后的第七十八回、第七十九回都出现了西门庆身体衰弱的描写，从最初的腰背疼痛到腰腿疼，到腿疼，到遍身疼痛，最后"叫了一夜"后死亡，身体的日渐羸弱直至死亡，刻画了一个纵欲过度的

---

① 　杨志平：《论"草蛇灰线"与中国古代小说评点》，《求是学刊》，2008 年第 1 期。

鲜活人物形象。

以上我们从创作心理、人物塑造、艺术描写、结构线索等方面论述清代小说评点家在小说表现技巧方面的象喻批评,实际上,他们运用象喻批评在这方面展开探讨的远不止这些。比如金圣叹《读第五才子书法》中还有"獭尾法""横云断山法""鸾胶续弦法"等。毛氏父子《读三国志法》更是在此基础上有了更为细致的阐述,提出了更多更为形象、具体的小说创作表现方法:

> 横云断岭,横桥锁溪——"文有宜于连者,有宜于断者。如五关斩将,三顾茅庐,七擒孟获,此文之妙于连者也。如三气周瑜,六出祁山,九伐中原,此文之妙于断者也。""文之长者,连叙则惧其累坠,故必叙别事以间之,而后文势乃错综尽变。"
>
> 将雪见霰,将雨闻雷——"将有一段正文之后,必先有一段闲文以为之引;将有一段大文之后,必先有一段小文以为之端。如将叙曹操濮阳之火,先写糜竺家中之火一段闲文以启之。"
>
> 浪后波纹,雨后霡霂——"凡文之奇者文前必有先声,文后亦必有余势。如董卓之后又有从贼以继之。"
>
> 寒冰破热,凉风扫尘——"如关公五关斩将之时,忽有镇国寺内遇普静长老一段文字。""或僧,或道,或隐士,或高人,俱于极喧闹中求之,真足令人躁思顿清,烦襟尽涤。"
>
> 笙箫夹鼓,琴瑟间钟——"如正叙黄巾扰乱,忽有何后、董后两宫争论一段文字;正叙董卓纵横,忽有貂蝉凤仪亭一段文字。""令人于干戈队里时见红裙,旌旗影中常睹粉黛。"
>
> 隔年下种,先时伏著——"善圃者投种于地,待时而发。善奕者下一闲著于数十著之前。文章叙事之法亦犹是已。"
>
> 添丝补锦,移针匀绣——"凡叙事之法,此篇所阙者,补之于彼篇,上卷所多者匀之于下卷,不但使前文不拖沓,而亦使后文不寂寞;不但使前事无遗漏,而又使后事增渲染,此史家妙品也。"

近山浓抹,远树轻描——"画家之法,于山于树之近者,则浓之重之,于山于树之远者,则轻之淡之。""武侯退曹丕五路兵,惟遣使入吴用实写,其四路皆虚写。"

奇峰对插,锦屏对峙——"其对之法,有正对者,有反对者,有一卷之中自为对者,有隔数十卷而遥为对者。如昭烈则自幼便大,曹操则自幼便奸。"

首尾大照应,中间大关锁——"如首卷以十常侍为起,而末卷有刘禅之宠中贵以结之,又有孙皓之宠中贵以双结之,此一大照应也。"

所用喻象有自然胜景、气候天象、农事种植、锦绣针织等,所涉技巧有结构布局、叙事方法、语言表达、伏笔照应等,如此喻象生动、语言工整的大排量象喻均在阐述小说的各种表现技巧,既可见出清代小说观念的日益成熟,也体现出象喻批评在清代文论中已至随心运用、炉火纯青的境界了。